성공을 꿈꾸는 사람들

박태원 에세이

성공을 꿈꾸는 사람들

성공을 꿈꾸는 사람들

인간은 이 지구촌에 단 한번 초대 받아
오직 하나밖에 없는 목숨으로
단 한번의 인생을 산다네
인생은 1라운드로 끝나는 시합이요
연습도 없는 경기라네
부모도 내 인생을 대신 살아줄 수 없고,
나 또한 부모 인생을 대신 살아줄 수 없다네
남이 대신 살아줄 수 없는 것이 인생이고
나의 판단, 나의 생각으로 인생을 살아가며
성공하든 실패하든 그 책임 또한 내가 진다네
철학이란 무엇인가?
인생을 어떻게 살며 바르게 사는 지혜를 가르쳐주는 것이라고 했네
그렇다면. 인생에서 성공하는 사람은 누구인가?
돈을 많이 번 부자인가? 권력을 가진 자인가? 명예를 가진 자인가?
사랑을 심는 자인가? 봉사하며 사는 자인가?
각자 인생관과 가치관에 따라 다르겠지만
지혜롭게 살며 사랑을 실천하는 자라고 생각한다네
사람 사는 냄새가 풍기는 세상을 살아가며
나무처럼 묵묵히 남을 위해 한평생 살면서

불평도 자랑도 않고 살고 싶다네
가슴 한껏 소망을 품고 열심히 사는 사람은
자기 인생을 만족하며 욕심없이 사는 사람이라네
아무리 좋은 땅에다 좋은 씨앗을 뿌렸다한들
정성을 다해 가꾸지 않으면
아름다운 꽃과 값진 열매를 맺지 못함과 같이
인생은 성실과 정성으로 살아갈 때
큰 결실을 맺는 것이라네
탐스러운 꽃과 과일을 먹을 때라도
땀 흘려 가꾸어 준 농부에게
감사한 마음으로 먹으며 행복을 만끽하여 보세
어렵게 태어난 인간이여!
이 땅의 어둠을 밝히는 빛이 되어
성실하고 진실하게 살며 어렵고 힘든 자를 위해
찬란한 향기를 발해 주길 간절히 소망하네
성실하지 않으면 얻은 것이 아무 것도 없다고 하지 않았는가
짧은 인생, 아름답게 살아가는 사람만이
성공을 꿈꾸는 사람일세

꽃 향기, 풀 향기와 더불어

어릴 적 나는 꿈이 없었고 어른이 되었을 때 어떤 모습으로 살아갈 것인가를 고민한 적이 없었다. 친구들과 장난치며 신나게 놀고 재미삼아 친구를 괴롭히는 것이 유일한 취미였다.

학교 다닐 때 공부는 늘 뒤에서 1등이었지만 싸움만은 전교에서 꼭 1등이 되고 싶었다.

시골에서 아버지는 통통배를 세 척이나 가진 동네 제일의 부자이자 대장이셨다. 중절모를 쓴 아버지가 나타나시면 어른이고 젊은 사람이고 모두 90도 인사를 하는 모습을 보고 자랐다.

경포해수욕장 민간추진위원장이셨던 아버지가 호텔 짓는 문제로 당시 강릉시장과 의견이 맞지 않아 고집을 부리다가 뭔가 잘못 되어 잘 나가던 집안이 풍비박산이 나면서 집에서 일하던 식모는 온데 간데 없어지고 어머니가 식모처럼 일하는 모습을 보며 남몰래 많은 눈물을 흘리곤 했다.

사춘기 때 미친 듯이 방황하던 나에게 어느 날 친구 최금철이 찾아와 공부는 때가 있으니 열심히 공부하여 꼭 성공하자는 것이다. 스승같이 생각하던 친구의 말을 듣고 몇 날 며칠을 고민하다가 문둥이처럼 양쪽 눈썹을 빡빡 밀고 공부를 시작하였다. 내가 나 자신을 봐도 징그럽고 무서웠는데 친구들은 날 보고 뭐라고 생각했을까? 어떻게든 성공하여 어머니를 기쁘게 해드리겠다는 일념으로 매일 새벽까지 최선을 다했다.

처음 교직에 들어 와서도 적성에 맞지 않아 한동안 방황했지만 남보다 빨리 교감이 되어야겠다는 생각이 들어 각종 연수 성적에서 1등 아니면 2등을 했다. 경희대 대학원도 수석 합격과 수석 졸업을 했고 서강대 대학원 졸업식 때는 차석을 했다. 그 덕분에 22년 4개월 만에 교감 연수를 받았다.

85kg인 나 자신을 보고 한심스럽다는 생각이 들어 매일 새벽 4시면 잠에서 깨어 어김없이 사패산, 불곡산, 호명산을 올랐다. 시원한 새벽 공기에 취해 찔레꽃, 아카시아꽃 향기 앞에서 천국을 맛보는 듯한 기분에 사로잡히곤 한다.

천국의 꽃 향기는 어떠할까. 냄새는 형이하학적이고 향기는 형이상학적이다. 새들의 소리와 풀벌레 소리는 푸른 색깔로 늘 가슴 뭉클하게 하는 향기가 묻어 있다. 어렸을 때는 바닷가 모래밭에서 친구들과 씨름도 하고 열심히 뛰며 신나게 놀았다. 내 앞에 가로 누워 있는 동해의 쪽빛바다,

무엇이든지 삼켜 버릴 듯 먼데서 달려와 모래톱에서 재주를 넘으며 소리치는 파도는 침체된 몸과 마음을 활성화시키고 삶의 도전 정

신을 가르쳐주었다.

아침 운동 후 따스한 물로 머리털부터 발끝까지 뒤집어쓰고 나서 아침밥을 먹은 후 찬란한 햇살을 머리 위에 인 채 자동차 안에서 콧노래를 부르며 신나게 출근한다. 언제나 아이들의 웃음소리, 노랫소리, 그림 그리는 소리와 함께 운동장에서는 미친 듯이 축구와 야구를 하며 행복해하는 어린이들의 모습을 보며 나는 전생의 복과 현생의 복과 내세의 복 3가지를 다 누리며 세상을 사는 듯싶다.

도봉산 정상과 수락산 정상이 보이는 집무실에서 세상과 타협하지 않고 그동안 하고픈 얘기들을 글로 알리고자 늘 신문 사설을 읽고 글을 써 왔다. 매끄럽지 못한 글이지만 꽃 향기, 풀 향기와 더불어 비빔국수 버무려 먹듯이 적당히 수를 놓아본다.

내 자신이 읽어 봐도 부끄러운 글임을 알고 있는데 그동안 칼럼을 읽은 후 댓글로 격려해 주시고 직접 찾아와 용기에 칭찬을 주신 독자분께 감사드린다.

복잡한 세상 사는데 있어 상식이 풍부하여야 성공할 수 있다. 나의 글을 읽고 상식이 풍부하여 내일의 성공을 꿈꾸길 바란다.

늘 옆에서 도와준 남은숙님과 김서래님께 진심으로 감사드린다.

글쓴이 · 박 태 원

성공을 꿈꾸는 사람들

제2장 - 청백리를 꿈꾸며

제3장 – 가정은 나무의 뿌리

제4장 – 행동하는 지식인 아인슈타인

제1장 │ 인성을 향한 첫걸음

아름다운 빛, 무서운 빛

하나님이 이 지구를 만들면서 빛을 만드셨다. 빛은 이 지구의 역사와 함께 태양에 의한 자연광으로 존재했다. 빛을 통해 이 지상의 인간은 삶을 살아가면서 꿈을 키우며 과학을 생각해 왔다.

빛이 없는 지구촌은 인간이 존재할 수도 없고 상상하기도 어려울 것이다. 태양은 일출과 일몰 사이에만 존재하며 인간의 존재 자체, 생체 리듬의 기본을 말한다. 그러나 빛이 들어오지 않는 실내 공간이 생겨나기 시작하고 야간 생활이 늘어나면서 빛을 대신 할 인공 빛이 필요해졌다.

선사시대 때 우리 조상들에게는 어두움 자체가 두렵고 무서운 존재였을 것이다. 밤새도록 어둠 속에 갇혀 있다가 태양이 뜨면 태양이 신인 양 태양을 바라보고 절하고 소원을 빌면서 하루하루 연명할 수밖에 없었을 것이다. 그러다 등잔불, 기름램프, 촛불, 가스라이팅을 거치면서 진정한 인공 조명의 시초인 백열램프가 1879년 토머스 에디슨에 의해 발명되었다. 빛이 없는 세상은 도둑의 세상이요 강도의 세상이요 힘센 사람의 세상이다. 죄를 짓는 사람은 빛을 싫어하고 밝음을 싫어한다.

빛은 희망을 밝히고 영광(榮光)을 말하며 선(善)과 같이 착하고 긍정적인 의미를 갖는다. 빛은 그림자를 만들며 그 뒤에는 어두움이 따라다니게 되어 있다. 그림자는 빛의 이미지와는 달리 어두운 의미를 내포하는데 우리 인간이 세상을 살아가면서 좋은 일이 있으면 안 좋은 일이 있고, 안 좋은 일이 있으면 좋은 일이 있듯이, 하루 종일 빛만 있다고 생각해 보자. 얼마나 힘들고 괴롭겠는가.

빛은 단 10초도 바라볼 수 없지만 어두움은 몇 시간도 참고 이겨낼 수 있다. 빛의 눈부심은 누구나 경험한다. 우리가 살면서 겪는 빛에 의한 눈부심은 공해다. 빛이 불필요한 시간까지 영향을 미친다면 건강을 위협하는 공해로 생각하게 될 것이다.

불과 30년 전만 해도 등잔불이나 호롱불에서 살면서 그렇게 불편한 것을 못 느끼고 살았다. 집안 행사 때나 제사 때 밝은 촛불을 켰던 기억이 난다. 빛이 너무 밝은 것은 어두움만 못하다는 생각이 든다. 언제부터 전기를 남용하고 과용했는가… 적절하고 꼭 필요한 빛을 이용해 아름다운 생활을 영위할 때 행복할 것이다.

우리는 그림자가 무서워서 빛 자체를 없애는 우를 범하지 않고서는 빛을 좀 더 유용하게 쓰는 지혜가 필요한 시대에 살고 있다. 빛을 아름다운 삶으로 승화시켜 행복한 삶을 살아가는 사람이 되자.

빛과 재앙

　지금으로부터 140억년 전 인류의 역사는 이 지구상에서 시작되었다. 태초에 하나님이 하늘과 땅을 창조하시고 그 다음에 태양을 만들어 빛을 발하게 된다. 빛을 낮이라 부르고 어두움을 밤이라 불렀다. 그 다음 사람의 몸을 만들고 바다와 땅(육지)을 만들었다고 성경에 기록되어 있다.

　빛은 태양에 의한 자연광으로 존재한다. 빛을 통해 인간은 기본적인 삶을 영위할 수 있다. 빛은 과일과 곡식도 익게 하고 자연법칙에 의해 인간이 살아가는데 무서운 힘을 발휘하는 존재이다. 옛날 원시시대 때 발가벗고 추위에 덜덜 떨면서 얼마나 빛을 기다렸을까.

　미개한 시대에 살 때 태양을 신(神)으로 믿고 산 사람도 많다. 멕시코만 해도 해신과 달신을 믿는 나라이다.

빛이 없는 인간의 삶은 상상하기조차 싫다. 에디슨에 의해 전기가 발명되면서 인류는 밤에도 훤한 세상을 볼 수 있다.

빛은 희망, 영광, 출세를 의미한다. 그 뒤엔 반드시 어둠이 존재하는 그림자가 따라 붙는다. 이 세상 사람들이 빛을 보고 출세했다고 으스대다가 어두운 그림자를 생각하지 못하고 교만한 행동을 하다가 캄캄한 감옥에 갇히는 사람들도 많이 봤다. 인간이 살아가면서 좋은 일이 있을수록 겸손하라는 창조주의 교훈이 아닌가.

우리는 가장 출세한 사람을 스타라고 부른다. 감히 태양이라고 부르지 않는다. 영광 뒤에는 어두운 곳에서 말없이 돕고 희생하는 사람이 많다는 것을 알아야 한다. 빛은 항상 방향성을 갖기에 그에 수반된 그림자가 뒤따른다.

그림자는 빛의 의미와는 달리 어두운 의미를 갖는데 빛에 의한 필연적인 산물이다. 빛도 적당할 때 좋은 것이지 너무 강렬하면 얼굴이 타고 피부도 벗겨지고 심지어는 피부암까지 발생한다. 많은 사람들이 나에게 관심을 갖고 바라볼 때 낮은 자세로 남을 섬길 줄 알아야 한다.

빛의 눈부심은 누구나 경험한다. 그러나 일상생활에서 잠깐 경험하는 눈부심을 공해라고 느끼지는 않는다. 즉, 빛도 지나치면 공해가 되고 삶의 방해가 된다. 빛이 더 지나치면 인간이 살아가는데 건강을 위협하는 공해로 인식될 것이다. 밤에 우리 주위를 살펴보면 빛 공해를 쉽게 발견할 수 있다.

아파트 단지에 설치한 보안등 때문에 깊은 잠을 잘 수 없고 늘 피곤한 생활을 해야 한다. 주택가에 들어선 골프 연습장의 강렬한 빛으로 밤에도 항상 주위는 대낮같이 밝다. 이로 인해 개인의 사생활이 침해되고 가족의 자유 시간은 방해 받는다. 밤에 빛을 발하는 것은 동·식물에게 공해가 되고 사람에게도 많은 피해를 준다.

어두워야 할 밤에 과도한 불빛 때문에 자연 생태계가 영향을 받는다면 불빛은 우리 인간에게 재앙을 주는 것이다. 건물 간판의 밝은 빛으로 인한 야생 조류의 충돌과 이동 방해, 포유동물의 번식 능력 저하, 파충류의 서식지 이탈 및 교배 능력 저하로 모든 생활이 불행해질 수 있다. 또 농작물의 개화시기(開花時期)가 너무 늦어지거나 너무 빨라져서 피해를 가져 온다.

도심의 경관 조명이 늘어나면서 하늘의 별을 볼 수 없다는 불만이 나온 것은 어제 오늘 일이 아니다. 무분별한 경관 조명은 인간을 어두움과 타락 속으로 유인하는 빛이니 늘 경계하고 조심해야 한다. 조금만 방심하면 죄의 늪으로 빠지게 된다.

밤의 밝은 빛 때문에 자연 생태계를 걱정하는 목소리가 말 못하는 동·식물들로부터 나온다는 것을 우리 인간은 알아야 한다. 동·식물의 피해는 곧 인간의 피해이고 동·식물이 살지 못하고 죽는다는 것은 우리 인간에게도 곧 죽음을 의미한다.

빛은 기본적으로 필요한 공간과 시간, 양만큼 제공해야 한다. 빛이 존재하는 현실에서 일률적인 소등(消燈)보다는 빛이 필요한 정도와 시간을 지역별로 명확히 규정하고, 빛이 원하는 방향으로 조사(照射)될 수 있는 가로등, 보안등, 투과등을 선택하여 적절하게 배치하면 빛 공해를 최소화할 수 있다.

또한 밤거리도 원색적이고 자극적인 색상보다는 보편타당한 조명 디자인을 통해 아름답고 유용한 빛을 창출해야 한다. 뭔가가 부족해도 문제지만 너무 지나쳐도 문제가 있다.

우리는 그림자가 무서워서 빛 자체를 없애는 우(愚)를 범하지 않고 서도 빛을 좀 더 유용하게 쓰는 지혜가 필요한 시대에 살고 있다.

빛은 잘 활용하면 영광이지만 잘못 활용하면 우리 인간에게 큰 재앙을 줄 수 있다. 빛 뒤에는 그림자가 있듯이 영광(榮光) 뒤에는 반드시 인간을 유혹하는 웅덩이가 있고 비리와 부정의 늪이 있다. 빛은 자신을 자랑하지 않는다. 영광의 자리에 있을 때 낮은 자를 돕고 어려운 사람을 섬기는 빛의 지혜를 배우자.

시간을 사랑하는 것은 인생을 사랑하는 것이다

하루가 인생 전체의 압축이라고 스스럼 없이 말하는 사람이 있다. 그래서 자신은 아침에 잠자리에서 눈을 뜰 때마다 세상에 다시 태어나는 기분으로 하루를 시작하고 최선을 다해 자기 일을 하다가 밤이 되면 장렬하게 전사하는 기분으로 잠을 잔다는 것이다. 날마다 주어지는 하루가 인생의 유일한 날이라는 생각으로 세상을 산다는 말이다.

인간의 하루는 24시간으로 구분하고 누구든 1,440분의 시간을 갖는다. 시간은 인간 누구에게나 공평하게 나눠지고 있으며 대통령이든 머슴이든 똑같이 하루 24시간을 사용하게 된다.

시간은 돈으로 사고 팔 수가 없고 억만금을 주어도 단 1초의 시간을 살 수 없다. 시간은 남에게 빌려 줄 수도 없고 빌려 쓸 수도 없으며 시간은 저축할 수가 없다. 시간은 바쁘게 사는 사람에게는 쏜살같이 흘러가는 것이다. 시간은 한 번 흘러가 버리면 다시 돌아올 수 없다. 돈은 없다가도 벌면 되지만 한번 가버린 시간은 영원히 없어진다. 시간은 지극히 제한된 자본이며 개척과 개발이 불가능하다.

인생 팔십이면 나에게 주어진 시간은 80년 밖에 없다. 그러므로 인간은 시간을 가장 소중하게 생각하고 아껴 써야 한다. 우리는 시간을 얼마나 낭비하고 있는가. 미국의 과학자인 벤자민 플랭클린의 다음 말은 시간에 관한 금언(金言)이다.

"네가 네 인생을 사랑한다면 네 시간을 사랑하여라. 왜냐, 인생은 시간으로 구성되어 있기 때문이다"라고 했다. 시간을 낭비하는 것은 인생을 낭비하는 것이요, 시간을 사랑하는 것은 인생을 사랑하는 것이다.

시간을 타락적으로 소비하느냐, 생산적으로 활용하느냐에 따라서 인생의 성공과 실패, 행복과 불행이 결정된다. 옛 성인은 "시간 아끼기를 금싸라기 아끼듯이 하라"고 했다. 시간 낭비는 건강도 해치고 재산도 해치고 인생도 해칠 수 있다.

그 사람이 인생을 성공하였느냐 아니면 실패하였느냐는 오늘 하루를 어떻게 살았느냐에 달려있다. 나에게 주어진 인생이 오늘 하루 뿐이면 어떻게 살 것인가? 오늘 하루를 최선을 다해 산다는 말은 "지금 이 순간"의 삶에 집중한다는 뜻이다.

그것만이 유일한 현실이고 확실한 현재이기 때문이다. 망상(忘想)한다는 것은 감당할 수 없는 것을 궁리하고 꿈꾸므로 지금 이 순간의 삶이 부실해질 수 있다. 결국 하루를 잘사는 게 인생을 잘사는 것이고, 인생을 잘사는 게 하루를 잘사는 것이다.

하루살이 인생론을 지닌 사람은 오직 오늘 하루만이 과거와 미래가 공존한다고 믿고 오늘 하루를 열심히 살아가고 있다. 어제가 오늘을 낳고 오늘이 내일을 낳는다고 했다. 비록 과거에 좀 게을리했다거나 소홀히 하였더라도 오늘 해야 할 일을 최선을 다해 일을 했을 때 준비된 내일을 기약할 수 있을 것이다.

지금 이 순간만이 유일한 삶의 진실이고 그것이 하루의 성패를 좌우하는 밑거름이라고 믿을 뿐이다. 당신은 하루를 온전하게 살았을 때 그 기분으로 뿌듯한 감동을 받아 희열의 뜨거운 눈물을 흘린 적이 있는가.

최선을 다하여 자기의 기력이 소진(消盡)한 후 뜨거운 눈물을 맛본 사람만이 알 수 있는 행복감을 말하고자 한다. 하루하루가 일 년이 되고 일 년 일 년이 십 년이 된다. 내일 당장 이 지구상에 종말이 온다고 해도 오늘 하루를 최선을 다하는 삶으로 살아야 하겠다.

하루 24시간이 인생의 전부라고 생각하고 1분 1분이 10분이 되고 10분 10분이 1,440분이 되어 각자의 인생을 창조하는 예술가처럼, 아름다운 인생이 되길 바랄뿐이다. 시간을 아끼는 자가 반드시 승리하는 자가 된다.

처칠의 정신을 배우자

히틀러가 5,000만 명의 목숨을 앗아간 2차 세계대전에 나서게 된데에는 영국 체임벌린 내각이 히틀러에게 유화(宥和)정책을 편 탓이컸다.

1939년 폴란드에 이어 프랑스·벨기에·네덜란드가 순식간에 독일 손아귀에 들어가자 주영(駐英) 미국대사 조지프 P. 케네디는 "영국도 가망 없다"는 전문을 본국에 보냈다. 히틀러와의 전쟁을 피해온 영국은 전쟁을 치를 준비가 되어 있지 않았다.

국가가 위기에 처해 있는 시점에 과연 누구를 해군 장관에 임명해야 하나 몇날 며칠을 잠 못 이룬 영국 수상은 윈스턴 처칠이 적임자라고 생각하고, 늘 국가관이 투철한 처칠을 해군 장관에 임명하기로한다.

처칠은 누구인가?

어렸을 때 공부를 못해 낙제를 했고 주변에 모르는 사람이 없을 정도로 개망나니였으며, 대학 시험에도 세 번째에 겨우 합격한 삼수생이었다. 그런 처칠은 어느 날 국가를 위하여 무엇인가 큰일을 해야겠다는 굳은 결심을 하게 된다.

용맹스런 처칠은 어른이 되어 전쟁을 승리로 이끌어 유명한 장군이 되었고, 노벨문학상을 받은 문필가가 되었으며, 대범한 그림을 그려 풍경화가로 칭송을 받기도 하였다.

처칠은 1940년 5월 13일 하원에서 수상의 중책을 맡으면서 "내가 바칠 수 있는 것은 피와 노고와 땀, 눈물밖에 없었다."라고 외쳐 많은 영국 국민들로부터 우레와 같은 박수를 받았고 그 후 정치를 잘하여 두 번씩이나 영국 수상을 역임했던 인물이다.

사람은 크게 두 가지로 나눌 수 있다. 첫째는 성공한 사람이요, 둘째는 실패한 사람이다. 인간은 누구나 성공하여 승리의 월계관을 쓰고 싶어 하지만 누가 더 많이 시간을 아끼고 책을 읽고 매사에 노력했느냐, 아니면 대강대강 사느냐에 따라 성공과 실패는 100% 달라질 수 있다.

숯과 다이아몬드는 원소가 '탄소'라는 똑같은 물질이다. 다이아몬드는 질서를 잘 지킨 탄소이고, 숯은 무질서한 탄소일 뿐이다. 그런데 그 가치는 다이아몬드는 세상에서 가장 귀하고 아름다운 보석이지만 숯은 이 세상 사람이 손에 닿을까 봐 피하고 더럽다고 싫어한다.

인간도 노력 여하에 따라 세상 법규를 잘 지키고 질서를 잘 지키면 다이아몬드 같이 귀한 보석이 되고 무질서하게 살고 자기 멋대로 살면 숯과 같이 쓰레기 같은 인간이 되는 것이다.

처칠은 매사 최선을 다하고 법규와 질서를 잘 지키는 모범적인 인생의 길을 선택하여 성공하게 된다. 처칠은 전쟁의 본질을 연구하고 만반의 준비를 하고 있다 자기 조국을 위해 목숨을 바칠 각오로 히틀러와 전쟁에 임했다. 잔뜩 겁에 질려 있던 영국군은 "처칠이 돌아왔다"고 외치며 죽을 각오로 싸움터에 나가 조국을 살리겠다는 각오를 하게 된다.

예순네 살 처칠은 1차세계대전 때 이미 해군 장군으로서 산전수전 공중전까지 경험했기 때문에 히틀러와 싸우는 전쟁의 본질을 꿰뚫고 있었다.

처칠은 "대가가 어떤 것이든 우리는 싸워서 승리할 것"이라고 선언했고 드디어 히틀러로부터 항복을 받아냈다. 영국 국민은 승리를 만끽하면서 영원한 우상 처칠을 1940년 5월 수상이란 중책을 맡긴다. 인간은 어느 누구든 피와 땀과 눈물의 고귀함을 알고 최선을 다할 때 승리의 영광을 거두고 성공의 월계관을 쓸 수 있다.

처칠은 25명의 장관에게 "영국의 긴 아픔의 역사가 끝내 마침표를 찍어야 한다면, 히틀러가 피 흘리고 숨이 막혀 죽은 뒤에야 그렇게 될 것이다."라고 외쳤다. 영국군의 단호한 의지와 용기, 꼭 승리해야겠다는 신념 앞에서 히틀러의 나치군인 5년 뒤 무릎을 꿇었다.

1962년 구 소련은 쿠바에 미사일 기지를 만들어 미국의 숨통을 막으려 했지만, 핵전쟁을 각오한 존 F. 케네디 대통령의 용기 앞에서 구 소련군은 후퇴하고 말았다.

이스라엘이 아랍 국가들로 에워싸인 속에서 국가적 존엄을 유지하는 것은 어떤 침략과 위협도 국가와 국민을 위하는 일이라면 용서

하지 않겠다는 결의를 보여 주기 때문이다.

이스라엘 국민은 늘 자부심을 갖고 열심히 살아가고 있기 때문에 세계 선진국도 이스라엘 정신을 배우고자 한다.

외세 침략에 의해 나라가 없어지면 전쟁이 싫고 좋고 아무런 의미가 없고 나라가 없어지면 애국가를 부르고 싶어도 부를 수가 없고 국기에 대한 맹세를 하고 싶어도 할 수 없다.

세계에서 유일하게 분단국가인 우리나라도 이스라엘처럼 고등학교 졸업 후 남자는 3년 여자는 2년간 군인으로서 국방 의무를 마친 다음 대학교를 입학하게 할 법적 제도적 장치가 필요하다.

'죽자고 하면 살 것(必死則生)'이라는 굳은 결의로 국민의 뜻을 가슴에 새기고, 위기를 헤쳐 나간 처칠의 위대한 지도자상(像)을 배우자.

꽃과 벌을 생각하며

"장자"가 쓴 글을 읽다보면 〈추수〉편이 나오는데 내용은 이 세상 모든 것들은 자기를 사랑하지 않고 남을 부러워한다는 것이다. 세상에서 가장 아름다운 동물은 전설에 나오는 기(夔)라는 동물이다. 이 동물은 발이 하나밖에 없지만 세상에서 가장 아름다운 동물이라서 모든 동물들이 부러워하고 흠모하고 있었다.

그런데 기(夔)는 발이 하나밖에 없었기 때문에 발이 100개가 있는 징그럽기 짝이 없는 지네를 몹시 부러워했다. 지네가 가장 부러운 동물은 발이 없는 뱀이라고 한다. 뱀이 거추장스러운 발이 없어도 잘 갈 수 있었기 때문이다.

뱀은 자신이 움직이지 않고도 멀리 갈 수 있는 바람을 부러워했고, 바람은 가만히 있어도 어디든 빠르게 가는 눈을 부러워했다. 눈은 보지 않고도 무엇이든 상상할 수 있는 마음을 부러워하였다. 마음은 세상에서 가장 부러운 것이 무엇이냐고 물었더니 자신이 가장 부러운 것은 전설상의 동물인 기(夔)라고 말하였다.

세상의 모든 존재는 어쩌면 서로가 서로를 부러워하면서 살고 있는지 모르겠다. 인간은 약은 것 같아도 참 어리석은 동물이다. 상대를 부러워할 줄만 알았지 결국 자신이 가진 것이 가장 아름다운 것이라는 것을 모른 채 살고 있다.

세상 살기가 힘든 것은 자기 자신의 행복을 모르고 상대방만 바라보며 부러움에 도취하다보니 자신의 행복을 찾지 못하고 살아간다. 가난한 사람은 부자를 부러워하고, 부자는 권력을 부러워하고, 권력자는 가난하지만 건강하고 행복한 사람을 부러워한다.

자신이 부모로부터 물려받은 특기나 소질, 취미, 재능을 살려서 재미있게 살아가면 그것이 가장 큰 행복이다. 무조건 남을 부러워한다는 것은 어떻게 보면 자기 자신을 초라하게 만들 수 있다. 세계에서 제일 비싼 호텔에서 한 달이나 두 달간 투숙한다고 생각해 보라. 얼마나 가족이 그립고 보고 싶겠는가.

다 쓰러져가는 보잘 것 없는 집이지만 연탄불에다 밥을 해 먹고 방 한 칸에 7~8명이 잠자는 불편한 생활을 하더라도 내 집이 더 좋다. 내 집은 따뜻한 보금자리이며 편안히 머무를 수 있고 가족간에 사랑을 키울 수 있다. 또 귀중한 생명과 꿈과 대화를 나누며 사는 것이 가족이고 스위트홈이다.

이것이 곧 아름다운 가정이요, 행복한 가정이다. 인간은 단 한번이 지구촌에 태어나서 살다가 죽게 되는데 명예, 권력, 돈, 사랑, 봉사 등 모두 좋지만 가정의 평화, 부모간의 사랑, 부모자식간의 사랑이 넘칠 때 가장 행복하다고 말할 수 있다.

린위탕은 "인간의 가장 훌륭한 이상은 미덕의 표본이 되는 게 아니고, 그저 다정하고 남에게 호감을 주며 분별력 있는 사람이 되는 것이다"라고 말했다.

벌이 꽃 향기를 맡으며 멀리 날아가 가루(花粉)를 목에 간직한 채 자기 집인 벌통에다 토해내어 모든 사람에게 이롭게 하듯이, 남을 위해 봉사하고 희생하는 것이 가장 아름다운 삶일 것이다.

우리가 살다보면 슬픔의 새가 머리 위로 지나가는 걸 막을 수는 없지만, 그 새가 머리에 둥지를 틀지 못하게 늘 도덕적으로 깨어 있어야 하겠다.

담배 그리고 꽁초

고종 때 유행했던 '담바귀 타령'을 보면, 처녀가 담배 피우고 바람 난 대목이 있다.

'청동화로에다 뜨끈뜨끈하게 불을 피워놓고 삥 둘러앉아 깊숙히 담배 한 대 피우니 속이 시원하고 목구멍이 다 시원하다고' 했다. 어느 망나니가 담배 피우는 딸을 보고 딸을 달라고 조르자 딸의 어머니는 나이가 어려서 못 주겠다고 한다. 그 말을 들은 딸은 '어마님 그 말씀 마오. 제비가 작아도 강남을 날아가고 참새가 작아도 알만 잘 까오. 어마님 그 말씀 마오. 어머님 생전에 외손자 낳아드리겠소' 라며 시집 보내달라고 울부짖는다.

여성이 인간적 본능을 억압받고 살아야 했던 시절 당시 대담하게 거역하는 용기를 담배가 부여하고 있다. 담배 피우며 신세타령도 하고, 담배 연기 뿜으며 한숨 쉬며 세월을 보내던 그 시절을 어렴풋이 알 것 같다.

콜럼버스가 아메리카를 발견했을 때 원주민인 인디언들이 담배에 약효가 있다고 믿고 담배 피우는 것을 처음 보았다. 이때부터 담배는 유럽 전 지역으로 전해져 평화의 상징으로 파이프에 담배를 피우면 잡귀신이 없어진다고 믿었고 인디언들은 담배를 피우며 의식을 치르면 외세의 침략을 막는다고 믿었던 것이다.

우리나라는 1592년 임진왜란 때 담배가 처음 들어왔는데 담배는 백해무익하니 절대로 못 피우게 해야 한다고 반대하는 사람이 있는가 하면, 담배는 심심풀이고 스트레스 해소제니 피우도록 하자고 찬성했던 사람도 있었다. 사실 담배에는 니코틴, 알칼로이드, 말산시트산 같은 유기산이 들어 있어 만병의 근원이 되고 무서운 암의 발병률이 매우 높다. 그럼에도 불구하고 애연가들은 하루에 한두 갑 이상 피우는 사람도 있다. 담배는 비흡연자들에게도 피해를 준다고 하여 공공장소에서 못 피우도록 법으로 정했고 전 세계적으로 금연운동이 확산되고 있는 실정이다.

나도 어렸을 때 맥아더 장군이 담배 파이프를 입에 물고 서있는 모습이 참 멋있어 보였다. 담배를 멋으로 피우다가 중독이 되고 여학생이나 젊은 사람들은 살 뺀다고 담배를 피우다 중독된다.

임산부가 담배를 피우면 태아가 기형아로 태어난다고 한다. 또 담배를 피우다 담배꽁초를 쓰레기통에 버리기보다는 대충 불씨만 끄고 아무데나 버린다. 승용차 안에서 담배를 피우다 담배꽁초를 창밖으로 던져 창문 열고 운전 중인 운전자 옆에 떨어져 그 운전자가 담배 불을 끄다 낭떠러지로 떨어지는 사고가 난 적도 있다.

예로부터 우리나라는 금수강산이라 불릴 만큼 아름다운 산들이 많다. 몇 년 전 등산객이 버린 담배꽁초 때문에 아름다운 명산 설악산 일부가 불에 타고 문화 유적지인 낙산사까지 잿더미가 된 적도 있다. 반만 년을 키워온 나무들이 담배꽁초 때문에 하루아침에 다 타버려 흉물이 된 아름다운 강산을 보면 가슴이 찢어지도록 아프다. 민둥산에서 묘목들이 자라 울창한 숲이 되려면 최소한 몇십 년의 시간이 걸린다. 국가적으로도 얼마나 많은 자원이 사라지는가.

함부로 담배꽁초를 길바닥에 버려 담배꽁초가 널려있어 길이 아닌 재떨이로 변한 것을 보며 한심한 생각이 든다. 자기의 인격과 소중한 양심을 담배꽁초와 함께 버린 것이다. 차안에서 담배꽁초를 밖으로 그냥 버리고 길거리에서 담배꽁초를 휙휙 던지는 사람들을 그냥 용서하지 말고 법적으로 처벌해야 한다.

요즘 중·고등학생들도 어른들과 똑같이 담배꽁초를 아무데나 휙휙 버린다고 한다. 대중음식점에서도 담배를 피우는 상식없는 사람들이 많다. 식당에서 금연하는 것도 기본 예의다. 담배를 아무데서나 피우고, 담배꽁초를 아무데나 버리고, 침을 함부로 뱉는 양심 없는 사람은 많은 사람들로부터 외면당하기 십상이다. 이웃나라 일본인들은 천재지변으로 참담한 상황에서도 물을 배급받기 위해 질서를 지키는 질서의식은 참으로 놀랍고 존경스럽다.

우리나라는 예로부터 동방예의국이다. 법과 질서를 지키며 수준 높은 도덕성을 지닌 위대한 국민으로 거듭나길 바란다. 담배 피우는 것 자체가 백해무익하지만 담배꽁초 때문에 더 이상 아름다운 금수강산이 잿더미가 되지 않기를 간절히 소망한다.

관인팔법(觀人八法)의 교훈

그릇에 무엇을 담았느냐에 따라 그릇의 가치가 달라지듯, 어떤 생각, 어떤 마음을 먹고 사느냐에 따라 人生의 가치가 달라진다. 아무리 좋은 청자기나 백자기라도 오줌이나 똥을 담으면 '요강'이 되고 쌀을 담으면 '쌀 단지'이고 고추장이나 된장을 담으면 '장 단지'이고 보물을 담으면 '보물 단지'가 된다. 우리 사람도 몸에 무엇을 담고 사느냐에 따라 삶의 가치가 달라진다.

같은 물을 먹어도 독사는 온몸이 독으로 가득차 있고 젖소는 우유로 가득차 있듯이, 어떤 마음씨로 살아가느냐에 따라 양식있고, 교양 있는 사람이 될 수 있고 불량한 사람이 될 수 있다.

오늘이란 말은 인생에서 성공한 사람들이 쓰는 용어이고 내일이란 말은 인생에서 실패한 사람이 쓰는 말이다. 성공한 사람은 "오늘

당장 담배 끊자, 운동하자, 공부하자, 술 끊자"라며 곧바로 시작하는 사람이고, 실패한 사람은 "내일부터 담배 끊지, 운동하지, 공부하지, 술 끊지"라며 매사 내일로 미룬다.

내일이 되면 또 내일로 미루다가 평생 제대로 시작 한번 못 해보고 끝내는 경우다. 또 성공한 사람은 매사 긍정적인 자기최면을 하고, 실패한 사람은 매사 부정적인 자기최면을 한다.

시대에 따라 지도자의 그릇과 마인드가 다르지만 큰 그릇(스케일)을 갖고 모든 사람에게 희망을 줄 수 있는 지도자가 필요한 시대다. 지도자라면 "나는 할 수 있다, 너도 할 수 있다. 그리고 우리도 할 수 있다"는 희망을 주고 매사 할 수 있다는 자신감과 칭찬과 격려를 해주는 사회 지도자가 많아야 하고 그 중심의 주체가 선생님이 되어야 한다.

세계는 급속한 변화와 풍습에 따라 전통과 생활습관이 전해져 오고 있다. 18세기 후반 산업혁명을 거쳐 세계 최대 강국이 된 영국은 생산력을 극대화하기 위해 많은 나라에게 자유무역정책을 강요했다. 하지만 뒤늦게 산업화를 시작한 독일과 미국은 자국 산업을 육성하기 위해 보호무역을 채택했다.

자유무역을 주장한 나라나 보호무역을 택한 나라나 각각 자기 나라의 실정에 맞는 정책을 택한 것이다. 도시국가인 싱가포르와 홍콩을 제외하면 제2차 세계대전 이후 새롭게 선진국이 된 나라는 우리나라밖에 없다.

우리나라는 G20 경제대국의 의장국이 된 나라이며 세계에서 유일하게 지원을 받는 나라에서 지원을 하는 나라가 되었다. 우리나라가 선진국에 진입하게 된 배경에는 우리 할아버지, 할머니, 부모님

때부터 양말을 꿰매 신고 옷도 꿰매 입으며 근검절약하고 저축하는 자린고비정신이 있었기에 가능했다. 먹고 싶은 것, 입고 싶은 것, 못 입고 근검절약하는 정신을 조상으로부터 배웠기에 오늘날 풍요한 삶을 살 수 있다.

하지만 요즘 젊은이들의 물건을 아낄 줄 모르고 안정감 없이 날뛰는 모습을 볼 때 걱정이 앞설 때가 많다. 젊은이는 이 나라 내일의 보배요, 주인공이다. 어렸을 때부터 바른생활 습관과 정신자세가 필요하다.

인간이라고 해서 다 똑같은 인간은 아니다. 훌륭한 인간이라고 존경을 받고 사는 사람이 있는가 하면 벌레보다 못한 인간이라고 저주받는 인간도 있다. 남한테 대접을 받는 인간이 되려면 넉넉하고 남을 위하는 마음으로 근검절약하고 겸손한 마음으로 살아야 한다.

옛부터 중국 사람들은 국가에서 큰 인물을 뽑는데 8가지 기준을 정하여 뽑았다. 이를 관인팔법(觀人八法)이라고 한다. 관인팔법에서

첫째는 위(威)이다. 그 사람이 얼마나 위엄이 있고 의연스러우냐는 것이다. 사람은 스스로 생각을 깊게 하고 품위를 지키며 살았을 때 위엄이 있어 보인다. 큰 뜻을 품고 큰일을 하겠다는 정신자세와 부지런히 배우는 자세로 살면 그 사람 몸에서 위엄이라는 향기가 난다.

둘째는 후(厚)이다. 얼마나 그릇이 큰가를 보는 것이다. 남을 이해하고 어렵고 불쌍한 사람을 돕고 이웃에게 베풀고 살았을 때 남들 눈에 후덕하게 느껴지는 법이다.

셋째는 청(淸)이다. 얼마나 도덕적이고 청렴하고 마음씨가 곱고 숭고한 정신으로 세상을 살았으며 불의와 타협하지 않은 깨끗한 생각으로 살 수 있느냐를 보는 것이다.

넷째는 고(固)이다. 자기 신념을 꿋꿋하게 지켜 나가는 강한 기골의 소유자냐 아니냐는 것을 보는 것이다. 지도자는 옳다고 생각하면 끝까지 소신을 굽히지 말고 고집을 부려야 한다.

다음은 쓸모 없는 인간 4가지를 말한다.

첫째는 고(孤)이다. 남들과 어울리지 못하는 외톨이가 되는 성품의 소유자를 뜻한다. 남을 이해하지 못하고 자기밖에 모르는 사람은 친구가 없고 주위에 사람이 없기에 그런 종류의 사람을 등용할 수 없다는 것이다.

둘째는 박(迫)이다. 몸집이 빈약한 사람을 말한다. 건강하지 못하고 건강관리를 할 줄 모르는 사람은 등용하지 않으며 언행 가운데 천박한 사람을 말한다.

셋째는 악(惡)이다. 인상이 험상궂거나 눈매가 뱀눈처럼 앙칼지고 매섭게 보이면 안된다는 것이다. 이런 사람은 냉혹하고 잔인한 일을 할 수 있다고 보기 때문이다.

넷째는 속(俗)이다. 언행에 품위가 없고 경박스러운 사람은 등용하지 않는다. 평상시에도 저속하고 쌍스러운 말을 하는 사람은 멀리하는 것이 좋다.

세상을 살아가면서 관인팔법(觀人八法)을 잘 생각하며 이 사회에서 꼭 쓸모 있는 사람으로 살아갈 때 책임있고 중요한 자리에 등용할 수 있음을 명심하길 바란다.

친구 사귀기 10계명

우리가 어렸을 때만 해도 먹을 양식이 부족하고 살림살이가 어려워도 훈훈한 정으로 살아갈 수 있었다. 그것은 상대를 이해하는 마음과 가난하지만 여유 있는 정신 세계가 있었기 때문이다. 하지만 누구를 막론하고 오늘날 참 각박한 세상을 살아가고 있는데 이럴 때일수록 친구 중에 엄격한 사람을 골라 그의 충고를 자주 듣는 것이 좋다. 친구들 가운데 엄격한 자가 없으면 엄격한 자를 찾아 친구로 삼도록 노력해야 한다. 비위나 맞춰 주는 친구를 사귀면 바른 충고를 얻을 기회가 없고 자신이 성숙해질 수 없다.

조선시대 이덕무는 사소절(士小節)을 집필한 자인데 사소절은 선비의 작은 예절을 말하고 선비가 가정에서 지켜야 할 법을 말하는 것이다. 이덕무가 말한 방달한 자의 대표적인 예로는 장자(莊子) 도척편에 나오는 유하계(流下系)의 동생 도척을 들 수 있다. 도척은 샘물처럼 솟아나는 지략과 질풍 같은 추진력, 상대를 거꾸러뜨릴 수 있는 완력, 그럴 듯하게 둘러댈 수 있는 언변 등을 갖추고 있는 자이나 형제 친척들은 물론이고 부모의 말도 듣지 않는 방자한 자로서 9,000명의 부하를 거느리고 천하를 노략질하였던 자이다. 유하계의 친구인 공자가 도척을 찾아가서 그를 설득하려고 하였으나 오히려 봉변을 당하고 왔다는 이야기가 있다.

1994년 9월 우리 사회를 경악(驚愕)하게 만들었던 '지존파'의 우두머리도 초등학교 때는 전교 일등까지 한 수재였으나 어려운 가정형편과 구조적인 모순을 안고 있는 사회 환경 가운데서 좋은 책과 엄격한 친구의 충고를 받지 못함으로써 점점 비뚤어져 우리 시대의 무자비한 깡패가 되고 만 것이다.

음악 연주에서 악기들은 각자 소리와 성격이 달라도 서로 부족한 것을 보충하며 화음을 이루듯이 인간이 살아가는데 서로 양보하고 부족한 것을 도와주며 살아갈 때 아름답게 살아갈 수 있다. 사람이 살아가는데 있어 서로의 만남은 하나의 관계를 만들고, 관계가 생기면 서로 지켜야 할 원리원칙과 행동의 규범이 생긴다.

이것을 도덕이라고 하고 사람이 살아가는데 꼭 지켜야 할 윤리라고 말한다. 도덕과 윤리는 인간관계를 유지하기 위한 중요한 질서요, 필요한 규칙이다. 이 규범이 무너지면 인간관계는 깨어지게 된다.

부부관계, 부자관계, 사제관계, 친척관계, 친구관계, 동창관계, 동료관계, 선후배 관계, 동향관계 등 많은 사람들은 관계의 연(緣)을 갖고 살아간다. 인간으로서 이 세상을 살아간다는 것은 남과 더불어 살아야 하는 공동체의 구성원이기 때문이다. 세상을 살아가는 데 있어 인간은 합리적이고 개방적이고 포용적인 생각과 행동을 배워야 한다.

이 세상에는 세 종류의 사회가 있다.

첫째는 밀림 사회다. 밀림 사회는 동물의 세계를 말하는데 동물의 세계는 도덕 · 대화 · 협동심 · 예의 · 타협 · 양보도 없다. 오직 죽느냐, 죽이느냐의 살벌한 싸움만이 있을 뿐이다.

둘째는 스포츠 사회다. 스포츠는 공정한 경기 규칙을 지키면서 승패를 가린다. 스포츠는 대단히 인간적이고 우호적이고 합리적이며 패자는 승자에게 박수를 보내는 모습이 아름답다.

셋째는 심포니(Symphony) 사회요, 교향악과 같은 사회다.

심포니 사회에서는 협동과 조화, 코퍼레이션(Cooperation)과 같은 하모니(Harmony)의 원리가 지배한다. 또 너와 내가 함께 살아가는 세계로, 모두가 승자가 되는 기쁨의 사회요, 행복한 사회다.

사회를 살아가는데 성공하려거든 좋은 친구를 자기 곁에 많이 두어라.

좋은 친구 사귀기 10계명을 필자는 이렇게 생각한다.

첫째, 자기 자신을 고품격화 시켜라.

자기를 멋있고 아름답게 가꾸는데 인색하지 말라. 그래야 좋은 친구들이 사귀기를 원한다.

둘째, 친구의 어려움을 보거든 내 일같이 도와줘라. 그 친구는 고마움을 항상 가슴에 품고 평생 동안 은인으로 생각하게 될 것이다.

셋째, 쓴 소리 할 줄 하는 친구를 사귀어라. 부모보다 친구가 나의 단점을 더 많이 알고 있다. 친구는 삶에 있어 제1의 스승이다.

넷째, 예의(禮義)를 지켜라. 내가 친구를 존중해야 친구도 나를 존중한다.

다섯째, 자존심(自尊心)을 버려라. 나의 고민, 나의 약점, 집안의 어려움도 얘기할 수 있는 친구가 곁에 있어야 한다.

여섯째, 약속은 꼭 지켜라. 어떠한 일이 있어도 지키지 못할 약속은 하지 말라. 비굴한 모습을 보이면 진실한 친구는 서서히 내 곁을 떠날 수 있다.

일곱째, 겸손하라. 친구의 장점을 칭찬하고 배우도록 노력하라.

여덟째, 편한 사람이 돼라. 친구의 말을 많이 들어 주고 손을 꼭 잡아줘라.

아홉째, 허풍 떨지 말라. 너무 자기 자랑을 노래하면 주위의 좋은 친구가 사라진다.

열 번째, 정직하라. 좋은 친구가 많다는 것은 큰 행복이요, 큰 재산이다. 손해를 보더라도 솔직할 때 신뢰를 얻을 수 있고 어려울 때 도와준다.

물의 정신을 배워라

상용(商用)은 노자(老子)의 스승이다. 상용이 몸이 허약해지고 병마와 씨름하는 것을 보고 선생님은 얼마 있으면 세상을 떠나실지 모르겠다는 생각에 노자는 스승 상용을 찾아뵙게 된다.

"마지막으로 선생님의 가르침을 배우고 싶어 찾아왔습니다."라고 말하자 스승인 상용은 입을 벌리며 말했다.

"자네는 혀가 있느냐?" "네 있습니다" "그렇다면 치아는 튼튼한가?" "하나도 없습니다" "내가 지금 무슨 말을 하려고 하는지 알겠느냐?" 라고 묻자 노자는 "강한 것은 없어지고 부드러운 것은 남는다는 말씀이시군요"라고 대답했다.

상용은 고개를 끄덕이면서 돌아누웠다. 노자의 유약겸하(柔弱謙下) 즉 부드러움과 낮춤의 철학이 여기에서 나온다. 노자는 가장 아름다운 인생은 물처럼 서두르지 않고 겸손한 물의 정신을 배우라고 했다. 물은 아낌없이 은혜를 베풀고 신뢰를 잃지 않으며 자랑을 하지 않는다.

세상을 집어삼킬 듯한 불도 말없이 잠재우고 세상을 깨끗하게 해준다. 물은 얼 때를 알고 녹을 때를 아는 지혜가 있다. 물은 한 방울 한 방울이 모여서 강을 만들고 바다를 만들어준다. 그 위에 배가 다니며 사람이 살아가도록 고기도 잡게 하고 해초도 따 먹게 한다.

물은 자기의 공은 내세우지 않는다. 그래서 노자는 상선약수(上善若水)를 말한다. "가장 아름다운 인생은 물처럼 사는 것이다."라고 했다. 강한 것은 남을 부수지만 결국은 제가 먼저 깨지고 만다. 강한 것을 더 강한 것으로 막으려 들면 결국 둘 다 망한다.

강한 쇠로 만든 문짝은 비바람에도 쉽게 썩지만 문짝을 여는 축 역할을 하는 지도리는 오래 될수록 반들반들거리며 부드러워진다. 끊임없이 움직이면 많은 것을 배우고 얻을 수 있다.

물도 말없이 흐르다가 바위한테 부딪히고 나무에 부딪히고 깊은 웅덩이를 만나도 불평 한 마디 안 하고 여유있게 웅덩이의 물이 찰 때까지 기다렸다가 갈 길을 가지만 어느 누구에게 원망하지 않는다.

'여씨춘추(呂氏春秋)'에서 흐르는 물은 썩지 않고, 무지도리는 좀 먹지 않는다고 했다. 말없이 자기 할 일만을 하기 때문이다. 유수부패, 후추불두, 동야라고 한 뜻이 바로 이러한 뜻이다.

고인 물은 금방 썩지만 흐르는 물은 썩지 않는다. 무사안일의 삶은 개인이나 국가에 있어 발전이 없다. 어제가 오늘 같고 내일도 오늘과 같이 산다면, 즉 다람쥐 쳇바퀴 돌 듯이 살면 승리하는 삶이 될 수 없다.

어떤 조직이든 이권 관계에 있는 자리를 특정인이 너무 오래 앉아 있으면 활발하게 움직이지 않고 변화를 싫어하며 그 조직은 퇴보하고 무너지고 만다. 지도자는 변화를 읽어내는 안목이 필요하다.

모든 사람은 낮은 곳으로 가기를 싫어 하지만 물은 스스로 낮은 곳으로 간다. 그렇지만 바다를 만드는 힘이 있다. 물처럼 산다는 것은 쉬운 일이 아니다.

요즘 사람들은 공을 세워서 자랑하고 싶어하고, 남들 위에 군림하고 싶고 지배하고 싶은 것이 상식처럼 되어버린 세상에 자랑하기를 좋아하고 교만하여 남을 지배하려고 하면 반드시 군림을 당하거나 지배를 당하게 되어 있다.

꽃을 피우고 열매를 맺고 과일을 만들어 주는 물은 절대 자기를 내세우지 않는다. 강한 이가 부드러운 혀의 지배를 받는다는 사실을 알라.

노자는 세상을 물처럼 살아야 하는 원칙을 다음과 같이 말한다. 물은 남과 다투거나 경쟁하지 않고, 더럽고 추한 곳을 찾으며 낮은 곳을 임하는 겸손의 정신이 있다는 것이다. 권력을 잡았을 때는 권력이 내 곁을 떠난다고 생각하며 잘살고 돈이 있을 때는 지난날 내가 어렵고 힘들었던 때를 생각하라.

생각을 바꾸고 넓히려면 많은 사람과 얘기를 나뉘고 고리타분한 생각을 과감하게 바꿀 줄 알아야 한다. 세상은 눈치가 빠른 사람이 성공할 수 있다. 고생을 많이 해 본 사람은 눈치가 빨라진다. 강한 것을 물리치는 힘은 자기 자신에게 부드럽게 하고 겸손한 자세가 필요하다. 혀가 이를 이긴다는 사실을 기억하자.

나무여! 당신이 있었기에 행복했소

은혜가 풍성한 나무는 사랑으로 모든 것을 감싸주는 존재이다.

'나무는 언제나 오래참고, 온유하며

남을 시기하지 않으며, 자랑도 교만도 아니한다.

나무는 모든 것 감싸주고 바라고 믿고 어떤 어려움도 참아낸다.'

나무는 이 세상 끝까지 영원하며 오직 인간만을 위해 영생토록 희생하는 사랑하는 존재이다.

나는 나무가 있었기에 내 삶이 행복했음을 고백하고자 한다.

나무는 지상에 사는 모든 생물체 중 근원이며 가장 위대하다.

나무는 지상에서 왕성한 활동을 하며 대기의 성분을 변화시켜왔다. 나무가 있기에 인간을 비롯해 숨을 쉬는 생명체들이 존재할 수 있었다.

지구가 탄생된 뒤 약 4억년 동안 격렬한 지각운동이 계속되어 대기권(大氣圈)은 산소와 질소로 공기가 이루어지지만 아주 옛날에는 탄소가 주성분이었다.

차츰 지각운동이 줄어들면서 지구는 안정을 찾았고 첫 생명체인 나무는 지구가 생겨난지 약 41억년 정도쯤 제구실을 했다.

바다에 살고 있던 해초들이 지상으로 올라오면서 지구는 새로운 모습으로 바뀌기 시작한다. 바다에서 살고 싶은 해초들은 바다에 머물고 토양에 원소를 갈구한 식물들은 삶의 터전을 육지로 옮겨왔다. 뭍으로 올라온 최초의 식물은 녹조류와 같은 단세포 식물로 약1억년 동안 육상 생활에 적응해왔다.

3억 년 전쯤 최초의 나무들이 오늘날 침엽수의 조상이다. 약 2억 7천만 년 전 석탄기 때에 숲은 매우 번창하다 갑작스런 환경 변화로 울창한 숲은 죽음에 이른다. 먹이 식물인 나무들이 사라지자 그때부터 거대한 공룡들이 죽어갔다. 나무들과 동물들의 사체는 유기물의 형태로 토양에 머물게 되는데 이것이 오늘날 인간이 사용하는 화석 연료인 석탄과 석유이다.

약 1억 5천만 년 전부터 살고 있는 은행나무는 '살아있는 화석'이며 이 세상에서 동·식물 중 가장 오래 산다.

세상의 고통을 다 겪은 나무들은 우리 인간에게 무한한 사랑과 덕을 말없이 베풀고 있다. 나무는 주어진 환경에도 잘 적응하면서 산다.

등성이에 서면 햇살이 따사로울까, 골짜기에 내려서면 장마에 떠내려가지는 않을까 걱정하지 않는다. 남의 자리를 엿보고 탐내지도 않는다. 물과 흙과 태양이 주면 주는 대로 받아먹고 홍수가 나서 산이 무너져 떠내려가면 떠내려가는 대로 물의 처지만 기다릴 뿐이다.

소나무는 진달래를 내려다보되 깔보는 일이 없고, 진달래는 소나무를 우러러보되 부러워하는 일이 없다. 소나무나 진달래는 자기 할 일만 묵묵히 할 따름이다. 나무는 쓸쓸하게 세상을 살지만 고독의 멋을 안다. 아침의 고독을 알고 구름에 덮인 저녁의 고독을 안다. 부슬비 내리는 가을 저녁의 고독도 알고, 함박눈 펄펄 날리는 겨울 아침의 고독을 안다. 나무는 나이를 몸속으로 새기며 춥고 덥고, 불나고, 도끼로 찍고, 몽둥이로 때린 것을 일기 쓰듯이 다 기록한다고 한다.

나뭇잎이 쓸쓸히 떨어질 때면 새순을 기다리고 새순이 올라와 벌레들이 먹고 새가 와서 뜯어 먹어도 여유있게 그냥 먹게 놔둔다. 새들이 나무에 집을 짓든, 구멍을 뚫어도 아프다는 말 한 마디 안하고 묵묵히 지켜보고만 있다. 보름달이 떠 환하게 웃어도, 바람이 불어 춤을 추어도 새들이 앉아 똥을 싸든, 태풍이 불어 나뭇가지가 부러져도 불평하지 않는다.

오직 인간을 위해 그늘을 만들고 아름다운 꽃을 피우고 열매를 맺는데 더 희열을 느끼며 산다. 나뭇잎은 숲을 찾는 모든 사람에게 거룩한 전당이 된다. 편안히 쉴 수 있도록 하고 엄숙하고, 경건한 마음으로, 자연을 배우게 한다. 우렁찬 뻐꾸기 노래와 작은새 소리에 귀 기울이며 여유 있게 세상을 살아줄 뿐이다.

나무는 믿음직하고 우직하며 겸손과 덕(德)이 있으며 오직 인간을 위해 존재할 뿐이다. 교만한 인간은 그것도 모르고 발로 차고 나무에 이름을 새기고, 꺾고, 송두리째 뽑아가기도 한다. 그래도 나무는 누구를 탓하거나 원망하지 않는다.

나무는 언제나 하늘을 향해 나무를 만들어준 창조주께 감사드리며 하늘을 향해 손을 쳐들고 있다. 나무는 희생의 어머니요, 풍만한 사랑의 아버지이다. 지족상락(知足常樂)을 할 줄 아는 현인(賢人)이다.

불교에서 말하는 윤회설(輪回說)과 영겁회귀(永劫回歸)설이 사실이라면 나는 죽었다가 다시 태어난다면 나무로 태어나고 싶은 심정이다.

사람도 큰 인물을 거목(巨木)이라고 부른다.

나무여! 당신을 진정 존경하고 사랑한다. 당신이 있기에 맛있는 열매를 마음껏 먹을 수 있었다.

나무여! 당신이 있었기에 인간으로 태어나 행복했음을 고백한다.

입은 행복을 부르는 문

요즘 학생들은 욕(suck)하는 것이 일상생활이 되었다고 한다. 75초마다 욕을 하는데 아무런 죄의식도 없고 장난삼아 한다니 기가 막힐 노릇이다. 작년에 수학여행 때 학급에서 얌전하기로 소문난 여학생이 친구에게 욕하는 것을 듣고 담임교사는 자신의 귀를 의심했다고 한다. 그 여학생이 자는데 친구의 실수로 발을 밟혀서 깼는데 "니미럴, 왜 발을 밟고 지랄이야? ×발…" 발을 밟은 여학생은 "×라 미안"라고 말했다는 것이다.

김교사는 최근 반 여학생에게 "'제일 많이 쓰는 욕이 뭐냐'고 묻자, 창녀, 엄창, 니애미 창녀"라고 말했다고 한다. 문제아 모범생 가릴 것 없이 청소년들의 욕설이 도를 넘어 국어 파괴 현상까지 벌어지고 있다. 여학생이 남학생보다 욕을 더 많이 한다고 한다. 어릴 적 가정교육을 충분히 받기도 전에 인터넷과 TV 등 매체에 노출된 것이 욕을 많이 하는 원인으로 꼽힌다.

추석 전 재래시장에 갔다가 두 여자가 언성을 높여 싸우는 것을 봤다. 난전에서 야채를 파는 사십 줄의 여자와 시장을 보러 나온 비슷한 연령대의 여자가 뭔가로 시비가 붙어 해결이 나지 않는 모양이었다. 한순간, 손에 들었던 야채 봉지를 땅바닥에 팽개치며 물건을 사려던 여자가 앙칼지게 소리쳤다. "평생 길바닥에 앉아서 야채나 팔아 처먹어! 이 무식해빠진 여편네야!"

싸움의 내막은 알 수 없었으나 그녀가 내뱉은 말은 주변을 싸늘하게 얼어붙게 만들었다. 말이 허공에 아로새겨져 영원히 지워지지 않을 듯이 섬뜩한 느낌을 주었다. 말이 단지 뱉고 버리는 것이 아니고, 경우에 따라서는 몇백 년, 몇천 년이 지나도 지워지지 않는데 왜 그렇게 끔찍스러운 말을 하는지 이해할 수 없었다.

세상을 살아가면서 우리는 숱한 말을 입에 올리고 산다. 그 말은 발설 순간 사라지는 듯하지만 실상은 스스로 살아 움직이는 생명체처럼 사람의 가슴에 꽂힌다. 한 마디 말이 남의 가슴에 못으로 박혀 평생 상처가 되기도 하고, 한 마디 말에 상처를 받아 평생 마음의 장애를 지니고 살기도 한다. 악담, 악평, 악플 따위가 사람을 죽음으로 몰고 가는 걸 우리는 숱하게 지켜보았다.

반대로 좋은 말 한 마디는 사람의 인생을 바꿀 수 있다. 칭찬은 고래도 춤추게 한다는 말은 단지 비유나 상징이 아니다. 좋은 말에는 깊은 감화력이 있어 상대방의 심신에 직접적인 영향을 미친다. 좋은 말은 음악처럼 향기롭게 멀리 퍼져나가고 오래 지속된다.

내 입에서 나가는 말은 인생의 씨앗이 된다. 입은 행복을 부르는 문이 되기도 하고 재앙을 부르는 문이 되기도 한다. 칭찬 한 마디에 인생이 좌우되고 운명이 좌우된다.

남을 향하는 비판이 고스란히 자신에게 되돌아오는 말의 부메랑이 될 수 있다는 사실을 알아야 한다. 그러니 말은 살아있는 생명체로 생각하고 그것을 잉태하고 출산하는 일에 신중을 기해야 하겠다. 말이 말을 낳고 말이 말을 부르는 세상, 말이 사람을 살리고 말이 사람을 죽이는 무서운 기능을 지니고 있음을 망각해서는 안 되겠다.

예부터 말이 많은 사람에게는 다섯 가지 허물이 있다고 한다. 그 사람 말을 믿지 않게 되고, 그 사람 충고를 받아들이지 않게 되고, 남들로부터 미움을 사게 되고, 거짓말을 많이 하게 되고, 말을 퍼뜨려 남을 싸우게 하기 때문이다. 그러니 항상 말을 아끼고 말을 할 때에는 좋은 말과 나쁜 말의 씨앗을 가려 파종해야겠다.

좀 늦었지만 이제부터라도 "욕 안하는 학교" 운동을 펼쳐 학교, 가정, 사회가 다 함께 아이들의 잘못된 언어를 바로잡기 위한 캠페인에 나서야 하겠다. 특히 교사와 학부모는 아이들이 욕을 사용할 때마다 따끔하게 꾸짖어 바른말을 할 수 있도록 가르쳐야 하겠다.

내 입에서 나온 말의 씨앗이 모두 나의 결실로 돌아온다는 사실을 알고 좋은 말의 결실로 풍요롭고 아름다운 인생을 가꾸어 가길 바란다.

偉大한 文明國 그리스인이 보여준 교훈

그리스는 세계 최초로 아테네 올림픽을 시작하여 전 세계인에게 체육을 통한 평화와 자유의 상징인 스포츠 문화를 심었고 우리나라 조상들이 굴 속에서 잠을 자고 원시인처럼 짐승을 잡아먹던 미개 시절인 마한, 진한시대 때 그리스인은 과학을 연구하며 화학원소를 창출했고 기원 전 6세기 때는 유명한 종교가요 수학자인 피타고라스는 수학 방정식을 연구하여 세상에 발표하며 인간이 세상을 살아가는 방식을 선포했다.

어디 그뿐인가, 유명한 철학자 소크라테스와 그 제자들은 철학과 법학을 공부하며 인간의 윤리 정신과 도덕 정신을 심어 주었고, 어떤 억울한 일이 있어도 법은 지켜야 한다며 독배를 마셨던 스승 소크라테스가 살던 그리스사 아닌가?

오늘날 유럽 지도를 볼 때 영국, 프랑스, 독일을 먼저 찾게 되는 것은 세계적인 힘의 중심이 그 쪽에 있기 때문이다. 하지만 중세까지만 해도 그리스, 이탈리아, 터키 등이 위치한 동지중해가 명실상부한 세계의 中心이었다.

동양과 아프리카로부터 들어오는 각종 물자는 동지중해의 항구도시에 모인 다음 유럽의 각지로 수출되었다.

그리스는 여름에는 덥고 건조하고 겨울에는 약간의 비가 오며 냉기가 도는 지역이기 때문에 언제나 물이 부족하지만 포도와 올리브가 가장 중요한 농산품이며 소규모의 목축을 수반한 다각적 농업 경영이 그리스 일대의 농업 특색이다.

그런 악조건의 기후를 가진 나라인데도 기원전 5세기 때부터 작은 섬나라 그리스가 어떻게 세계의 文明지도국이 되었을까? 어렸을 때부터 그리스에 대해 많은 생각을 해 봤다.

그리스는 이 동지중해의 한가운데 위치해 연중 온화한 기후에다 해상이 발달해 세계무역에 유리한 지리적 조건 때문에 일찍부터 세계인에게 문명을 꽃피우기에 적합했을 것이다.

民主主義의 출발점이 되는 고대 그리스는 200여 개의 도시국가들이 있었고 소아시아로부터 에게海 지중해 일대에 건설된 식민지까지 합치면 무척 많은 1,000여 개의 도시국가를 지배했었다.

폴리스의 中心이 되는 도시는 대체로 해안으로부터 멀지 않은 평지에 위치하였으며 정치, 군사, 종교의 중심이 되었다.

폴리스가 성립하고 기원전 8세기에는 호메로스 王들이 사라지거나 실권이 없는 존재가 되어 버렸고 정치권력은 귀족에게 넘어갔다. 그 때부터 우리나라 정치인들처럼 여야대립과 갈등이 심했던 것처럼 귀족들의 갈등과 분쟁은 하루도 편안한 날이 없었다.

그리스 역사를 보면 폴리스들이 단결했던 일은 기원전 5세기 페르시아 군인 30만 대군이 침략해오자 아테네와 스파르타를 중심으로 연합군을 편성해 물리친 것이 처음이자 마지막이다.

스파르타는 왕은 있으나 왕의 실권이 없고 허약한 남자와 여자들은 버림을 받았다. 특히 여자들은 남자들의 종노릇이나 성적 노리개 감으로 취급을 받자 내분이 더욱 심하게 일어나고 힘의 균형이 깨지기 시작하면서 신생국가 로마에게 지중해의 패권을 넘겨준 것은 당연한 역사적 귀결이라고 할 수 있었다. 그 후 그리스는 터키의 지배를 받으면서 세계 문명을 창시한 명예는 실취되었고 일류국가에서 삼류국가로 추락하게 된다.

1830년 독립국가가 된 그리스는 내분과 전쟁으로 불안한 근현대사를 이어온 것은 위대한 국민과 훌륭한 과학자, 철학자, 종교지도자가 많아도 권력의 암투 및 내분과 분쟁의 소용돌이 속에는 후진국으로 밀려날 수밖에 없는 교훈은 우리에게 똑똑히 심어주었다.

5,000년 건국 이래 우리나라는 제일 잘 먹고 잘 입고 잘살고 있다. 누가 뭐라 해도 오늘날 젊은 청년들은 역사상 제일 훌륭한 사람으로 살아가고 있다. 축구, 골프, 수영 등 체육은 물론이고 수학과 과학에서 세계 1위를 차지할 수 있었던 것은 한국 역사의 구심점이 교육자의 힘에 있었기 때문이다.

미국 대통령 오바마를 위시한 전세계 지도자들도 대한민국의 교육을 배우고 실천하고자 하는 것은 어려운 환경 속에서도 어머니의 정성과 열정 그리고 돌을 씹더라도 자식들에게 교육 만큼은 잘 시켜야 된다는 국민 정신 때문일 것이다.

하지만 군인 장교들의 부패하고 안이한 정신이나 검사들의 부패, 정치인들의 집단적 이기주의를 볼 때 분단국가인 이 나라의 앞날을 생각하면 그리스의 역사을 기억하지 않을 수 없다.

분단국가로서 올림픽과 월드컵을 치루면서 국가 이미지는 완전히 회복되었지만 국민을 불안하게 하는 것은 정치인들과 부패된 군인 장교임을 분명히 알아야 한다.

인간을 정신적으로 성숙하게 하는 전인교육을 통하여 뼈아픈 과거를 잊지 말기를 당부한다.

까마귀와 뻐꾸기

새 중에 가장 효행심이 지극한 새는 까마귀이다. 어미가 병들면 끝까지 돌봐주고 먹을 것을 입에 물고 와 먹여주는 착한 새다.

까마귀는 행동조작능력이 부족하여 자기가 살아갈 집을 짓지 못한다. 그래서 까치가 짓고 있는 집을 공격하여 뺏어 버리고 거기에다 까마귀 알을 낳아 놓는다.

그런데 뻐꾸기는 까마귀 몰래 까마귀 둥지에 알을 까 놓으면 까마귀는 뻐꾸기의 알을 자신의 알인 줄 알고 뻐꾸기 알은 까마귀 알보다 먼저 부화한다.

뻐꾸기 새끼는 까마귀가 물어다주는 먹이를 혼자 독차지한다. 심지어 몸이 커진 뻐꾸기 새끼는 원래 있던 까마귀 알을 둥지 밖으로 떨어뜨려 죽이고 둥지의 주인 행세를 한다.

사람들은 기억력이 없는 사람을 까마귀 고기를 먹었냐고 핀잔을 준다. 사실 까마귀는 뇌 세파가 상당히 발달된 영특한 새다. 까마귀는 뻐꾸기 알을 자기 알인 줄 알고 부화시켰는지? 아니면 불쌍하니까 부화시켰는지는 까마귀밖에 모른다.

사람들은 이런 뻐꾸기의 생존전략을 보고 굴러온 돌이 박힌 돌을 뺀다고 말한다. 이 말은 한자로 반객위주(反客爲主)라 한다. 손님으로 왔다가 나중엔 주인을 몰아내고 자신이 주인이 된다는 내용이다.

객지에 살면서 능력을 발휘하며 주위 사람들로부터 인정을 받고 열심히 살고 있는 사람들을 보고 토박이들은 배 아픈 냥 굴러온 돌이 박힌 돌을 뺀다고 트집을 잡는다.

자장면 주방장이 열심히 일하다 보면 주인이 될 수 있다. 외부에서 들어간 사람이지만 주인의식을 가지고 열심히 일하면 결국 그 조직의 중심에 서는 것은 당연하다. 사람이 사는데 그런 멋이 있어야 누구든 열심히 성실하게 살아 주인이나 사장이 되려고 최선을 다하지 않겠는가.

세상에는 영원한 손님도 없고 영원한 주인도 없다. 매사 최선을 다하면 성공할 수 있는 것이 사회다. 링컨 대통령은 초등학교밖에 공부를 못했지만 미국에서 가장 훌륭한 대통령이 되었고 오바마 대통령도 열심히 살았기에 인종차별의 벽을 허물고 흑인 대통령이 되었음은 잘 아는 사실이다. 모든 일을 정확히 분석하고 장악한 사람이 주인으로 남는 것이 생존의 이치다. 일상생활에서 주인의식을 잠시라도 잊어서는 안 된다.

닭이 먼저냐 알이 먼저냐 따질 필요가 없다. 주도권은 주인의식을 갖고 성실하게 살아가는 사람에게 돌아가게 된다.

부성무물(不誠無物)이란 말이 있다. 성실하지 않으면 아무것도 얻을 수 없다고 했다.

주인도 성실하지 않으면 언제라도 종업원이 될 수 있고 종업원도 성실하게 살면 주인이 될 수 있다는 사실을 알고 최선을 다하는 삶을 살아가는 지혜를 배우자.

내 인생의 연말정산

　1979년 2월 24일 서울 종로에 있는 신혼예식장에서 결혼식을 올리고 1남 1녀를 낳고 금실 좋은 부부로 행복한 생활을 하고 있다. 작년 2010년 12월 4일 장남 형설이가 결혼하여 금년 10월 20일 손주(예성)를 낳았다. 건강 관리를 잘 해서 손주(예성)가 장가가는 것도 보고 증손주도 보고 싶은 욕망이 든다. 인간이 살면서 욕심과 꿈이 없다면 자살하는 사람이 많을 것이다.

　인간은 욕망의 존재이며 모든 생명체는 욕망으로 존재한다. 인생을 살아가는 동안에 가족보다 더 귀중한 사람이 어디 있겠는가. 하지만 살다보면 더 잘살고 싶고 오래 살고 싶은 게 모든 인간의 욕망이고 살아 숨쉬는 모든 동물들의 근원일 것이다. 세상을 바쁘게 살다보면 내가 낳은 자식과 손주도 잊고 살 때가 많다. 각자 사회공동체 속의 한 일원으로 때로는 남남처럼 까맣게 잊고 살 때가 많다.

독수리에게 간을 파먹힌 것을 알면서도 끊임없이 간을 재생하는 프로메테우스적 인간에게 철학자 플라톤은 이성이라는 능력을 부여한다. 하지만 무한한 욕망의 힘을 유한한 이성이 어떤 방식으로 어떤 순간에 제어할 수 있는가 하는 문제는 세속적인 인간에게 여전히 미완성의 과제로 남아있다. 이미지의 시대, 물질의 시대는 허망의 시간이다.

사람이 살아가면서 인간은 끊임없이 부(富)와 명예와 권력을 추구한다. 욕망은 언제나 좌절을 동반하기에 때로는 개인의 역량과 타인의 우월감 때문에 좌절을 맛볼 수 있다. 욕망이 없는 인간은 희망이 없고 희망이 없는 인간은 삶의 가치를 모르며 허망한 생각으로 사는 것이다.

요즘 우리 사회를 "3불사회"라고 말한다. 불신, 불만, 불안이 지배하는 사회라고 한다. 다른 사람은 못 믿고 불안해하고, 만족스런 삶을 영위할 수 없는 사회는 절망의 사회이다. 세계적으로 모든 국가들이 느끼는 현실은 선진국, 후진국 할 것 없이 모두가 잘 살기가 점점 어렵고 빈곤자가 늘고 있다는 사실이다.

옛날에는 가난하게 살았지만 삶이 흥겨웠고 큰 희망이 있었다. 열심히 살고 절약하고 저축하면서 살다보면 자기의 꿈을 하나하나 실현할 수 있었다. 그런데 요즘 젊은이들의 삶은 바쁘기만 하지 손에 쥐어지는 게 없고 잘살겠다고 생각은 크지만 저축을 해야 한다는 생각 없이 하루하루 살아가고 있다.

세상 사람들과 함께 어울려 살면서 며느리와 자식과의 관계 속에 일어나는 재미나는 이야기를 적어 잠시 고달픈 삶을 내려놓고 푸념

해 보자.

세상만사 일들이 왜 이리 마음먹은 대로 잘 안 되는지. 잘난 아들은 국가의 아들, 돈 잘 버는 아들은 사돈의 아들, 빚진 아들은 내 아들이고, 아들이 사춘기가 되면 남남이 되고, 군대 가면 손님, 장가가면 사돈이 된다. 자식을 낳으면 1촌, 대학 가면 8촌, 장가 가면 사돈의 8촌, 애 낳으면 동포, 이민가면 해외동포가 된다. 딸에 아들 하나면 금메달, 딸만 둘이면 은메달, 딸 하나 아들 하나면 동메달, 아들만 둘이면 목메달, 장가간 아들은 희미한 옛 그림자란다.

시어머니로 살아가며 착각하는 세 가지가 있다. 며느리를 딸로 착각하는 여자, 사위를 아들로 착각하는 여자, 며느리 남편을 아직도 아들로 착각하는 여자, 며느리를 가까이 하기엔 너무나 먼 당신, 딸은 아직도 그대는 내사랑, 남편이 집에 있으면 웬수덩어리, 나가면 사고덩어리, 며느리에겐 구박덩어리, 그래도 내 남편은 할 수 없이 미워도 다시 한 번, 가진 재물을 안물려 주면 맞아 죽고, 반만 주면 졸려 죽고, 다 주면 굶어 죽는다.

정년을 앞둔 노신사에게 한 마디 당부하고자 한다. 삼식(三食)이는 되지 말자. 아침 점심 저녁을 집에서 꼭꼭 챙겨먹는 남편을 삼식이라고 부른단다. 평생 직장생활로 몸도 늙고 마음도 늙고 눈도 잘 안 보일 때까지 자식 먹여 살리고 자식 공부 시켰는데 제일 믿고 사랑하던 아내까지 고물 취급 하다니 세월이 원망스럽다.

세상만사 이래저래 한평생 사는 것, 힘들어하지 말고 괴로워하지 말고 억울해하지 말고 이놈 저놈 미워하지 말고 가르침을 따라 나부터 살펴보고 날마다 감사하고 날마다 나의 부족함을 점검하며 살아가는 것이야 말로 세상에서 가장 보람 있고 행복이 아니겠는가?

2011년 마지막 달에 지난 시간을 되돌아보니, 나 자신이 일상의 모든 일들로 인해 마냥 감사하지 못했던 적이 많았음을 고백한다. 2012년 흑룡의 해, 임진년 새해엔 아무런 조건이나 이유를 달지 않고 아무런 보상도 기대하지 않으며 아낌없이 모든 것을 퍼주는 참사람으로 살고 싶다.

나의 인생 후반을 핑크빛으로 물들이고 싶다. 새해엔 남에게 기쁨을 주고 보듬어주고 나눠주고 감사하는 사람으로 살아 갈 수 있도록 단단히 결심하여 본다.

인생은 나그네길

인생의 시작은 걷기부터이다.

인간의 삶에서 숨 쉬는 곳이면 어디든 길이 있기 마련이다.

살기 위한 길이라면 골목길과 큰길이 있을 것이요, 산이라면 오솔길(산길)이 있을 것이요, 바다라면 뱃길, 하늘이라면 비행기길, 도로라면 찻길이 있을 것이다.

길은 인간이 살아가는데 자유의 표현이요, 소통이다.

우리 인간에게 길이 없다면 얼마나 답답할까. 길이 없는 세상은 감옥이다.

인간은 공간 지각력이 있기에 많은 종류의 길을 기억하며 살아간다. 큰집, 외갓집 가는 길, 등하굣길, 친구집 가는 길 등은 어린 시절에 찾던 길이요. 절길, 교회길, 친정길, 출근길, 귀갓길, 시장길, 당구

장길은 어른이 되어서의 길이요. 손주가 보고 싶어 찾던 길, 병원길, 양로원 길은 늙어서 찾아가는 길이다.

길은 인생의 삶이요, 흔적이다.

인간의 삶은 길로 시작하여 길로 끝나게 되어 있다.

길은 내 인생의 역사이기에 행적이라고 말한다. 길보다 더 좋은 스승이 없고 길보다 더 좋은 지표가 없다. 인생을 안내해 주지 않는 부모나 인생을 가르쳐 주지 않는 스승은 길보다 못하다.

지난 일들을 돌이켜보면 자동차가 귀하던 시절, 우리는 좁은 골목 길을 뛰었다, 걸었다, 넘어졌다, 그러다 숨이 가쁠 땐 길 위에 누워서 하늘을 바라보며 친구들 이름을 부르며 영원히 헤어지지 말자고 약속하였던 곳도 길 위에서였다.

길을 걸으며 영어 단어도 외웠고, 길을 걸으며 유행가도 불렀고, 아름다운 여인과 길을 걸으며 데이트도 하고 자연스럽게 좋은 사람, 정다운 사람과 대화를 나누며 꿈을 키운 곳도 길이다. 길을 걸으며 방귀도 뀌고 장난도 치고 대화를 나누며 지나가는 먹구름도 보고 찬 바람에 귀가 시려워 뛰면서 사랑을 키웠던 곳도 길이었음을 고백한다.

아내와 함께 길을 걸으며 봉숭아꽃, 분꽃, 살구꽃을 보고 얘기를 나누다 아내의 깊게 파인 얼굴을 보고 마음이 아파 마음속으로 운 적이 어디 한두 번이었던가.

새벽에 길을 따라 산책을 하다 산책 나온 이웃 사람과 반갑게 인사 하다 보면 아무리 지치고 힘든 삶일지라도 환한 미소를 짓는 것도 길이 준 행복의 선물이다.

길을 걷는다는 것은 하나의 축복이요, 살아있는 사람이 가진 특권이다.

또 건강한 사람만이 누릴 수 있는 행운이다. 병상에 누워 있는 사람들에게 당신의 소원이 무엇이냐고 물어보라. "신사복이나 평상복에 구두를 신고 마음껏 거리를 걷고 싶다"고 말할 것이다. 더 건강이 좋아지면 운동복차림에 운동화를 신고 정든 거리를 땀을 뻘뻘 흘리며 뛰는 것이 가장 큰 행복이라고 말할 것이다.

마음이 무겁거나 고민이 있는 사람은 운동화 끈을 꽉 졸라매고 산길로 올라가 보라. 근심걱정은 언제 있었더냐, 모두 싹 사라진다는 사실만 보더라도 길은 만병통치의 근본이다.

나는 가끔 특별한 일이 생기면 내 방식대로 새벽 4시에 산책을 한다.

찬송가를 부르고 기도도 하며 산책을 하다 보면 아무리 큰 고민도 다 해결된다는 것이다. 처음 가는 길은 멀게만 느껴지지만 아무리 먼 길이라도 자주 가면 가깝게 느껴진다. 길에도 정(情)이 담겨 있는가 보다. 길에는 사람, 짐승, 새, 물고기, 멍멍 짖는 개 등 생명을 가진 것들과의 만남이 있다.

길은 미지의 세계이며 그리움이다. 길은 우리 눈에 보이는 것만이 아니다. 무한히 멀리 이어져 오대양 육대주까지 잇는 미래의 희망이다. 길이야말로 아직도 끝나지 않은 사랑이며 열정이다

인생은 길에서 시작하며 길에서 끝난다.

행복을 맛보려면, 작은 일에도 웃자

1995년 펑 슐린은 트럭에 치여 신체의 절반을 잃었고 쓰촨성의 한 병원에서 살아남기 위해 수차례의 수술을 받으며, 몸의 절반이 사라진 아픔에도 불구하고 희망을 잃지 않고 2년을 지냈다.

신체의 일부를 잃은 것은 목숨을 잃는 것 다음으로 끔찍한 일인데 어떻게 저 사람은 항상 웃는 얼굴로 지낼 수 있을까. 모든 사람들이 의아해 했었지만, 펑 슐린은 "난 비록 키가 약 77cm 밖에 안 되지만 나를 많은 사람들이 거인으로 본다는 것을 알고 있다"고 말했다.

저 남자는 신체의 절반을 잃었는데도 웃고 있는데 난 왜 웃지 못하고 있나? 현재의 행복을 깨닫지도 못한 나는 바보인가! 많은 사람들은 자신을 되돌아 볼 기회를 준 것에 감사한다고 했다.

오늘날 사회생활에서 리더의 자격과 덕목으로 유머 감각이 필수조건일 때가 있다. 어느 집단이든 명랑하고 자주 웃음을 뿌리고 다니는 그런 사람이 어느새 무리 속 중심에 서 있고, 사람들의 사랑을 받고 있는 경우가 많다.

얼마 전 친한 친구와 전화 통화를 하던 중 옛날 어린 시절의 얘기에 서로 대화를 중단한 채 한참 웃었던 적이 있었다.

웃음은 서로 통할 때 함께 웃는다.

웃음은 몸 건강에도 매우 좋다는 것을 모르는 이가 없지만 각박한 세상에서 웃고 지낼 일이 흔치 않다고 생각하는 사람이 의외로 많다. 각박한 세상 속에서 귀해진 웃음은 답답한 생활 속의 시원한 청량제 이상이다.

몸이 반쪽이 된 펑 슐린 같은 사람도 웃음을 잃지 않는데 왜 웃음이 귀한 존재일까. 인간의 과욕(過慾) 때문이라고 생각한다.

미국 사람들을 보라. 마음껏 웃기 위해 코미디 극장을 찾고 별것 아닌데도 웃음이 넘쳐나는 것을 우리는 자주 본다. 웃음은 죄진 사람이나 절망에 빠져 있는 사람에게는 다가오지 않는다. 화를 자주 내는 사람이나 고민에 빠져 있는 사람에게도 웃음은 십리 만리 도망친다. 이런 급박한 사람에게는 웃음이 비집고 들어갈 틈이나 빈자리가 없는 것이다.

여유로울 때나, 즐거움을 찾을 때 웃음의 파도는 밀려온다. 그렇다면 여유는 어디에서 생기는가? 여유란 사물의 한도(限度)에서 채우고 남는 빈자리에 생긴다.

지족상락(知足常樂)이란 말이 있다. 항상 만족할 줄 아는 겸허한 사람은 중용(中庸)의 덕을 지닌 사람이다. 이런 사람은 세상사에서 만족과 고마움을 터득한 사람들인 경우가 많다.

여유 있는 사람은 일상생활에서 작은 일까지 감사한 마음을 갖고 사는 사람이다. 밥을 먹을 때, 내 입에 들어가는 밥 한 톨도 농부의 피땀 어린 정성과 땀이 5g 이상 들어갔다는 사실을 알고 숱한 사람의 고마운 손길에 감사해야 한다.

고마움을 터득한 사람일수록 일상 속에서 항상 감사가 차고 넘치며 여유 있는 생활을 하게 된다. 뜨거운 사랑으로 불이 붙는 남녀의 눈앞에서 세상 만물이 아름다운 감동으로 가득해지듯이, 감사하는 사람에게 세상은 감격과 감동으로 가득해진다. 걸어가면서 길가의 잡초에도, 또 무심한 아름다움을 보여주는 한 떨기 장미꽃에도 감동과 감사를 느끼고, 그 장미꽃 가지에 붙은 가시마저도 감동과 감사를 느끼게 한다.

122세까지 산 프랑스의 장 칼망 여사는 생전에 건강하게 오래 사는 비결에 대한 질문에 이렇게 대답했다.

첫째는 늘 웃어라.

둘째는 권태에 빠지지 말라.

웃음에는 폭소도 있고, 쓴 웃음도 있고, 고운 미소도 있다.

어떤 웃음이든 웃음은 사람을 낙천적으로 만들고, 낙천적인 생각은 늘 웃게 하고, 웃으면 웃을수록 낙천적이 되는 상승작용(相乘作用)이 있다.

작은 일부터 감사한 마음을 갖고 살다 보면 삶에 여유가 생기고 만족하게 되고 행복하게 된다. 돈 받으러 온 사람같이 인상을 쓰지 말고 늘 웃으면 즐거움을 낳는다는 사실을 잊지 말고 하루하루 살아가는 지혜로운 사람이 되도록 하자.

세상에 너무 중독된 삶

미국에서 트위터에 주지사를 비판하는 장난 글을 올린 여고생에게 학교 교장선생님이 주지사에게 사과편지를 쓰라고 훈계했다. 여고 3년생 에마 설리번양은 자신의 트위터에 "방금 브라운백 주지사에게 당신 형편없어(sucked)라고 욕을 해줬다"는 글을 올렸다.

샘 브라운백 주지사의 강연을 듣고 친구들에게 재밌게 해줄 생각으로 꾸며낸 것이었다. 학생은 교장실로 불려가 훈계를 받고 혼쭐이 났다는 얘기다. 요즘 우리나라의 사정은 어떤가? 학생이 선생님께 욕설을 하고 조카가 외숙모를 때리고 돈까지 뺐는 무서운 세상에 우리는 살고 있다.

대통령, 종교인, 학자, 소설가, 판사, 기자, 어느 누구에게도 자기 기분이 나쁘거나 자기 기준에 맞춰 막말을 한다. 이제는 아무도 누구를 향해 존경의 말을 쓰지 않는다. 마지막 보루 같았던 성직자도 대통령을 향해 서슴없이 "쥐 같다"는 표현을 쓴다. 판사도 "뼛속까지 친미(親美)" "각하에게 엿 먹인다" 같은 표현으로 비웃는다. 1차 세계대전 때 프랑스가 독일을 막으려 했던 마지노선(線)이 허망하게 뚫렸듯이 한 나라의 정신문화는 언어의 마지노선을 지키지 못하고 있다.

이것은 국가의 기강이 무너졌다는 얘기다. 특히 법관은 옳고 그름을 법전에 의해 냉철하게 판단해야 한다. 판사의 말 한 마디가 던지는 여파는 굉장히 크다. 판사는 국가 전체의 이익을 볼 알아야 하며 시대의 아픔을 온몸으로 절규하는 사람들의 목소리를 들을 줄 알아야 한다. 막말하고, 욕하고, 조롱하고 남을 헐뜯는 것은 우리들이 세상에 너무 중독되어 있기 때문이다.

사회는 정의가 승리하고 남을 용서하고 이해하면서 사는 것이 인간으로서 도리이며 삶의 낭만이다. 조롱을 능수능란하게 써먹을 줄 아는 세력들은 이제 세상을 농단(壟斷)하고 있다. 조롱은 원래 광대의 몫이었다. 왕은 자신의 권위에 도전하는 귀족과 종교인과 학자들을 비웃고 싶었다. 그러나 왕이 직접 그럴 수는 없었다. 이 일을 대신한 사람이 광대다.

광대는 왕이 지켜보는 연회장에서 귀족과 종교인과 학자를 비웃었다. 기원전 그리스의 희극작가 아리스토파네스가 물려준 전통대로 상말을 쓰거나 성(性)과 돈과 정치를 말한다는 것에 두려움을 갖지 않았다. 지금 우리나라는 모든 사람이 광대 역할을 떠맡고 있는 것 같다. 조롱의 대상이었던 종교인 · 학자 · 판사가 마치 광대처럼 조롱을 일삼고 있다는 것이 재미있다.

사람은 세상을 살아가면서 아무리 살기 힘들어도 신뢰를 잃는다던가 신용이 없는 사람이 되어서는 안된다. 남에게 신용을 꼭 지켜야 한다.

사람과 사람 사이에는 신의가 가장 중요하다. 주위 사람들로부터 신용을 얻으면 반드시 성공의 깃발을 꽂을 수 있다. 지금 생각해 보면 옛 어른들은 학식과 경험이 풍부했고 신용을 삶의 제1의 근본으로 삼고 살았음을 알 수 있다. 말로는 민주주의를 주창하며 그 뒤에는 몽둥이와 주먹질과 투구와 물대포가 뒤섞인 어지러운 세상을 보면서 이 나라가 앞으로 어떻게 될까 걱정이 된다. 신용은 성실에서 오고 진실에서 온다.

세상이 휴대폰, 텔레비전, 컴퓨터에 너무 중독된 현실을 보면서 어린 아이나 어른 할 것 없이 막말을 한다. 어렸을 때부터 도덕적 가치를 높이는 예절교육을 하여 교양있고 품위있는 사람으로 신의를 자기의 생명과 같이 생각하는 아름다운 사회를 만들고 싶다.

덕(德)은 스승이 필요치 않다

　흥부전의 원형(原型)으로 보이는 형제간의 불화 이야기가 중국문
헌 유양잡조(酉陽雜俎)에 나온다. 신라의 귀족인 김씨의 선조 가운데
방이라는 형이 얹혀 살던 아우로부터 쫓겨난다. 지어 먹고 살 곡물
씨앗이라도 달라고 애걸하자 몰래 살짝 데쳐서 주었다. 싹이 돋을 리
없는 그 밭에서 유일하게 한 씨앗에서만 싹이 돋고 이삭 하나가 한
자 남짓씩이나 자랐다.

　어느 날 새 한 마리가 이 이삭을 물고 날아가는 것을 뒤쫓아 갔더
니 천동(天童)들이 치기만 하면 원하는 것이 나오는 금방망이를 들고
돌아와 온나라에서 제일 가는 형에게 애원한다. 동생의 부탁을 거절
못하는 입장이라 동생의 청(請)을 들어 주었더니 유일하게 돋아난 이
삭을 새가 물고간 것을 뒤쫓아 갔다가 귀신방망이에 얻어맞고 코를

석자나 잡아 빼여 쫓겨온다.

형제 간의 불화를 응징하는 동서양을 통튼 원조 설화도, 형제애의 비중이 남다른 우리나라 윤리 풍토를 말해 주는 것이기도 하다. 재물을 두고 갈라지기 쉬운 형제 사이를 극복한 화해 사례로 풍부하다.

가난한 두 형제가 살면서 동생은 깊은 밤 형 몰래 자기네 볏단을 형네 볏단에 쌓아둔다. 낮에 형이 보니 볏단 쌓아둔 것이 똑같아야 되는데 자기네 볏단이 동생네 볏단보다 더 크다는 사실을 알고 깊은 밤 볏단을 동생네에 쌓아둔다. 그러다 깊은 밤 두 형제는 볏단을 메고 가다가 서로 만나는 내용이다.

참 대견스럽고 감격스러운 일이다

서울 한강 기슭에 투금탄이라고 부르는 여울이 있다.

투금탄(投金灘)은 고려 때 외교의 명신(名臣)이요, '이화에 월백하고'를 남긴 문인 이조년 형제의 고사에서 비롯된 지명으로 알려져 있다. 형제가 길을 걷다가 동생이 우연히 금덩이 둘을 주워 하나씩 나눠 가졌는데 배를 타고 나루를 건너면서 동생이 갑자기 금덩이를 던졌다.

놀란 형이 동생에게 "도대체 그 귀한 황금덩어리를 물에 던지다니 무슨 짓이냐?"하고 물었다. 그러자 동생은 부끄러운 기색을 띠며 "제가 평소 형님을 위하는 마음이 두터웠는데, 형님에게 금덩어리를 나눠준 뒤로 자꾸 사특한 생각이 은근히 들어 금덩어리로 인해 형제 간의 우애가 금이 갈 것 같기에 미련없이 물에 던졌습니다"라고 말하였다.

그 말을 듣던 형도 "네 말이 옳도다"하고는 금덩이를 물에 던져버렸다고 한다.

복(福)은 겸손하고 남에게 양보할 때 찾아온다는 사실을 알고 의좋은 형제처럼 세상을 살아가는 아름답고 지혜로운 삶을 배워야 하겠다.

예부터 덕무상사(德無常師)라는 말이 있다.

덕은 언제나 스승이 필요 없다는 이야기다

인간은 이 세상에 딱 한번 초대를 받아 살다가 언젠가는 저 세상으로 가게 되어 있다. 어떤 집안을 보더라도 그 집안이 조상들이 덕을 많이 베풀수록 후손들이 잘 되는 것을 많이 봐왔다.

아름다운 세상이 될려면 덕을 베푸는 사람이 많으면 많을수록 좋다는 것을 너도 나도 할 것 없이 깨닫고 매일매일 덕을 베풀며 살아가는 지혜를 배우자.

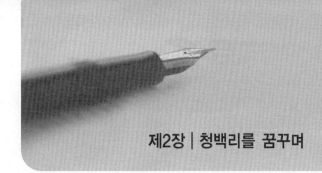

제2장 | 청백리를 꿈꾸며

표현의 자유는 살리고 악성 댓글은 버려라

    생각은 자유이지만 표현은 많은 생각이 요구된다. 요즘 젊은 사람들은 자기의 생각을 자신의 잣대에 맞춰서 판단하려는 사고를 갖고 있다.

    중국 당(唐)나라 때 공직자 등용의 기준인 신언서판(身言書判)은 오늘날에도 유효해 보인다. 신은 용모와 풍채, 언은 말솜씨, 서는 글씨, 판은 판단력을 말한다.

    신언서판은 별개로 작용하기보다는 서로 상응하는 측면이 많다. 처음 태어날 때의 용모 못지않게 살아가면서 자기 얼굴은 스스로 책임져야 한다. 삶의 자국은 용모와 풍채에 투영되기 마련이다. 배우고 익히는 과정에서 판단력도 향상된다. 말과 글속에는 사람의 됨됨이가 녹아들어 있다. 인격과 품위는 탁마되고 정제된 말과 글로부터 우러나온다.

"침묵은 금"이라는 격언도 있지만 현대 사회에서 고결하고 정확한 의사 표현은 중요한 생활덕목이다. 인류 역사의 발전 과정은 곧 표현의 자유 발전사라 할 수 있다. 표현의 자유에 대한 억압은 바로 인간 본성에 대한 속박으로 귀결된다.

절대군주제를 타파한 프랑스 시민혁명 이후에도 언론의 자유는 절제의 한계를 넘어섰다. 결국 존 밀턴이 "아레오파지티카"에서 주창한" 사상의 자유시장"보다는 언론의 사회적 책임을 제도화했다.

우리 헌법도 언론의 자유를 보장함과 동시에 언론의 사회적 책임을 강조한다. 신문 방송과 같은 전통적인 언론매체뿐 아니라 인터넷 신문도 언론중재의 대상이다. 언론중재는 언론 보도가 갖는 사회적 파급력에 대응해 신속하면서도 비용이 들지 않기 때문에 피해구제에 더 효과적이다.

그런데 인터넷의 보편화에 따라 이제 정보는 오직 법적인 틀에 포섭되는 언론 매체를 통해서만 유통되지는 않는다. 누리꾼은 각자가 정보의 생산 가공 유통의 주체다. 스스로 홈페이지를 개설하고 블로그를 통해서 정보 시장에 참여한다.

포털사이트에는 모든 사람의 일거수일투족이 아무런 여과 없이 실시간으로 등재된다. 하지만 잘못 입력된 정보를 시정하기는 매우 어렵다. 인터넷의 특성상 확산 속도는 매우 빠르고 피해 규모도 커질 수밖에 없다.

인터넷 공간에서 네티켓은 실종되고 무질서와 폭력이 난무한지 오래다. 이제 충동적이고 말초신경적인 인터넷 공간을 정화할 때다. 황색언론 저널도 일상 속에 파고들고 있다. 자유의 과잉은 결국 자유의 유폐로 귀결된다.

내 자유와 권리가 소중하듯이 상대방의 자유와 권리도 존중해야 한다. 인간을 존엄한 인격체로 대우하지 않고 일시적 유희의 대상으로 삼는 한 사회적 비극은 계속될 것이다.

사이버 공간에서 작동하는 정보는 대부분 정보 통신망을 통해서 유통된다. "정보 통신망 이용 촉진과 정보 보호 등에 관한 법률"은 사이버 명예 훼손과 사이버 스토킹을 규제한다. 하지만 이에 대한 대응은 사후약방문 격이라는 실효성도 매우 미흡하다.

인터넷은 정보의 바다인 만큼 그 역기능도 광범하다. 사이버 공간에 숨어서 인격살인에 가까운 모욕적 인식공격을 일삼은 언행을 더는 용납해서는 안 된다.

첫째, 인터넷 실명제의 강화는 불가피하다. 권리 행사에는 책임이 뒤따라야만 한다. 둘째, 악플 피해자를 보호하기 위해 댓글 삭제를 신속하게 처리하는 대신 댓글 게시자의 이의 신청을 제도화해서 법익의 균형을 도모해야 한다. 셋째, 사이버 모욕죄의 도입 여부는 기존 법제와의 관련성과 구성 요건을 종합적으로 고려해서 사회적 합의를 도출해야 한다.

이번 기회에 건강한 인터넷 문화를 자율적으로 제고하는데 지혜를 모아야 한다. 표현의 자유와 사회 감시 기능은 살리고 악성 댓글은 사라지게 하자. 굳이 악플은 아니더라도 땅에 떨어진 인터넷 언어의 품위도 복원해야 한다. 인터넷 강국의 참모습은 우리 말, 우리 글, 우리사회의 품격으로부터 비롯된다.

청백리를 꿈꾸며

　국제투명성기구는 북유럽의 핀란드를 3년 연속 세계에서 가장 부패 없는 나라로 선정했다. 무엇이 핀란드를 '청정 99%' 국가로 만든 것일까. 세계에서 가장 깨끗하다는 핀란드의 물처럼 핀란드 사회는 유리알처럼 투명하다.

　핀란드에는 팁이 없다. 어딜 가도 계산서에 포함된 봉사료 외에는 줄 생각도 받을 생각도 하지 않는다. 노점상들조차 신용카드를 받는다. 기업가들은 접대비를 비용으로 처리할 엄두를 내지 못한다. 정계건, 재계건 조금이라도 정직하지 않은 돈은 사용할 엄두도 못 낸다.

　핀란드 사회가 부패에서 자유로울 수 있는 비결은 무엇일까. 청정의 뿌리는 근면을 강조하는 청교도 정신이 투명한 사회의 밑바탕이 됐다는 얘기다. 핀란드에서 택시를 타 보면 운전기사가 길을 잘못 들자 그때부터 미터기를 정지시킨 채 5분 여를 돌아 목적지에 내려준다는 것이다.

온 국민이 모두 잘살려면 부정부패 없이 청백리가 많이 나와야 한다. 역사적으로도 유명한 청백리는 태평성대에 많았다. 마음이 고결하고 재물 욕심이 없는 공무원이 나라의 보배다. 청렴한 공무원이 많을수록 공정하고 사심없이 일을 처리하기 때문에 핀란드처럼 국민이 잘살 수 있다. 개인의 욕심이나 승진을 생각지 않고 오직 국민을 바라보고 일하기 때문에 업무의 공정성이 있고 능률적이 된다.

국가 경영을 이런 식으로 하면 나라가 부강해질 수밖에 없으며 더불어 사회 질서도 잘 잡혀 문화 수준이 향상될 것이다. 청렴하고 어진 정치로 백성들의 존경을 받기로는 조선 세종 때의 명신(名臣) 황희 정승을 빼놓을 수 없다. 임금의 신망과 백성의 존경을 한몸에 받은 그는 오랫동안 높은 벼슬을 지냈지만 가난한 사람들을 많이 도와주고 자기는 가난하게 살았다.

딸이 결혼할 때 혼수를 마련하지 못할 정도였는데 그 소식을 들은 세종이 혼수를 보내 주었다고 한다. 그의 인자한 성품과 청렴한 생활에 대해선 일화가 있다. 공교롭게도 동시대에 맹사성이란 정승이 있었다. 황희 정승과 함께 조선 초기의 문화 발전에 크게 기여한 분이다. 이 분 또한 청렴하기로 유명하여 정승이면서도 집에 비가 샐 정도였다고 한다. 이런 훌륭한 청백리가 있음으로 해서 세종 때는 역사상 가장 안정된 태평성대를 누렸다. 그렇다고 그 시대에 황희, 맹사성 두 정승의 청렴만으로 그 사회가 발전하지는 않았을 것이다. 왕을 비롯한 국가의 모든 관리가 두 정승 못지않게 청렴하고 근면성실한 결과로 볼 수 있을 것이다.

청백리란 정의는 부패하지 않는 관리가 아닌 깨끗한 관리를 가리키며 공무원의 부정부패를 배경으로 주어지는 반대급부인지도 모른다. 국가의 3요소는 국민, 나라(땅), 법이다. 국가는 법과 질서가 바로 서고, 집행이 공정하고, 효과적으로 실행하는 시스템을 갖춘 사회에서는 부정이 끼어들지 못할 것이다.

싱가포르는 국제기구들로부터 관료의 부정과 부패가 없는 투명한 국가로 평가를 받으면서 다국적 기업들의 진출이 활발하게 이뤄지고 이를 바탕으로 지속적인 경제 성장을 구가하고 있다. 따라서 공직자는 물론, 사회 전체가 부정부패와는 거리가 멀다.

요즘 우리 사회는 도덕 불감증을 적나라하게 보여준 부산 저축은행, 함바비리, 국토해양부 및 지식경제부의 향응 사건 등 세상을 온통 어지럽히고 있다. 안타깝게도 우리나라 공직자들의 평가는 부정적이다. 공직자들은 사회를 지탱하고 이끌어가는 국민의 대표로 공직사회의 건전성이 특별히 더 요구되는 이유는 바로 이것이다.

국제투명성기구가 조사한 우리나라 국가청렴도는 경제협력개발기구(OECD)회원국 중 22위에 불과하며 국무총리실 자료에 따르면 국민 10명 중 7명이 우리 사회가 불공정하다고 인식하고 있는 것으로 나타났다.

우리나라가 선진 국가가 되려면 부정부패 없는 투명하고 청렴한 공정사회로 거듭나는 것이다. 공직자는 물론, 사회 지도층 인사들의 거짓과 위선이 적나라하게 드러나는 작금의 풍경 속에서 황희 정승, 맹사성 같이 청렴하고 강직한 청백리정신을 가진 국민이 많을 때 선진국이 된다는 사실을 알자.

북한은 중국, 베트남을 배워라

오바마 미국 대통령은 자녀 교육만큼은 대한민국에서 배우라고 공공연히 말한다. 오바마 새 정부는 세계 도처에서 다양한 테스트를 받고 있다.

글로벌 경제 위기 진앙지인 미국 위상이 과거에 비해 현저하게 약화됨에 따라 프랑스 독일은 새로운 세계경제 질서를 모색하고 있고, 중국은 세계 최대 외한보유국가로서 세계경제를 이끄는 쌍두마차로 부각되고 있다.

중국은 1978년 덩샤오핑이 개혁·개방을 주창한 이후 사회주의 틀을 유지하면서 시장경제를 추구했다. 중국에는 5,000여 개 경제특구가 있는데 선전, 푸둥, 텐진경제특구가 대표적이다.

1980년대 선전경제특구가 개혁·개방을 위한 얼음 깨기로 시작하였다면 1990년대 푸둥경제특구는 연평균 15% 경제성장을 통해 개혁·개방을 가속화하는 구실을 하였다. 2000년대 들어와 톈진 빈하이신구는 중국 경제발전을 이끄는 새로운 성장 동력으로 주목을 받고 있다.

중국은 개혁·개방을 위해 경제특구 설치와 외국 자본유치에 매진하였다. 지난 30년 동안 중국 경제는 지속적으로 성장하였고 2007년에는 국외투자 중국자본이 중국 투자 외국자본을 앞지르기 시작하였다. 중국 1인당 국민소득은 1990년 360달러였는데 2007년에는 3180달러로 거의 10배 증가했다.

베트남은 1976년 사회주의 공화국이 출범한 이후 프랑스 미국과 치른 전쟁후유증, 미국 경제봉쇄 등으로 경제적 어려움을 면하지 못하였다. 1986년부터 경제개혁을 단행하기 시작하였고 1995년 미국과 국교정상화를 한 이후 도이머이(Doi Moi)라고 알려진 개혁·개방을 더욱 과감하게 추진하여 급속한 경제성장을 이루었다. 베트남은 중국 경제특구방식을 도입하여 2001년 호찌민시를 경제 자치지역으로 지정했다.

호찌민시는 베트남 경제의 상징으로 베트남 경제력에서 3분의 1을 차지하고 있는데 일본, 대만 등 외국자본을 적극적으로 유치하고 있다. 도이머이(Doi Moi) 일환으로 인프라스트럭처 개발에 주력하면서도 인재육성을 위해 향후 10년 동안 대학을 40개 이상 설립할 예정이다. 베트남 1인 국민소득은 2001년 423달러에서 2008년 1,024달러로 수직상승하여 최빈국가에서 탈출하면서 엄청난 성장 잠재력을 보여주고 있다.

북한은 중국 베트남과 마찬가지로 개혁·개방 일환으로 개성공단, 평양·남포지역, 신의주, 나진·선봉지역 등에 경제특구를 설치했다. 김정일 위원장이 2000년 베이징 중관춘과 2001년 상하이 푸등을 시찰하고 2004년 대표적 공업 중심도시와 2006년 선전 광저우를 다녀온 후 중국식 경제특구를 설치하였다. 개성공단은 남한 자본과 기술, 북한은 노동력과 토지가 결합한 대표적인 남북 경제협력 모델이 되었다.

그러나 북한 개혁·개방은 지나치게 제한적이다. 북한은 사회주의 체제를 고수하면서 중국식 경제특구를 접목하려고 하지만 시장경제 도입은 최소한에 그치고 있다. 경제협력을 공개적으로 하는 것을 꺼릴 뿐만 아니라 외국인 투자유치도 북한이 주도하는 사업으로 제한하였다.

그러다보니 북한 1인당 국민소득은 1990년 835달러에서 2008년 1,108달러로 소폭 증가하는데 그쳤다. 북한은 개혁·개방정책과 관련해 역주행을 하고 있다. 지난 10년 동안 추진해온 나진·선봉, 신의주, 금강산 그리고 개성공단 경제특구들이 좌초되었거나 심각한 어려움을 겪고 있다.

북한은 중국과 베트남이 사회주의 체제를 유지하면서 시장경제를 적극 수용하여 사회주의 시장경제라는 독특한 모델을 만들었고 이를 통해 지속적인 경제성장을 하고 있은 것을 본받아야 한다. 북한은 1990년대에 겪었던 고난의 행군기로 돌아가서는 안된다. 북한은 경제적으로 번영하는 것이 북한체제를 보장받을 수 있는 지름길이라는 것을 알아야 한다.

과학자를 대접해야 1등 국가

현대는 고도의 학습 사회이다. 급속도로 빠른 변화의 시대에 살아 가려면 과학적 사고력을 길러야 한다. 특히 인구 13억 명을 자랑하는 중국과 1억 4천 명을 자랑하는 일본은 과학적으로 세계를 주름잡고 있다. 유명한 케리 여사는 이렇게 말했다. "현대인들이 저지르기 쉬운 세 가지 정신적 범죄는 첫째 불학(不學), 모르면서 배우지 않는 것이요, 둘째는 불교(不敎), 알면서 가르치지 않는 것이요, 셋째는 불위(不爲)할 수 있는데 하지 않는 것이다"라고 설파했다.

600년 전 세종 시대, 조선은 세계 최고의 기술 강국이었다. 일본에서 편찬한 세계 과학기술사 사전에 15세기 전반 50년간 세계 과학기술 업적 62건이 기록되어 있고 그 중 29건이 조선, 중국이 5건, 기타 국가가 28건이다. 재위 32년에 어떻게 이러한 창조적 혁신이 가능했을까?

　세종은 과학기술의 중요성을 올바로 인식하고 솔선수범하였다. 싱크탱크인 집현전의 학사 99명 가운데 21명이 과학 기술자였다. 그들과 밤낮으로 토론하여 정책을 결정했다.

　노비인 장영실의 정밀한 재주를 존중하여 중국에 보내 천문 기기를 연구하여 세계 최고의 천문대를 완성하게 하고, 주자소를 경복궁 안으로 옮겨와 장군 이천의 기술 역량을 높이 사 금속활자 갑인자를 완성하게 하는 등 수많은 기록으로 볼 때 세종이 얼마나 과학기술을 중시하고 과학 기술자를 존중했는지 알 수 있다.

　세종은 언제나 리더로, 팀원으로, 멘토로, 격려자로 과학 기술자들과 함께 했다. 기술자들에게 높은 급여로 생활을 안정시키고 한양 주변의 벼슬을 내려 언제든지 참여할 수 있도록 배려했다. 왕으로부터 존중받은 기술자들은 몰입하여 위대한 기술 업적으로 보답했다.

　자신이 좋아하는 것을 즐기며 몰입할 수 있는 나라, 창출한 성과를 올바르게 평가받고 보상받을 수 있다는 믿음이 있는 나라, 과학 기술자가 국가 발전의 주체로서 존중받는 나라, 북유럽의 강소국 등 선진국은 대체로 이런 문화를 가지고 있다. 중국도 영도들이 새해 아침에 원로 과학자들을 찾아 세배를 드리는 것으로 존경을 표하고 있다.

　우리나라에서는 어떠한가? 우수 인재들이 과학기술을 기피하고 해외에서 공부한 과학기술 영재들이 돌아오지 않고 엔지니어들이 현장을 기피하는 현상을 볼 때 많은 걱정이 앞선다. 국가 과학기술 예산은 해마다 10% 가까이 증가하는데 과학 기술자들은 행복해하지 않고, 연구 생산성은 정체되고 효과성 효율성에 대한 논란은 높아만 가는 이유는 무엇일까? 이제 그 답을 과학기술을 존중하고 과학 기술자를 존경하는 문화에서 찾아야 할 때다. 지금과 같은 상황이 지속된다면 미래의 융합기술, 뇌(腦)과학 등 신기술 산업에서 승자가 될 수 없다는 위기 의식이 필요하다. 즉 우수한 인재들이 먼 국가의 장래를 생각해서 이공계로 진출해야 한다.

과학기술 강국이 되지 못하면 중국이나 일본을 이길 수 없다. 과학기술 강국이 되려면 과학 기술자가 존중받는 문화가 선결 과제다. 과학자가 대우받는 나라가 미래를 지배할 수 있다.

사람들은 뜻과 말과 마음이 통하면 존중받는다고 생각한다. 그나마 언로가 통한다고 생각했던 과학기술부가 해체되고 보니 의지할 곳이 없어진 것이 과학 기술계의 현실이다. 정부의 중요한 요직에 과학 기술계의 인사가 몇 명 있는가? 한국을 일으킨 엔지니어 60인도 그들만의 행사였고, 100대 기술도 과학 기술자들만의 얘기다. 한강의 기적을 얘기하며 그 주역들을 존중하지 않는다면 누가 그들의 뒤를 이으려 할 것이고 평생을 목숨 바쳐 연구에 몰입할 수 있을 것인가?

세종대왕처럼 과학기술을 중시하고 과학 기술자를 존중하면 모두가 따라온다. 말이 아니라 솔선수범의 실천이 중요하다. 21세기는 융합과 창조의 시대, 과학 기술자의 창조적 혁신 노력 없이 이룰 수 없다는 사실을 모두가 공감하면 역사의 바퀴를 새롭게 돌릴 수 있다. 과학기술 인재들에게 자긍심을 심어주고 최고로 대접해 준다면 이공계 기피를 걱정할 필요도 없을 것이다. 북한이 핵실험을 하면서 세계의 이목을 끄는 것은 과학자가 많고, 어려운 살림에도 과학자에게 대접하는 사회이기 때문이다. 중국과 일본 더 나아가 미국을 제패하려면 훌륭한 과학자를 키우는 데 정부가 앞장서야 할 때이다.

파경(破鏡)

　우리 선조들은 남녀가 서로 만나 부부로 연을 맺는 것을 하늘의 뜻으로 여겨 천생연분이라 했다. 하늘에서 맺어준 짝과 갈라선다는 것은 큰일 나는 줄 알았다. 서양 속담에 "아내란 청년에겐 연인이고 중년에겐 친구이며 노년에겐 간호사다"라고 했다.

　요즘 젊은 사람들은 이혼하는 것을 부끄럽게 생각하지 않고 자기 마음에 조금만 맞지 않으면 쉽게 이혼한다. 껌을 씹다가 단맛이 빠지면 뱉어버리듯이 쉽게 갈라선다. 혼자 사는 고통을 알면 그렇게 쉽게 결정하지 못할 것이다. 지나치게 자기 중심적이고 이기적이기 때문이다.

　어느 퀴즈 프로그램에 나온 할아버지와 할머니에게 사회자가 천생연분을 설명하자 할아버지가 "우리 같은 사이를 뭐라고 하지?"라며 손가락 넷을 펴 네 글자임을 암시하자 할머니는 자신 있게 "평생 웬수"라고 답했다. 그렇게 웬수(원수)같이 생각하며 살지만 살다보면 미운정 고운정 다 든다. 늙어서 조금만 아프면 가슴이 찢어지는 것이 부부다.

남북조시대 남조의 마지막 왕조인 진(陳)나라가 수(隋)나라에 망하자 시종신(侍從臣) 서덕언은 목숨은 건졌으나 아내와 생이별을 하게 되었다. 서덕언은 생전에 인연이 있으면 다시 만날지도 모른다며 눈시울을 붉히고 손거울 반쪽을 아내에게 주며 "이것을 잘 지니고 있다가 정월 보름날 시장에 내다 파시오, 내가 살아 있으면 그 거울 반쪽을 찾겠다"고 한 후 헤어지게 된다.

미인이었던 아내는 관직에 근무하는 양소란 사람과 강제로 살게 되지만 늘 전 남편을 잊지 못하자 거울을 시장에 내다 팔게 된다. 서덕언은 거울을 사서 반쪽 거울을 맞춰보았더니 딱 맞았다. 아내는 전남편을 생각하고 식음을 전폐하니 양소는 두 사람의 애정에 감동받아 그녀를 서덕언에게 돌려보내주게 되었다는 얘기다. 이때부터 이혼을 깨어진 거울이란 뜻으로 파경(破鏡)이라 했다.

우리 민요에 나잇줄에 따라 달라지는 부부 간의 묘미를 읊은 부부요(夫婦謠)가 있다. "열살 줄은 서로 멋모르고 살고/ 스무 줄은 서로 좋아서 살고/ 서른 줄은 눈코 뜰새 없이 살고/ 마흔 줄은 서로 못 버려서 살고/ 쉰 줄은 서로 가엾어 살고/ 예순 줄은 서로 고마워서 살고/ 일흔 줄은 등 긁어줄 사람 없어 살고/ 여든 줄은 말동무하며 살고 /아흔 줄은 서로 불쌍해서 산다.

고대 희랍의 아리스토파네스도 "10대 부부는 시큼한 오렌지맛이요, 20대 부부는 달콤한 무화과맛이요, 30대 부부는 떨떠름한 올리

96

브맛이다"라고 했다. 20대 부부는 동서고금 할 것 없이 달콤한데 웬일인지 20대 이혼율이 많으니 웬일인가.

대법원이 집계 발표한 바로 작년 한 해 동안 8만 5,000쌍이 이혼하고 있는데, 결혼 후 3~ 5년 만에 헤어지는 20대의 이혼율이 무려 70%나 증가하고 있다는 것이다. 세계적으로 우리나라처럼 이혼을 죄악시했던 나라도 없을 것이다.

로마 귀부인들은 네댓 번쯤의 이혼은 자랑스럽게 여기고 여덟 번쯤의 이혼일 때 얼굴을 조금 붉힌다고 한다. 회교국가들은 "너와 이혼한다"는 선언과 함께 아내가 갖고 왔던 지참금의 3분의 1만 돌려주면 이혼이 성립되었다.

중국은 남자가 많고 여자가 적어서 여자는 친구들과 마작을 하면 남자가 식사 준비 한다는 말도 있고 여자가 도망갈까 봐 신발을 작은 걸로 신고 다니게 한다는 말도 있다.

옛부터 중국은 이혼이 자유스러운 나라였다. 이웃집 대추나무에서 담 너머 떨어진 대추를 주워 먹은 것이 칠거지악의 도(盜)에 해당된다 하여 이혼을 할 수 있었으니 살기 싫으면 못 댈 핑계가 없었겠다. 우리나라 양반사회에서 꼭 이혼할 사유가 생기면 임금님에게 말씀드려서 재가를 얻어야 가능했는데, 임금님이 이혼해도 좋다고 판결내리겠는가.

이처럼 이혼은 꿈도 못 꾸는 나라가 우리나라다. 부부가 살다보면 미운정 고운정 다 들어가고 고맙고 등 긁어주며 100년 해로하며 자식 낳아 기르며 사는 것인데, 살아보지도 않은 젊은 사람들이 이혼하는 풍조는 사회적으로 많은 문제가 있다.

중국문헌 『세어신화(世語新話)』에 이런 이야기가 있다. 조물주가 사람의 마음을 만들 때 열 칸의 마음 중 세 칸만 네가 갖고 일곱 칸은 남에게 주라고 했다. 한데 욕심 많은 인간은 이기적 칸 수를 늘리고, 이타적 칸수를 줄여왔기에 세상이 험해졌다고 한다.

핵가족화 시대에 가정에서 이타적 마음의 칸 수에 인색하여 만나자마자 삐걱삐걱하다가 조기에 이혼하고 마는 것이 아닐까 싶다.

자기밖에 모르고 자란 젊은이들이 이혼을 껌씹다 단물이 빠지면 뱉듯이 하는데 요근래에 재혼율이 2.8배나 늘었다고 하니 이혼의 아픔이 무엇인지 알고 재혼하지만 그 상처는 영원히 남아있게 마련이다.

사랑은 언제나 오래 참고 온유하고 시기하지 않으며 자랑도 교만도 아니 한다고 했다. 사랑은 무례히 행치 않고 자기의 유익을 원치 않고~ 폭우 쏟아지는 오후 혼자서 씁쓸이 불러본다.

6 · 25전쟁과 아픔

1950년 6월 25일 새벽 4시 북한 괴뢰군이 남침하여 35만 명의 소중한 목숨을 빼앗아갔고 온 국민은 수십 년간 모은 전재산을 한꺼번에 잃었다.

북한은 김일성의 권력 유지를 위해 소련 공산당서기장 스탈린과 중국 국가주석 모택동으로부터 전쟁을 하면 지원해 주겠다는 약속을 받고 무서운 만행을 저지른 것이다. 이 때문에 많은 사람들이 죽었고 많은 가족들이 흩어져 이산가족이 생겼고 많은 문화유산이 불에 타버렸다.

우리 국군은 최선을 다해 저항했지만 갑작스런 도발 탓에 부산까지 밀려나고 말았다. 이렇게 어려울 때 우리나라를 제일 많이 도와준 나라가 미국이었다. 만약 미국과 유엔군이 없었다면 지금쯤 우리나라는 이 지구촌에서 영원히 사라졌을 것이다. 우리나라 국민을 위해 목숨까지 바친 미군과 유엔군의 은혜를 잠시라도 잊어서는 안된다.

사람은 누구나 행복하고 오래 살고 싶어 한다. 아무리 황소배짱을 가진 사람도 죽음 앞에서는 벌벌 떨게 된다. 하나밖에 없는 목숨을 조국과 민족을 위해 값진 죽음을 보여주신 분들이 계셨기에 오늘날 우리가 이 땅에서 살아갈 수 있는 것이다. 특히, 자신의 나라가 아닌 우리 국민을 위해 목숨까지 바치고 싸워준 3,000여 명의 미군들과 외국 청년들의 값진 죽음 앞에 온 국민은 고개 숙여 깊이 감사해야 한다.

1953년 전쟁이 끝난 후 먹을 것과 입을 것이 없어 굶주리고 얼어 죽을 수밖에 없는 우리 국민에게 미국 사람들은 아낌없이 구호물자를 지원해 주었고 부모를 잃은 전쟁고아 수천 명을 미국에 데리고 가 대학 교육까지 시켜준 미국 사람들의 은혜에 반드시 보답해야 된다고 생각한다.

그런데 요즘 젊은 사람들은 6 · 25때 아무 죄 없는 우리 국민을 죽이고 재산을 뺏고 많은 문화유적을 불태워버린 북한을 동족이라는 이유 하나로 무조건 찬양하고 도와주자고 하면서 많은 도움을 준 미국 사람들을 이 땅에서 물러가라고 데모하는 모습을 보면서 저것들이 과연 인간인가, 짐승인가 생각할 정도로 가슴이 답답하고 아플 따름이다.

오늘날 우리 국민은 6 · 25때 큰 아픔을 딛고 열심히 살아서 평균 수명이 79.8세로 장수 국가가 되었다. 밤낮 가리지 않고 열심히 일하여 잿더미가 되어버린 황폐한 땅에서 불사조처럼 일어나 오늘날 경제대국이 되었다.

목숨은 온 천하의 그 무엇과도 바꿀 수 없다. 6·25전쟁 때 귀중하고 소중한 생명을 바친 순국자와 그 가족 그리고 그 후손들을 위해 정부는 아낌없이 많은 도움을 주어야 한다.

우리는 작년 연평도 사건과 천안함 사건을 두 눈으로 똑똑히 보지 않았는가. 북한을 동족이란 생각으로 믿어서는 절대 안된다. 6·25와 같은 전쟁을 막으려면 우리는 국력을 키워야 한다.

국력을 키우려면 첫째는 애국심이다. 나라가 없다고 생각해 보자. 애국가를 부르고 싶어도 부를 수 없고 국가에 대한 경례를 하고 싶어도 할 데가 없다.

둘째는 국력이다. 이스라엘은 2,000여 년 동안 나라없는 설움을 당했다. 이스라엘 국민들은 세계 어디에서 살더라도 나라를 위하는 일이라면 자신의 전재산을 다 내놓는 국민이다. 지역 이기심이나 자기 이기심을 버리고 큰 틀에서 국가의 이익만을 먼저 생각하자.

셋째는 희생 정신이다. 이 나라 국민이라면 모두 군대에 입대하여야한다. 군대에 가지 않으려고 별의별 짓을 다하는데 군대는 동료 관계, 선후배 관계, 상하의 관계, 협동심, 애국심 등 많은 것을 배우게 된다.

도산 안창호 선생은 밥을 먹을 때나 잠을 잘 때나 숨을 쉴 때도 조국만을 생각했다고 한다. 이 나라에 태어난 것을 큰 영광으로 생각하고 우리 모두 조국을 위해 희생할 줄 아는 지혜로운 국민이 되자.

연설(演說)은 지도자의 생명

철학적으로 기(氣)는 만물생성의 근원이 되는 힘을 뜻한다. 인간이 살아가는데 '기(氣)'는 일생(一生)을 살아간다고 봐도 과언은 아니다. 죽기 살기로 꾸준한 성질을 말할 때 '끈기'가 좋은 사람, 일시적인 기운 즉, 욱 하는 성질을 가진 자를 '욱기'라고 한다. 사람이 살다보면 '기막히다, 기죽다, 기차다' 등은 기운이 있고 없고를 뜻한다. 힘센 사람을 '원기(元氣), 힘이 넘치는 사람을 왕기(王氣), 배짱이 있는 사람을 용기(勇氣), 수줍어하는 사람을 숫기, 힘이 빠진 자를 감기(減氣), 신바람 나는 자는 신기(神氣), 영적으로 강한 사람은 영기(靈氣)라 한다. 4月 국회의원 선거일이 다가올수록 정기(精氣)가 넘쳐 신바람이 넘칠 것이다.

정치인은 연설이 곧 정치 생명이다. 연설은 원래 정치가의 중요한 무기이지만 매스컴에 아주 가깝게 접근할 수 있어서 정치가의 연설은 더욱 예민한 반응을 보인다. 연설 능력이 정치가 능력의 전부는 아니지만 정치가의 일거수일투족이 안방에 전달되는 현대사회에서는 연설을 잘하는 정치가는 당연히 유리하다.

미국의 루스벨트, 레이건, 클린턴 대통령은 물론이고 우리나라 김대중 대통령도 연설을 잘했다. 그 중에서도 TV매체를 적극적으로 활용해 대통령에 당선된 존 F. 케네디 대통령은 연설로 대중과 교감할 줄 알았던 탁월한 연설가였다. 연설을 잘한다는 것은 시민(국민)과 늘 가까이 하여 시민의 마음을 읽어야 한다.

'국민 여러분. 조국이 여러분을 위해 무엇을 할 수 있을 것인지 묻지 말고, 여러분이 조국을 위해 무엇을 할 수 있는지 자문하십시오.' 이 연설문은 1963년 6월 26일에 취임한 존 F. 케네디 대통령의 연설이다. 존 F. 케네디는 '나를 믿어주십시오'라고 연설했다. 그의 연설에 감동한 베를린 시민들이 사흘간 베를린을 휘젓고 다녀 군대가 출동해야 했을 정도였다.

케네디는 냉전시대 공산국가들에 둘러싸여 서방세계로부터 버림받을지 모른다고 생각하던 베를린 시민들의 불안감을 꿰뚫었다. 좋은 연설의 전제는 청중이 무엇을 요구하는지를 잘 읽어내는 것임을 보여준 본보기다.

좋은 연설이란 시민의 마음, 지역 정서에 맞아야 한다. 히틀러가 아무리 대중 연설에 능하다 해도 그의 연설은 나쁜 연설일 뿐이다. 궤변과 선동으로 국민을 우롱하고 나라를 도탄에 빠뜨렸기 때문이다. 이명박 대통령은 4년 전 취임사 때나 8.15 광복 및 건국 60주년 연설을 할 때 진실성이 내재되어 있어 연설에 무게가 실리고 진정성이 보인다고 한다. 지난 정부에서 노무현 대통령이 등장하기만 하면 '오늘은 또 무슨 폭탄발언을 하려나' 하고 가슴을 졸였던데 비하면 안정된 연설이라고 평가할 수 있다. 하지만 이 대통령은 인사정책과 4대강 사업을 강행하면서 국민에게 신뢰를 잃었다. 연설에는 진정성이 없으면 시민과 국민은 외면하게 된다. 연설의 가장 큰 문제점은 너무 길어서는 안 된다. '설교가 20분을 넘어가면 죄인도 구원받기를 포기해 버린다'는 마크 트웨인의 말처럼 사람의 집중력에는 한계가 있다. 성인의 최대 집중력이 18분이라는 조사결과도 있다. 조금만 재미가 떨어져도 채널이 확확 넘어가는 이 바쁜 세상에 30분이 넘는 연설을 참을성 있게 들을 사람은 많지 않을 것이다.

핵심 주제를 찾기 어려운 것도 연설이 너무 긴 것과 무관하지 않다. 정치 지도자는 자기가 한 말에 책임을 져야 한다. 안전과 신뢰의 중요성, 법과 원칙에 대한 강조, 녹색성장론, 대한민국 브랜드 등 적어도 국가관을 가진 지도자는 최소한 이 정도는 책임을 져야 한다. 메시지가 간결할수록 파괴력은 큰 법이다.

연설문은 정치 지도자가 직접 그 동안 보고 느낀 점, 지역사회의 염원사업, 숙원사업을 챙겨서 넣어야 한다. 듣는 시민들은 진실성이 결여되고 허세를 부리면 등을 돌리고 귀를 막는다. 연설이야말로 시민들과 그토록 강조하는 소통의 가장 중요한 통로다. 연설은 연설가가 말하는 행위이지만 듣는 과정이기도 하다. 맥아더 장군은 군복을 벗을 때 노병은 죽지 않는다 다만 사라질 뿐이라고 했고 링컨 대통령은 국민을 위한 국민에 의한 국민의 대통령이 되겠다고 했다. 정치인은 내일 이 지구촌을 떠나더라도 진실된 사과나무를 심길 간절히 바랄 뿐이다. 공약(空約)은 자기 자신을 죽음으로 몰고 갈 따름이다.

흑룡의 기상으로 큰 꿈이 실현되길

임진년의 태양은 어김없이 떠올랐다. 사람들은 저마다 새해에 소망과 기대와 희망을 가슴에 품고 떠오르는 태양을 향해 동해, 서해, 남해 그리고 산으로 떠난다. 떠오르는 태양을 향해 모든 소망을 이룰 수 있게 해 달라고 기도한다. 올해는 60년 만에 돌아왔다는 임진년 흑룡의 해다.

지금부터 420년 전 나라가 어지럽고 부패한 틈을 타서 왜놈이 쳐들어 왔던 임진왜란을 우리는 똑똑히 기억하고 있다. 그때 나라를 지키기 위해 용감히 싸우다 전사한 이순신 장군이 있었기에 오늘날 우리가 잘살 수 있는 것이다.

2012년 금년도 국내·외적 상황은 우리에게 험난하고 격동적인 한 해가 될 것이다. 북한의 젊은 지도자 김정은은 세상물정 모르고 패기 하나로 물불을 가리지 않고 정치를 할 수 있다. 4월 총선과 12월 대선을 치르면 사회는 극도로 혼란에 빠질 수 있다.

국민들의 현명한 '선택'이 국운융성의 운명을 좌우하게 될 것이다. 남북관계와 한반도를 둘러싼 4국 열강들의 상황도 마치 19세기 말을 연상케 할 정도로 '격변'하고 있다. 미국도 오는 11월 대통령선거로 오바마의 재집권 여부가 판가름나게 된다.

세상사 희노애락(喜怒哀樂)이 모두 있기 마련이지만 노애(怒哀)만 보일 뿐 희락(喜樂)은 없다. 그도 그럴 것이 지난해 주요 기사 헤드라인에 등장한 단어는 거의 모두 부정적인 말들이다. '폭력 뇌물 추락 난장판 거짓말 블랙홀 편들기 난타전 대공황 정글정치 불법시위 시한폭탄' 등에서 자살, 성폭력, 중학생 뇌물… 이 세상이 왜 이 지경까지 왔는가?

정치인들이 싸우는 장면이 TV에 그대로 노출되고 방영되니깐 사회가 혼탁해지고 학생들이 보고 조폭으로 변할 수밖에 없다. 툭 하면 학교에다 책임을 묻는데 학생은 인권이 있으나 교사들에게는 교권을 인정했는가?

하지만 국제 무대에 비친 한국의 모습은 매우 긍정적이다. 1960년 79달러에 불과했던 1인당 국민총생산(GNP)은 2010년 국내총생산(GDP)기준 2만 591달러로 50년 사이에 261배로 늘었다. 반세기 전 연봉을 이제는 1.4일만 일하면 버는 셈이다. 정치적으로도 한국은 여야의 정권 교체가 두 차례나 평화적으로 이뤄짐으로써 '성공적인 민주주의 이행 국가'로 평가된다.

최근 계층간 소득 격차가 화두지만 다른 선진국에 비해 나쁜 편은 아니다. 유엔개발계획(UNDP)의 2007~2008년 자료에 따르면 상위

20%는 하위 20%의 4.7배를 번다. 이는 일본의 3.4배, 독일의 4.3배보다는 많지만 프랑스의 5.6배, 영국의 7.2배, 미국의 8.4배보다 적은 편이다. 중국은 상·하위 격차가 12.2배다.

하지만 10여 년 전부터 불거지기 시작한 우리 사회의 고질적 문제는 갈수록 악화되는 추세다. 전체 실업률의 두 배에 이르는 청년실업률은 10%를 오르내린다. 체감 실업률은 30%에 가깝다. 청년 3~4명당 1명꼴로 백수인 셈이다.

직장이 있어도 죽을 맛이다. 택시 운전사를 비롯해 한 달 내내 열심히 일해도 150만원을 벌지 못하는 노동자가 수두룩하다. 근로자의 평균 노동 시간은 세계 최장으로 모두가 불만이다. 경제협력개발기구(OECD)에 따르면 2010년 한국은 2,193시간으로 세계 1위다. OECD국가 평균 1,749시간보다 무려 444시간이나 많다.

자식 대에 희망이라도 걸고 싶지만 사정은 녹록지 않다. 계층 간 교육 격차가 커지면서 '개천에서 용 난다'는 말은 이제 교과서에서나 볼 수 있게 됐다. 아랫목이 따뜻해지면 윗목도 따스해질 것이라는 믿음은 갈수록 약해지고 있다. 이렇다 보니 이해 관계가 맞물린 집단끼리의 갈등과 반목은 갈수록 격렬해진다.

공자는 이를 일찍이 간파했다. 그는 "불환과이환불균(不患寡而患不均) 불환빈이환불안(不患貧而患不安)"이라고 말했다. '부족한 것을 걱정하지 말고 고르지 않은 것을 걱정하며, 가난한 것을 걱정하지 말고 편안하지 않음을 걱정하라'는 뜻이다. 잘사는 것 못지않게 더불어 잘살며, 나아가 편안하게 잘사는 게 더욱 중요하다는 얘기다.

이를 위해서는 이화위귀(以和爲貴)하는 자세가 절실하다. 화합을 귀중하게 여기라는 말이다. 아무리 소득이 높아도 집단 계층끼리 격렬하게 반목하는 사회는 우리가 바라는 미래가 아니다.

장자는 '도룡지기(屠龍之技)라고 했다. 세상에 없는 용을 죽이는 기술이라는 뜻으로, 쓸데없는 기술을 말한다. 우리 경제는 세계인들이 놀랄 정도의 성과를 거두었다. 기업가들과 근로자들이 피땀 흘려 만들어 놓은 자랑스런 경제 기반을 무너뜨리지 않게 다같이 노력할 때다. 흑룡의 기상으로 5,000만 국민 모두가 바라는 희망이 현실로 일구는 한 해가 되길 바란다.

거짓말 천국

시셀라 보크는 미국의 도덕 철학 전문가다. 그녀는 1978년 '거짓말하기'라는 책을 냈다. 보크는 거짓말을 열한 가지로 나눈다. 맨 처음 등장하는 것은 하얀 거짓말이다. 상대를 해칠 의도가 전혀 없는 종류로, 플라시보(placebo · 위약 · 僞樂)를 사용하는 것 같은 행위를 의미한다. 그 다음은 핑계를 대는 행위, 위험한 상황에서 목숨을 구하기 위해 하는 거짓말, 동료를 보호하려 하는 거짓말과 기만적인 사회과학 연구 등에 대한 논의가 뒤를 잇는다.

지난 10 · 26 서울시장 보궐선거 때 선거관리위원회 홈페이지를 테러해 선거 무력화 공작을 위해 한나라당 최구식의원 수행비서가 범행을 저질렀다. 국가기관에 대한 사이버테러를, 민주주의의 근간인 선거제도를 뿌리째 흔드는 행위를 집권 여당의 의원비서가 자행

했다니 마른하늘에 날벼락이다.

내 집에서 키우던 개가 지나가는 사람을 물어도 주인이 책임을 지는 게 상식이다. 물린 사람은 아파 죽겠는데 나는 책임이 없다. 물라고 시키지 않았으니 상관없다는 건 인간의 도리가 아니다. 리더가 조직의 문제를 자신의 책임으로 여기고 죽기 살기로 해결할 의지가 보여야 한다.

의사는 죽어가는 환자의 공포와 불안을 줄이기 위해 거짓말을 하는 것이 옳은가. 교수가 추천서를 쓸 때 우수하지 않은 학생을 탁월한 능력을 가졌다고 표현하는 것은 도덕적인가. 기자는 부패를 폭로하기 위해 취재원에게 신분을 속여도 괜찮은가. 보크가 제기하는 이러한 질문들은 거짓말이 우리 일상생활과 얼마나 밀접하게 연결돼 있는지를 알려준다.

보크가 중요하게 취급하는 거짓말의 하나는 공직자의 기만적 행위다. 1960년 미국인들은 드와이트 아이젠하워 대통령이 U-2기 사건에 대해 거짓말한 사실을 알고는 엄청난 배신감에 휩싸인다. 그는 국민을 속이지 않을 것이라는 믿음이 단단했기 때문이다. 그 뒤 월남전과 워터게이트 사건을 겪으며 정부에 대한 신뢰는 바닥으로 떨어진다.

1975년 여론조사 결과를 보면 69%의 미국인은 정치 지도자들이 지속적으로 국민에게 거짓말을 해 왔다고 믿고 있다. 이러한 사회 분위기로 인해 닉슨은 거짓말 때문에 자리를 물러나는 최초의 대통령으로 역사에 기록된다. 그 후 미국 사회에서 정치인의 거짓말에 대한 관용은 찾아볼 수 없게 된다.

이승만 대통령은 1950년 6·25전쟁 때 부산으로 피난처를 옮기면서도 서울을 곧 사수(死守)하겠다고 거짓말을 했다. 1961년 5월 16일 박정희 소장은 군사 쿠테타를 일으켜 혁명에 성공한다. 그는 나라가 안정되면 민간에게 이양하겠다고 공약한다. 그리고 유신헌법을 만들고 난 뒤 18년을 대통령으로 군림했다. 근거 없는 의원들의 기획 폭로회견은 수를 헤아리기도 어렵다. 그나마 최근 정치인의 발언을 철저하게 검증하는 보도가 증가하는 점은 다행이다. 보크는 계획적 거짓말이 가장 나쁘다고 말했다. 적어도 그러한 거짓말은 솎아낼 수 있는 사회가 되기를 희망한다.

정치인과 콧털의 공통점은 무엇인지 아는가?

조심조심 신중하게 뽑아야 한다는 것이다. 대한민국이 절벽 아래로 추락하기 시작했는데도 여·야당 의원들은 국민과의 약속을 속이고 제 살 궁리에만 골몰한 모습이 참 딱하기 그지없다. 정의가 살아 넘치고 상식이 통하는 대한민국에서 아름다운 세상을 살아가고 싶다.

언어폭력과 인종 차별

아테네의 이피크라테스는 집안 대대로 구두를 만들어 파는 일을 했지만, 이피크라테스는 가업을 잇지 않고 무술을 갈고 닦아 유명한 장군이 되었다. 그의 최대 정적 하모디우스는 명문가의 후예였다. 그런데 국가 정책을 결정하는 회의에서 두 사람의 견해가 부딪쳤다. 이피크라테스의 논리 정연한 말에 하모디우스는 코너에 몰리게 되자 모욕적인 말을 퍼부었다.

"구두쟁이 후손인 주제에 잘난 체 그만 하시지."

그러자 그를 노려보며 이피크라테스는,

"나의 가문은 나로부터 시작된다." 그러나 "당신의 가문은 당신으로 마지막이 될 것이다."

이후 이피크라테스는 전쟁에서 큰 공을 세웠고 후손들도 성공하여 아테네에서 명문가가 되었다. 자만에 빠져 있던 하모디우스는 결국 몰락하고 거리를 쏘다니는 신세가 되었다.

말은 인격을 보여 준다. 요즘 필리핀 출신 이자스민씨에 대해 허위사실을 근거로한 공격이 인터넷에서 난무하고 있다. "이씨가 총선 공약으로 '불법체류자 무료 의료지원, 외국인 유학생 장학금 지원, 다문화 가정 고향 귀국비 지급과 외국거주가족 한국 초청비용지급 다문화 가정 아이들 대학 특례입학' 등 전폭적인 외국인 혜택을 공약으로 내걸었다"는 이야기다.

정당 투표로 당선되는 비례대표 후보는 개인 공약을 내놓지 않는다. 이씨는 필리핀대학교 1학년 때 외항선 선원의 구애로 결혼해 1998년 귀화했다. 이씨는 매매혼(賣買婚)이 아니고 한국인과 결혼해 귀화하는 합법적인 절차를 거쳤다. 이씨는 당선 직후 "저는 대한민국의 며느리이자 대한민국 아이의 엄마"라고 했다. 그는 한국 남편과 낳은 두 아이를 반듯하게 키우기 위해 대학을 중퇴하고 대한민국에서 열심히 당당하게 살고 있다.

2년 전 물에 빠진 딸을 구하려다 심장마비로 남편을 잃은 후 슬픔을 딛고 꿋꿋하게 사는 그녀를 향해 막말을 퍼붓는 사람들은 인간 이하의 저질인간이다. 그 아이들이 커서 오바마 미국 대통령처럼 우리나라 대통령이 안 된다는 보장이 없다.

오바마도 어렸을 때 부모가 이혼하자 열 살 때부터 하와이에서 백인 외할아버지와 외할머니 밑에서 자랐다. 외조부모는 피부빛이 검지만 영리하고 예의 바른 외손자를 하와이 명문 사립학교에도 보내면서 정성껏 키웠다. 재즈를 좋아한 할아버지는 시를 쓰는 흑인 친구 집에 어린 오바마를 자주 데리고 놀러 갔다. 오바마는 인종 차별을 모른 채 잘 자랐지만 자서전에서 열여섯 살 때 처음 흑인과 백인의 차이를 깨달았다고 고백했다.

어느 날 외할머니가 버스 정류장에서 버스를 기다리고 있는데, 흑인이 거칠게 굴며 구걸하자 외할머니는 1달러를 줬는데 흑인은 고맙다는 인사는 못할망정 째려보며 때릴 것 같아 몹시 무섭고 겁이 났다고 했다. 오바마는 외할머니가 무심코 말한 '흑인 공포증'에 "발밑이 흔들리는 충격을 받았다"고 회상했다. 인종을 구분 짓고 혐오하는 말은 듣는 사람에게 평생 아물지 않는 상처를 남긴다. 일본 사람이 조선놈은 패야 말을 듣는다며 얼마나 우리 조상들을 무시하고 상처를 많이 주었는가.

2년 전엔 TV에 출연한 어느 여자 탤런트가 필리핀식 영어 발음을 우스꽝스럽게 흉내냈다가 필리핀에서 문제가 되자 공개 사과했다. 또 다른 예능 프로그램에선 외모가 촌스러운 연예인을 가리켜 "중국인을 닮아 어딘가 2% 부족한 외모"라고 해 중국 네티즌들을 성나게 했다. 한 마디 말은 자신의 인격을 보여 준다. 한번 뱉은 말은 주워담을 수 없다. 언어폭력으로 가슴에 못이 박히면 죽을 때까지 잊혀지지 않는 법이다.

다문화 출신 인물들도 우리나라 인적 자원에서 중요한 축을 이루고 있다. 저출산·고령화 시대 우리사회의 산업인력과 신부감 부족을 외국인 유입없이 어떻게 해결할 수 있는가. 다문화 가정이나 국제결혼에 대해 왜곡된 시선을 버리고 따뜻한 눈빛으로 서로 사랑하며 아름답게 살길 바란다.

정직한 자는 성공하고, 부패한 자는 망한다
- 몽골이 우리에게 준 교훈 -

몽골은 한때 유라시아 대륙을 주름잡던 칭기스칸의 후예이다. 그러나 지난날 그토록 거대했던 몽골의 지금 인구는 겨우 250만 명 남짓하다. 사람들이 사는 모습은 한국의 1930년대보다도 더 초라하고, 더욱이 지금의 그들의 모습에서는 즐거움이나 희망이나 대륙의 후손이라는 자부심조차도 찾아보기 어렵다. 한때 동양을 제패했던 나라가 어쩌다 이렇게까지 몰락했을까?

중국의 본산은 지금 심양인 청나라와 당나라가 주체이다. 청나라는 지중해시대 때 일본을 몰락시켰을 정도로 강대국이었고, 300년간 동북아를 지배했던 만주족의 나라였다. 그러나 현재 지구상에는 청나라는 물론, 만주족도 만주어도 사라졌으며 한족인 당나라도 영원히 사라진 상태이다.

우리나라도 이 지구상에서 영원히 망하지 않는다는 보장이 없다.

중국의 학자 장자는 국가가 망하는 이유가 몇 가지 있다고 했다. 국민이 사치하면 나라가 망하고, 집단적 이기주의자들이 많으면 나라가 망한다. 국민이 임금을 불신하고, 아부꾼이 많으면 나라가 망하고, 국민이 게으르면 나라가 망한다고 했다. 공무원이 부정부패가 심하면 나라가 망한다는 사실을 우리는 꼭 명심해야 한다.

4,000년 역사를 통하여 우리는 무엇을 배웠는가? 한국사는 모진 수난의 역사라는 사실과 임금이 타락하고 신하들이 부패하여 지금의 북한처럼 국민이 굶을 때 강대국한테 잡아먹히게 된다. 일제 강점기에 36년간 식민 지배를 받았듯이 온 국민이 정신 똑바로 차리지 않으면 그렇게 될 수도 있다는 사실을 알아야 한다.

고조선은 고대국가로서는 정치, 군사, 경제, 문화, 도덕, 윤리에 걸쳐 상당한 국력과 체모를 갖춘 나라였다. 그 고조선이 한(漢)나라의 집요한 침략으로 멸망한 이후, 한민족의 나라들은 수없이 외침에 시달려 왔고, 몇 번을 망했고, 몇 번인가 전 국토가 철저하게 유린당했으며, 치욕의 대사도 강요당했다.

원(元)나라는 고려 침공 때 어느 한 해에만도 20만 명의 남녀를 노비로 끌어갔고, 임진왜란 시였던 1592년에는 왜인들이 장사를 하는 척하며 수년간 각 시도 지형지물을 익혔다가 순박한 농촌 사회부터 쳐들어와 전 국토를 초토화시키지 않았는가?

그 후 일제강점기에는 우리의 재산, 이름, 성, 언어까지도 빼앗았고, 2차대전 당시에는 우리 국민들이 몸으로 방패가 되었고 종노릇을 하였다. 현재도 겨우 찾은 나라가 남과 북으로 두 동강이 나 있어 서로 긴장 상태로 대치하고 있다.

우리나라의 수난사를 되짚어보면 실로 숨을 쉬고 산다는 것이 기적이라고 생각된다. 이 모진 수모를 우리는 벌써 잊었단 말인가. 예전과 비교하면 지금 우리가 누리고 있는 50년의 세월은 풍요와 환희라고 생각하며, 그 동안 우리나라는 새마을 운동과 산업 사회와 IT 개발 사업 등을 앞세워 경제적으로 세계 7위까지 도달하는 등 무섭게 발전하여 잘 먹고 잘 입고 잘사는 나라가 되었다.

물질문명이 정신문명보다 앞선 나라는 타락한다.

가난하더라도 흥과 웃음과 즐거움이 있어야 한다. 부자가 되었다고 해서 너무 타락하면 국가가 망하고 국민이 망한다. 또다시 어떤 수난의 역사를 되풀이하지 않으려면 우리에겐 정치, 경제, 문화, 도덕의 각 영역에 걸처 국력을 길러야 한다.

88올림픽과 월드컵을 무사히 치러 냈다고 우리가 선진국이라고 생각하지 말자. 한 나라의 흥망에는 나라 안팎의 요인들이 다 작용한다. 밖으로 강대국들과의 국제교류를 잘 맺고 안으로는 자주 평화가 조화롭게 이루어져야 한다.

세계 역사를 보면 나라가 망하는 결정적인 원인은 외세보다는 내세 즉, 나라 안 제반 국력의 허약함과 흐트러짐이다. 세계적인 강국이었던 그리스, 이집트, 스페인, 포르투갈, 이탈리아의 역사를 보라. 정치 지도자들이 교육자를 업신여길 때 국가는 망했고, 국민들이 사치하고 정치인들이 부정부패, 퇴폐하면 강대국들도 망했다.

이탈리아도 퇴폐해서 망했고, 이집트는 얼마 전 대통령이 물러났고, 리비아도 카다피의 부패와 부도덕함 때문에 몰락 위기에 놓였다. 강하게 버티던 고조선도 고구려도 결국 내분으로 망했고, 조선왕조도 당쟁과 부패와 쇄국 때문에 망했다.

국장흥 필귀사(國長興 必貴師)라는 말이 있다. 국가가 크게 흥하려고 하면 반드시 스승을 귀하게 여기라는 말이다. 스승이 바로 섰을 때 국민은 부패하지 않는다. 스승을 존경할 때 교육이 바로 서고, 학생들이 잘 따르고 훌륭하게 자란다.

　수난의 역사를 되풀이하지 않기 위해서라도 우리는 정직한 마음과 양심을 갖고 자기가 맡은 일에 최선을 다하며 땀을 흘릴 때 행복과 기쁨이 넘치고 신나는 세상을 살아갈 수 있다.

명운(命運)이 걸려 있는 정치

정쟁(政爭)만 있고 정책(政策)이 없는 현실이 안타깝다. 유권자의 냉랭한 반응은 5일장만도 못한 정치권의 싸움에 대한 혐오감이다. 불법 사찰 문제로 난타전이 공중전(空中戰), 산전(山戰), 수전(水戰), 해전(海戰), 우전(雨戰), 설전(雪戰)으로 온통 나라가 시끄럽다. 정치인들 눈에는 자기 들보는 보이지 않고 남의 들보만 보이는가 보다. '부정', '부패', '불법', '무능', '선심', '사기', '거짓말' 등 상대방의 약점만 찾다가 나중엔 상대방 조상의 무덤까지 파헤치며 상대를 비방한다.

그 중에 제일 큰 거짓말과 기만행위는 '복지' 정책이다. 다 퍼주겠다는 거짓말을 국민 앞에서 공약으로 내세우고 있다. 섣불리 복지국가 흉내를 내다 국가 부도의 낭떠러지 앞에서 위태위태한 이탈리아,

그리스는 정치인들에게 속았다며 국민들이 모두 길거리로 뛰쳐나와 정치인들 다 물러가라고 소리친다. 부패청산 고개를 넘지 못하면 복지국가는 헛소리에 그친다. 생선을 보라. 꼬리부터 썩기 시작하는 생선은 없다. 머리가 썩고 몸통이 썩는 법이다.

정치인들은 부정부패 문제를 놓고 싸워왔다. 얼마 전 국회의장도 돈봉투 사건으로 사퇴했다. 선거로 정치인이 된 사람치고 누가 돈으로부터 자유로울 수 있는가?

권력의 생리는 무릇 양지와 음지의 논리와 같다. 아랫사람이 윗사람의 지시를 받은 상황에선 무조건 듣고 따르지만 자기가 조금이라도 불리하면 돌아서서 침을 뱉는 게 정치판이다. 우리 사회는 정직해 보이지 않아서 '정직'의 위대한 힘을 모른다. 사회적으로 높은 위치에 서 있는 사람일수록 변명이 더 많다. 헝가리 대통령은 논문이 표절이라는 이유 하나만으로 대통령직에서 사임하였는데 그 모습이 참으로 멋있어 보였다.

60년 전 대만 총통 장개석은 며느리의 부정한 비리를 보고받고 며느리에게 총을 주어 자결하도록 했다. 높은 자리에 앉았다가 자식들이나 친인척은 감옥에 가고 자신은 면죄부를 받고도 죄의식이 없는 것이 더 큰 문제이다.

우리나라 정치인들은 돈의 유혹에 뿌리칠 수 있는 교육부터 받아야한다. 돈 앞에 자기 자신을 철저하게 성찰해야 한다. 돈은 정직하다. 돈이 오고 갔다면 반드시 이유가 있다. 대가성 없이 돈을 그냥 줬다면 빨리 정신병원에 가서 정신 감정을 의뢰해 봐야 한다.

연말에 구세군 자선냄비로 들어가는 돈 이외에 다른 모든 돈은 대가성이 있다. 승리하는 지도자는 자신이 한 말에 책임을 질 때 부하들이 믿고 죽기 살기로 싸워서 승리의 면류관을 쓰게 된다.

제갈공명은 적벽대전에서 2만 5천 명의 병력으로 조조의 80만 대군을 격파하였다. 무기도 병력도 군량미도 없었지만 뛰어난 전략과 전술로 거머쥔 승리였다. 특히 빈 배를 보내 적의 화살 10만 개를 쏘게 하여 전장에서 화살을 만들어 쓴 전략은 탁월하였다. 제갈공명의 부하들은 대장의 도덕성을 보고 무조건 명령에 목숨을 바치고 순종했던 것이다. 부정한 대장은 반드시 패망했다. 부정하게 번 돈은 오래가지 못 한다. 그 돈은 올바르게 쓰질 못하고 결국 패망의 길을 걷게 된다. 돈이 없을수록 남에게 추한 꼴을 보이지 말아야 한다.

밤이 지나면 아침이 오고, 겨울이 가면 반드시 따뜻한 봄이 온다는 자연의 변화 속에서 우리는 남을 칭찬하고 남을 자랑하는 태도가 바람직하다. 내가 처한 환경과 세상인심이 아무리 혹독하고 어렵더라도 정직한 사람에게는 새로운 성공의 싹을 찾을 수 있다는 것이다.

제갈공명이 비록 군량미도 병력도 무기도 없었지만 굴하지 않고 승리의 기쁨을 누렸던 것은 거짓말을 하지 않았고 끝까지 진실했었기 때문이다. 그는 전쟁에서 승리 했지만 모든 공적을 부하들에게 돌렸다. 마라톤 레이스는 테이프를 끊는 순간 끝나지만 선거는 유권자의 손에 달려있다.

선거는 이 나라의 운명이 달려있다. 대한민국은 '부패'와 '복지'란 두 철봉에 매달려 있는 처지다. 이 턱걸이 시험에 누가 통과할 수 있는가는 부패를 멀리하고 복지정책을 현실에 맞게 할 때 이룰 수 있다. 부정 · 부패, 불법으로 싸우지 말고 누가 더 정직하고 깨끗한가를 놓고 죽기살기로 싸워 보아라.

오만(傲慢)한 중국

1970년대 후반 등소평은 기울어가는 공산당 중국을 재건하기 위해 "검은 고양이든 흰 고양이든 쥐만 잘 잡으면 된다"고 역설했다. 1982년 위안겅은 '시간은 돈이요, 효율은 곧 생명'이라는 대형 광고판을 건물 위에 내걸었다. 당시 중국 관리들은 큰 충격을 받는다. "사회주의 건물에 자본주의 페인트를 칠하느냐"며 반발했다.

'시간은 곧 돈'이라는 말은 18세기 벤저민 프랭클린이 처음 썼고, 미국식 사고를 표현한 것이다. 작년 7월 원저우(溫州) 고속철 추돌 사고로 40명이 숨지는 참사가 일어났다. 2000년대 들어 "중국 철도가 세계에서 가장 빨라야 한다"며 밀어 붙이다 기어이 속도 위반으로 사고가 터졌다.

원래 중국 사람들은 '만만디(慢慢的)' 무엇이든 천천히 하는 것을 좋아했다. 급할 게 하나 없는 중국은 요즘 들어서 너무 섣부르게 날 뛰고 있는 모양새다.

요즘 중국 관료들은 이 세상을 너무 쉽게 생각하고 우습게 보고 있다. 갑자기 경제대국이 되니 모든 것을 다 얻었다고 생각하는데 그 모든 것을 다 잃을 수 있다. 오만방자해진 중국을 주변국에서 볼 때 양심과 도덕심, 약소국을 감싸주는 넓은 이해심과 아량이 없다고 생각하여 전세계인들은 중국을 날카로운 눈으로 주시하고 있다.

중국이 북한 탈북자를 북송하면서 북한 군인들은 중국측 군인이 보는 앞에서 탈북자들을 잔인하게 발로 차고 때렸다. 탈북자들을 일렬로 세운 뒤 남녀노소를 불문하고 날카로운 철삿줄로 쇄골과 어깨뼈 사이를 관통하여 개처럼 이리저리 끌고 갔다는 것이다. 탈북자들의 울부짖는 소리가 하늘을 찌르고 피범벅이 되자, 그 꼴을 본 젊은 중국 병사들도 망연자실했다는 것이다. 북한 김정은은 "조국을 배신한 무리는 3족을 멸(滅)하라"고 지시했다고 한다.

중국은 대국(大國)답게 판단을 잘 해야 한다. 인권을 우선하자니 탈북자가 늘어나 북한 사회가 불안에 빠질 수 있겠고 북한 정부의 요구를 따르자니 국제 사회의 따가운 비판을 받게 될 것이 두려울 것이다. 중국은 탈북자를 강제 송환할 경우 얻는 것은 하나지만 잃을 것은 많다. 강제 송환은 탈북을 잠시 억제할 수는 있지만 영영 막을 수는 없다. 강제 송환할 경우 우리나라와의 관계가 악화되고 7,000만 한민족에게 상처를 주며 국제 사회에서 '인권 경시 국가'란 지탄을 각오해야 한다. 중국이 G2 국가로서 국제 사회에서 신뢰를 받으려면 탈북자에 대해 새로운 입장을 분명히 해야 한다.

1992년 등소평(鄧小平)은 김일성에게 "한국과의 수교가 불가피하다"고 통보했듯이 문명대국으로 가려거든 "탈북자 문제에 관한한 우리의 길을 가겠다"고 확실하게 밝혀야 한다.

요즘 들어 오만방자해진 중국은 우리나라 해역 이어도를 공동 구역으로 지정하자고 우겨댄다. 인간은 양심을 갖고 있다. 약소국이라고 함부로 대하다간 큰 코 다친다. 그렇게 하다 중국의 본산인 청(淸)나라가 망했고 당(唐)나라가 망했다. 청나라는 지중해 시대 때 일본을 몰락시킨 강대국이고, 300년간 동북아를 지배했던 나라였다. 또한 한족인 당나라도 오만(傲慢)하게 굴다가 이 지구상에서 영원히 사라졌다.

세상 살다보면 서럽고 억울할 때가 많다. 중요한 것은 어떻게 그 문제를 해결하느냐이다. 많은 것을 잃었다고 생각될 때가 어쩌면 가장 많은 것을 얻을 수 있는 기회이다. 나라가 어려울수록 국민은 겸손해야 하고 단결해야 하며 지혜로워야 한다.

지도자의 도덕적 책무

웃기는 이야기가 있는데 시계가 없던 옛날 닭은 하루도 빠짐없이 매일 새벽 농부에게 새벽잠을 깨워주고 힘들 때 먹으라고 알을 낳아주는 등 평생 많은 사람에게 이로움을 주었다고 해서 하나님이 벼슬을 내렸다는 말이 있다.

노블레스 오블리주란 우리 속담에 "윗물이 맑아야 아랫물이 맑다"는 말과 같다. 원래 노블레스는 닭의 벼슬을 의미하고, 오블리주는 달걀의 노른자를 뜻한다. 노블레스 오블리주는 닭이 자기의 명예와 권력의 상징인 벼슬을 자랑하지 않고 알을 낳아 많은 사람에게 도움을 주는데 목적이 있음을 말해주고 있다. 다시 말하면 사회 지도층의 도덕적 책무를 뜻하는 말로 모든 사람으로부터 정당한 대접을 받기 위해서는 자신이 누리는 명예(노블레스)만큼 책무(오블리주)를 다해야 한다.

요즘 사회지도자 안철수 교수가 1,500억 원 상당의 개인 재산을 사회에 내놓겠다고 밝혀 많은 사람들에게 큰 귀감을 보였다. 안교수는 "오랫동안 마음속에 품고 있던 작은 결심 하나를 실천에 옮기려고 한다."며 우리 사회 중산층의 삶이 무너지고 있고 젊은 세대들이 좌절하고 실의에 빠져있다. "상대적으로 더 많은 혜택을 입은 입장에서 노블레스 오블리주가 필요한 때가 아닌가 생각한다"고 말했다.

옛날 로마 귀족의 절제된 행동과 납세의 의무를 다하는 모범적 생활은 평민들에게 귀감이 되어 국가 천년을 지탱하는데 초석이 되었다고 할 수 있다. 전쟁이 일어나면 국가에 사재를 헌납하고 솔선수범하여 전장에 나가 앞장서서 피를 흘리며 싸우는 것을 최고의 영광으로 생각했다.

우리나라에서는 사회 저명인사나 소위 상류계층의 대부분 사람들이 병역기피, 뇌물수수, 탈세, 부동산투기 등의 불법과 탈법을 하고 있는 게 현실이다. 즉 이들은 제 역할을 다 못하고 바퀴벌레처럼 자기 유리한 쪽으로 이리 붙었다, 저리 붙었다 하며 단물이 있는 곳을 찾아 힘 안들이고 부자 되는 것을 많은 사람이 보아왔다. 이 때문에 열심히 정직하게 살아가는 보통 사람들의 불만이 하늘을 찌르고 지도자를 불신하는 것이다.

지금이야말로 우리 사회의 지도층 사람들이 서양의 지도층 인사들의 행동을 본받아야 할 것이다. 권력을 가진 자, 많이 배운 자 등 지도층에 있는 사람이 좀더 솔선수범하여 적극적인 모습으로 올바른 행동을 보여주며 겸손한 자세로 나갈 때 선진한국이 이룩되고 모든 국민이 골고루 잘살 수 있다고 생각한다.

반대로 그 사회 지도층이 불법하고 부정하여 사회를 구정물로 만들어 온통 막 휘젓고 다닌다면 젊은 사람들은 무엇을 배우고 서민들은 무슨 살맛이 나겠는가? 권력이 있는 사람과 재산이 많은 재력가들이 이제라도 자신의 생각을 바꾸어 나가야 할 때이다. 권력은 국민을 위해 바르게 쓰라고 준 것이며 그 재산 형성을 누가 가능케 한 것일까?

지도자는 국민을 위해 항상 희생과 봉사의 자세로 살아야 존경을 받는다. 또 국민을 섬기고 나라와 민족을 위해 무엇을 할 것인가를 생각하고 늘 깨어 있어야 한다. 특권을 누리고 있으면 그에 상응하는 의무를 다해야 한다.

정치인이나 사회 지도층 인사들이 사회적 국가적 책무를 다하는 새로운 문화를 형성해 나갈 때 선진국 대열에 들어설 수 있으며 살기 좋은 대한민국이 된다는 사실을 유념해야 할 것이다. 여·야 정치인들은 자기가 소속된 정당만 보지 말고 국가의 이익과 국민의 이익이 무엇인가를 냉철하게 판단하는 지혜가 필요하다.

호국보훈의 달, 순국자께 감사드리자

5월은 '어린이날'이 있고 '어버이날'과 '스승의 날'이 있으며 영원한 동반자인 '부부의 날'이 있어 감사하는 마음으로 가정의 달을 지켜야 한다.

6월은 나라를 위해 희생하고 헌신한 분들을 기억하는 '호국보훈의 달'이 있기에 나라를 위해 목숨을 바친 순국자에게 감사하는 마음을 가져야한다.

사람이 살면서 가장 소중한 것은 자기의 생명이다.

생명은 천하와도 바꿀 수 없는 것이다. 인간이 살면서 가장 값진 죽음은 나라와 민족을 위해 죽는 것이다. 그런 사람을 순국자(殉國者)라고 한다. 국가에서는 순국자에게 국립묘지에다 안장을 시키고 그들의 숭고한 정신을 후손들에게 가르쳐준다.

둘째로 고귀한 죽음은 순교자이다. 자기가 섬기고 믿는 종교를 위해 목숨을 바치는 사람을 말한다. 얼마 전 북한 신의주 부근에서 27명이 지하실 작은 방에서 어른과 아이가 하나님께 예배를 보다 북한 군인에게 발각이 되어 순교하게 되었다. 군인은 어린아이에게 예수를 믿지 않는다고 말하면 살려준다 했지만 북한 아이들은 예수님을 믿겠다고하자 부모가 보는 앞에서 총살을 당했다는 이야기다. 부모에게도 살려줄테니 예수를 믿지 말라고 했지만 그렇게는 못한다 하자 아스팔트를 까는 큰 밀차에 깔려 죽임을 당했다는 것이다.

건국 이래 우리 국민에게 가장 놀라운 충격을 준 사건은 청일전쟁이다. 평양에서 1894년부터 1895년까지 약 10개월 동안의 청일전쟁은 정말 비참한 전쟁이였다.

일본과 청국이 싸우면 일본이나 청국 땅에서 싸울 일이지, 왜 한국땅에 와서 싸우는가! 정부는 청·일전쟁을 우리나라에서 벌이는데 왜 가만히 보고만 있었는지, 또 청·일군은 우리나라 국보를 불에 태워 잿더미로 만들고 일본 군인은 한국 부녀자들을 마구 강간하고, 청국군은 사람을 때리고 재산을 빼앗고 우리 국민을 종부리듯 부려 먹었는데도 정부는 무엇을 했는가. 한국이 청일 전쟁의 참담한 전쟁터가 되었다는 사실은 국력이 없고 국민이 무식하고, 똑똑한 지도자가 없었기 때문이다.

국력이 없으면 외세로부터 많은 침략을 받게 된다. 지난 60년 동안 전쟁 없이 평화를 누리며 경제 대국이 될 수 있었던 것은 많은 분들의 조국을 위한 값진 죽음이 있었기 때문이고, 그 덕에 후손들이 잘살 수 있게 되었다.

1945년 광복과 건국 그리고 1950년 6·25전쟁 이후 60여 년 동안 그 분들의 값진 희생으로 오늘날 우리나라는 세계에서 가장 가난했던 나라에서 경제 11위란 경제 대국이 되었고 도움을 받는 나라에서 도움을 주는 나라가 되었다.

우리는 북한과 경제력과 자유민주주의에서는 승리했다 하지만 과연 국가안보는 믿을 만하고 든든한지 한번쯤 생각해 볼 필요가 있다. 북한은 앞으로 적화통일의 여건을 만들기 위해 천안함 침몰과 연평도 포격사건과 같은 무력도발을 계속할 가능성이 높다. 작년 연평도 도발사건과 천안함 사건이 있은 후 우리나라 많은 젊은 사람들의 안보의식이 조금씩 깨어나기 시작했다고 한다. 정말 천만다행이다.

몇 년전 북한에 갔을 때 그들은 우리나라 사람을 동족으로 보지 않고 적으로 보고 있는 것 같았다. 그동안 많은 물자를 지원해 줬지만 고맙게 생각하지 않고 적대시하는 모습을 보고 깜짝 놀랐다.

우리는 북한 동포를 돕더라도 북한의 인권 문제는 반드시 해결하도록 노력해야 하고 또 국제사회에서도 북한 인권 문제를 반드시 짚고 넘어가야 한다. 지난 과거를 보더라도 평화는 스스로 지킬 힘이 있을 때 비로소 가능하다. 우리 국민과 영토는 이 세상 어느 누구도 대신 지켜 주지 않는다. "인생은 유한(有限)하지만 국가는 무한(無限)하다"고 했다. 국가를 지키는데 온 국민이 최선을 다해야 한다.

1974년 베트남이 패망한 후 베트남 대학생이 쓴 글을 읽은 적이 있다.

"나는 애국가를 부르고 싶어도 조국이 없어 부를 수 없고, 국기에 대한 맹세는 어디에서 해야 한단 말인가", 애달픈 절규의 소리를 기억하고 있다. 대한민국은 세계에서 유일한 분단국가이기 때문에 나보다는 우리, 개인보다는 국가를 앞세우고 한마음 한뜻으로 하루하루 살아야 하겠다. 냉철한 눈으로 북한 공산집단을 바라보고 안보상황을 점검하여 나라를 지키는데 투철한 정신과 태도를 갖고 온국민은 똘똘 뭉쳐야 한다. 지금 우리가 누리는 자유는 수많은 호국 용사와 순국선열의 피와 땀과 눈물의 결정체라는 사실을 잠시도 잊어서는 안 된다.

어느 시대이고 어려운 때가 없었던 적은 한 번도 없었다. 우리는 그동안 많은 고난과 역경을 수없이 당했지만, 불굴의 의지와 타고난 지혜로 조국을 지키고 살아 온 위대한 국민이다. 건국 이래 가장 훌륭한 시대를 살고 있는 대한민국은 세계를 움직이는 중심 국가로 성장했다. 장자(莊子)는 국민 간의 갈등이 심하고 국민 간의 집단적 이기주의자가 많으면 나라가 망한다고 했다.

요즘 우리나라는 지역갈등, 동서갈등, 남남갈등, 남녀갈등 등이 심해하다. 하루빨리 변방적 사고에서 벗어나야 한다. 우리는 선열들의 애국정신을 받들어 대대로 물려줄 자랑스러운 조국, 대한민국을 지키는데 모든 지혜와 역량을 모아야 하겠다.

우리 모두 호국보훈의 의미를 되새기며, 국가 유공자와 보훈가족 여러분께 다시 한번 감사한 마음을 갖도록 하자. 나라와 민족을 위해 목숨을 바친 순국자의 정신을 기억해야 한다. 그들의 희생과 죽음이 헛되지 않게 하기 위해서라도, 나라를 지키는데 우리 모두 최선을 다하자!

흥부네 고향은 강원도 평창

천하 열녀 춘향이의 고향은 남원이요, 천하 효녀 심청이의 고향은
황주(黃州) 도화동이다. 천하의 잡년 옹녀의 고향은 평안도 월경촌(月
景村)이요, 천하의 잡놈 변강쇠의 고향은 함양 지리산 속이다. 그렇다
면 천하에 착한 흥부의 고향은 어디일까. 픽션의 주인공이기에 고향
의 의미는 없다고 할지 모른다. 하지만 우리 고전 소설이나 판소리의
주인공은 그 고향에 전해 내려온 실화의 주인공을 언제 누군가가 픽
션화한 경우가 많기에 전혀 무의미하지만은 않다.

흥부 식구가 고향을 떠나 구걸을 주로 전라도에서 했다고 한다.
법성포, 낙안, 벌교, 줄포, 순창, 복흥, 태인, 산내를 돌아다니는데 구
걸로는 입에 풀칠할 수 없어 고향 근처로 다시 찾아와 복덕이란 인심
좋은 마을의 빈 집 한 칸에서 살았다고 한다. 여기 복덕이란 허구의

마을이다. 하지만 충청도 아랫녘 경상도에 접한 전라도일 가능성이 높다. 제비가 보은포(報恩匏)라는 박씨를 물고 왔을 때 "이 제비가 올 적에 공주, 노성, 은진을 거쳐 서쪽에서 오질 않고 보은, 옥천을 거쳐 북쪽에서 내려왔다"는 말이 전해져 온다.

흥부집은 "방에서 반듯하게 드러누워 천장을 보면 구멍이 나 있어 이십팔숙(二十八宿) 별자리를 헤어보고, 일하고 곤한 잠에 기지개를 불끈 켜면 상투는 허물없이 앞 토방에 쑥 나가고 발목은 어느새 뒤란에 가 놓였구나, 밥을 자주 하지 않으니 아궁이에 풀이 가득 나 있구나" 이것이 바로 흥부의 그 고향집이다.

신재효가 채집한 판소리 사설집에는 흥부의 고향이 구체적으로 적시되지 않았으나 인간문화재 강도근(姜道根) 옹이 완창한 흥부전에는 명시되어 있다. 강남제비가 날아온 노정을 보면 팔도 명승지 다 둘러보고 흥부 고향집에 당도하는 대목에서 "연재 넘어 비전을 지나 팔량재 밑에 이르러 흥부집을 찾아 빙빙 도는 저 제비 거동 좀 보소"로 이어지고 있다.

바로 팔량재 밑은 전라도 남원군과 경상도 함양의 접경마을이요, 연재와 비전(碑前)은 그곳에 이르는 이웃 남원땅의 지명들이다. 요즘 다들 흥부의 고향이 자기 동네라며 흥부박이라는 토산품을 양산하고 관광지로 개발하려고 하는데 박을 캤다고 하는 소리는 강원도 평창에서 처음 듣게 된다.

대한민국에서 제일 깡촌 동네는 전라북도 무진장(무주, 진안, 장수군)이다. 그보다도 더 깡촌 동네는 강원도 평창군이다. 가정집에는 전기도 없고 비포장도로인지라 자동차가 지나가면 먼지가 풀풀 날고 여름에는 감자로 아침, 점심, 저녁을 먹고 겨울에는 옥수수로 세 끼를 먹었던 마을이다.

지금도 멧돼지들이 활개를 치고 얼마 전에도 호랑이 울음소리가 들린다고 했다. 그렇게 찢어지게 가난한 마을이지만 걸인이 지나가면 감자와 옥수수도 삶아 배불리 먹이고 따뜻하게 잠도 재워주고 가다가 배고프면 삶아 먹으라고 감자와 옥수수를 한 보따리 싸주는 등 요즘 세상에 쉽게 볼 수 없는 인심 좋기로 유명한 곳이 강원도 평창이다.

착한 마음씨를 갖고 살던 산골마을 평창에 강남제비가 박씨를 물고와 그 박을 심었더니 2011년 7월 6일 드디어 대박이 터졌다. 우리 속담에 "쥐구멍에도 볕들 날이 있다"고 했다. 평창에서 2018년 동계올림픽을 치루면 60조원의 순이익이 국가재원으로 생기는 대박이 터졌으니 흥부의 고향은 강원도 평창이다.

IOC위원장이 "평창"이라고 승전보를 알릴 때 하늘도 울고 땅도 울고 대한민국도 울고 평창도 울었다. 평창은 하얀 메밀꽃이 피고 청정 자연숲과 때 묻지 않은 태양이 뜬다. 동네 아줌마들이 만든 감자떡이 있고 쫄깃쫄깃한 찰옥수수가 있는 이곳에 평화의 대박이 터지길 기대하면서 착하게 살면 반드시 훗날 좋은 일이 생긴다는 흥부의 교훈을 생각한다.

아름다운 사회

며칠 전 '자랑스런 한국인' 기사를 읽은 적이 있다.

소금 장수, 택시 기사, 국수집 주인, 일식집 사장, 간호사, 안경점 사장, 트럭 운전사, 주부, 성직자 등 세상을 따뜻한 온기로 심어준 24명의 가슴에 국민들이 훈장을 달아줬다.

청와대에서는 어려운 환경 속에서도 봉사와 선행을 실천해 온 숨은 공로자에 대해 국민들에게 직접 추천을 받아 훈·포장 시상식을 했다. 이들은 어렵고 가난하게 살고 있지만 더 사정이 딱한 사람을 위해 희생하며 하루하루 보람된 일을 하면서 아름답게 살고 있는 분들이기에 존경스럽고 가슴이 메어 눈물이 난다.

국민훈장 동백장을 받은 김경환(51)씨는 13살 때 지뢰 사고로 양손을 잃은 1급 지체장애인 소금 장수다. 초등학교만 졸업했지만 손이 없는 팔로 염전에서 막노동으로 어렵게 먹고 살면서 불우한 이웃을 도운 분이다.

동백장을 받은 황금자(87) 할머니는 일제 강점기 일본 경찰에게 끌려가 강제 노역과 위안부 생활을 하다 광복 후 고국에 돌아와 식모살이하면서 근근이 살았고, 폐지와 빈 병을 주워 팔아 생활했다. 하지만 이렇게 힘들게 평생 모은 1억원을 2006년부터 강서구 장학회에 기부했다고 한다.

이런 훌륭한 분들이 있기에 대한민국이 존재할 수 있다.

그런데 요즘 세상사는 참 요지경 속이다.

최근 지하철에서 20대 청년이 팔순 노인에게 육두문자를 써가며 막말을 하는 모습이나, 아이를 키우는 젊은 엄마가 할머니와 다투다 그 할머니를 폭행하는 모습들이 TV를 통해 알려지면서 왜 우리 사회가 이 지경으로 가고 있는지 걱정을 하는 사람들이 많다.

예로부터 동방예의지국인 대한민국에서, 그것도 대학 진학률 80%를 넘는 고학력 사회에서 이런 일들이 일어난다는 것은 충격적이지 않을 수 없다.

이웃나라 일본을 보면 어릴 때부터 가장 중요하게 교육하는 것이 공중도덕과 예의, 타인에 대한 배려심이다. 그들은 의식적으로 남에게 불편함이나 피해를 주지 않으려고 애를 쓴다. 타인과 몸이 조금이라도 부딪힌다든가 하면 거의 반사적으로 '쓰미마셍' 하고 사과부터 한다. 지하철에서 발을 밟힌 사람이 밟은 사람에게 먼저 사과를 하기까지 한다. 내 발의 위치가 잘못 놓여 당신이 밟게 된 것이기 때문에 미안하다고 말한다는 것이다.

반면 우리의 경우는 어떠한가? 몸 좀 부딪힌다고 그렇게 사과하는 사람은 드물다. 엘리베이터를 타고 내릴 때도 내리기 전에 타는 사람이 있는가하면, 지하철 타고 내릴 때 부딪히고도 당연한 듯 지나쳐 버린다. 운전을 하다 보면 양보라는 것을 찾아 볼 수가 없다. 밀어붙이기식 운전, 난폭운전, 새치기, 자기만 아는 식의 운전 행태가 만연돼 있다.

우리는 지금 선진국으로 가고 있는 OECD회원국이며 문화적으로는 이미 선진국 대열에 합류해서 한류문화가 세계 곳곳을 누비고 있는데 우리의 사회적 의식은 아직 어림도 없는 수준에 머물러 있다.

선진국 문화는 철저한 가정교육과 공교육에서 형성된 바른 생활습관이 기본이 된 문화라고 할 수 있다. 미국과 유럽, 일본 등의 가정에서는 아이가 잘못하면 상상 이상으로 심한 야단을 친다. 잘못을 일깨우는 과정이라는 것이다. 학교에서도 마찬가지다. 숙제를 하지 않거나, 수업시간에 잠을 잔다든가 하는 문제는 개인적 문제로 넘기지만, 타인에게 피해를 끼칠 경우는 퇴학이나 정학 등 매우 원칙적이고 강력한 처벌을 한다.

최근 우리나라 학교에서는 체벌금지, 인권조례 등 많은 제도들이 거론되어 이슈가 되고 있지만 교실에서 성추행에 가까운 말로 여교사를 조롱하거나 심지어 교사를 폭행까지 하는 학생들이 있다니 왜 우리 교육현장이 이 지경까지 된 것인지 심히 염려스럽다. 그러나 한편 생각하면 학생들은 학교에서 인성교육과 예절교육, 예체능의 풍성한 심성을 고루 교육받을 수 있는 기회를 잃은 채 입시전쟁에 내몰리고, 설령 좁은 문을 뚫고 입학에 성공하더라도 치솟는 등록금과 바늘구멍 같은 취업문 앞에 또 다시 절망하게 되는 것이 현실이다.

이렇듯 우리 사회가 전반적으로 물질 만능과 성과 위주의 시대로 변모해 버렸다. 우리 조상은 가난하게 살았지만 늘 남을 배려하고 윗사람을 존경하며 아름답고 예의바르게 살았다.

또한 우리 사회의 공권력 약화도 심각한 문제다. 지하철 '묻지마' 폭행사건과 같은 경우, 공권력이 살아 있으면 과연 그런 짓을 할 수 있겠는가. 주위에 있는 승객들도 자기 일이 아니라는 이유만으로 그 자리를 피하거나 무관심한 모습을 보일 뿐 누구하나 경찰에 신고하지도 않았다. 공공장소에서 타인에게 위협과 공포를 조장하는 행위를 강력하게 제압할 수 있는 공권력이 부재하면 그 사회는 불안한 사회가 될 수밖에 없는 것이다.

대한민국은 이제 세계가 주목하는 나라가 됐다. 하지만 경제, 문화적으로 앞서간다고 해도 전통적으로 내려온 착한 국민성, 공중도덕과 예절, 남을 배려하는 고유의 아름다운 문화 정신이 사라지면 안 된다. 우리 사회가 타인을 배려하는 사회가 될 때 우리나라는 진정 선진국 대열에 합류할 수 있는 것이다.

지구촌의 재앙(災殃)을 보며

　요즘 바쁘게 살고 있지만 살아 있어도 산 목숨이 아닌 것 같은 생각이 들 때가 많다. 언제 죽을지도 모른다는 생각에 모두들 불안한 삶을 살고 있다. 며칠 전 일본에서는 대지진과 쓰나미로 희생된 사람들의 숫자가 눈덩이처럼 불어나고 있다. 도시 전체가 불바다로 변했던 미야기현의 거센누마시에선 주민 7만 5,000명 중 1만 5,000명만 대피했고, 나머지는 연락이 두절되거나 행방을 찾지 못하고 있다.

　미국 아칸소주에서는 무려 1,000마리의 찌르레기가 죽어 떨어졌고, 루마니아에서도 수십 마리의 찌르레기가 어느 공원 근처에 떨어져 나뒹굴고 있는 게 발견되었다. 시카고 인근 연안에는 전어 수천 마리가 떠밀려 왔고, 영국 켄트 지방의 해안에는 수만 마리의 게와 불가사리의 사체가 널브러졌다.

우리나라에서도 소와 돼지가 구제역 여파로 떼죽음을 당했다. 독수리와 동물들의 떼죽음 소식에 마음이 무겁다.

많은 사람들은 앞다퉈 지구의 종말이 오고 있다고 말한다.

출애굽기 7~11장에는 모세가 이스라엘 민족을 구할 수 있도록 여호와가 이집트에 내린 각양각색의 생태 재앙들이 묘사되어 있다. 성경에 기록된 사건이라면 모두 실제로 일어난 재앙들일 가능성이 크다.

엄청난 수의 개구리들이 강과 운하에 넘쳐나며 떼죽음을 당해 악취가 진동하고 집집마다 파리 떼가 들끓고, 메뚜기 떼가 집안으로 날아와 덤벼들고, 난데없는 우박이 쏟아져 채소와 나무열매를 망가뜨리고 멧돼지들이 도심지까지 나타나 사람들에게 덤벼드는 등 전 세계 사람들이 땅을 치며 통곡하는 모습은 너무나 비참하고 처참하기까지 하다.

우리나라도 강과 호수의 물고기들이 집단으로 폐사하여 둥둥 떠오르고 까마귀들마저 심심찮게 떼죽음을 당한다. 이런 일이 일어날 때마다 묵시록을 들먹이며 드디어 하나님이 우리를 벌하신다고 믿고 우리 인간들은 너나 할 것 없이 자기가 저지른 잘못을 회개하고 더욱더 겸손한 자세로 더 낮은 자세로 세상을 살아가야 할 것 같다.

모든 죄악은 인간의 교만 때문에 일어난다고 생각한다.

루마니아의 찌르레기들은 농부들이 포도주를 걸러내고 버린 찌꺼기를 먹고 알코올 중독으로 죽은 것으로 판명났다.

최근에 번역된 "식량의 종말"의 저자 폴로버츠는 지금 우리나라 전역을 휩쓸고 있는 구제역과 조류독감의 원인을 대규모 공장식 집단 사육에서 찾는다. 바이러스의 공격이야 늘 있는 일이지만, 이같은 대규모 발병은 대체로 우리 인간의 탐욕이 자연 생태계를 거스르며 자초한 일이라고 생각한다.

인간은 만물의 영장이라고 생각하고 우리 곁에서 인간을 지켜주는 자연이나 동물들을 우습게 봐선 절대 안 된다. 그것을 모두가 우리 인간에게 꼭 필요한 것이고 우리 인간에게 도움을 준다는 것을 깨달아야 한다.

덕무상사(德無常師)라는 말이 있다.

덕은 언제라도 스승이 필요 없다는 말이다. 덕을 인간에게만 베푸는 것이 아니라 모든 동물과 자연에게도 베풀어야 한다.

어느 철학자는 "인간이여! 자연으로 돌아가라"라고 외쳤다. 자연은 언제나 세상 순리를 지키며 묵묵히 자기 할 일을 말없이 할 따름이다.

정치는 자기 희생이다

닭의 목을 비틀어도 새벽은 온다고 했다. 쌀쌀한 봄 날씨에도 나
뭇가지에는 연한 순과 녹색의 잎이 파랗게 올라오더니 생명의 끈질
김을 상징하는 듯 봄꽃이 폭발하듯 활짝 폈다. 봄꽃이 활짝 피고 활
기가 넘치면 다른 사람 눈에 교만(驕慢)으로 보일 수 있다. 교만(驕慢)
하다는 말은 말의 등에 올라타서 글을 쓴다는 뜻이다. 현 정권과 집
권 여당은 국민의 과분한 지지를 오만과 교만으로 독선적인 국정운
영을 하다 국민으로부터 외면당했다.

독선적인 인사정책, 측근정치, 비타협적 국정운영, 당정갈등은 경
제적 양극화로 국민들은 집권 여당을 단단히 벼르고 있었다. 그런데
민주당은 폭력적이고, 독선적인 진보당과 연대하여 이번 선거에서
완승할 것이라 생각했지만 국민은 정치 권력의 오만을 심판했다. 정

치권 전체를 통쾌하게 문책한 것이다.

　국민이 정치권에게 무엇을 요구하고 있는지 뼈저리게 반성하고 국민이 내린 이번 심판의 의미를 엄정하게 되짚어 봐야 한다. 싸우는 정치, 피로감을 주는 정치, 지역 발전을 위해 노력하지 않는 정치인을 외면한다는 사실을 그 동안 학습 효과를 통해 이미 수없이 경험해 왔다. 지금부터 유권자들은 당선자들의 공약을 꼼꼼히 챙기고 지켜볼 것이다. 공약의 실천 여부에 따라 다음 선거에 적극적인 참여와 정치변화를 압박하는 혹독한 파괴력을 보여줄 것이다.

　지금도 북한은 전쟁 준비를 하고 있다. 핵실험 발사 한 번 하는데 5천억 원이 든다. 북한 주민이 굶주리고 고통 당해도 아랑곳하지 않는다. 중국은 이어도를 자기네 섬이라고 우기고 일본은 독도를 자기네 땅이라고 우기고 있는 현실을 보면 우리나라는 참으로 큰 위기에 처해있다 해도 과언이 아니다. 이러한 위기의 우리나라를 구할 자는 바로 이 시대의 정치인들이다.

　오늘날 세계가 벤치마킹하는 북유럽 복지 모델에는 이를 주도한 정당의 부단한 개혁 노력이 바탕에 깔려 있다. 당장 배부른 것도 좋지만 앞날을 생각하여 배고픔을 참고 인내하며 때를 기다리는 자세가 필요하다. 이제 정치인들이 이 나라 장래를 걱정해야 한다. 비판적인 사고보다 긍정적인 사고를 배워야 한다. 한 나라의 내일을 보려면 그 나라의 정치인을 보라했다.

　눈은 백보 밖을 볼 수 있으나 자기의 눈썹은 보지 못한다는 말이 있다. 정치인들은 눈을 크게 뜨고 세계의 동향을 보고 나라를 위해 어떻게, 무슨 일을 할 것인가를 고민해 주길 간곡히 바란다.

우리나라가 선진국이 못 되는 3가지 이유

세계사를 볼 때 자유민주주의 국가보다 프롤레타리아혁명, 인민 민주주의 같은 것을 내세운 공산 독재 국가의 부패가 훨씬 심했다. 오늘날 북한, 러시아와 중국은 부패한 나라이다. 엄정한 심판을 받는 사회가 부패를 줄일 수 있고, 선진국이 될 수 있다. 국가 부도 위기에 빠진 유럽의 포르투갈, 이탈리아, 아일랜드, 그리스, 스페인은 복지 과잉과 사회적 신뢰가 약하다는 점이 비슷하다. '사회적 신뢰' 란 국민 상호간에 믿음이 어느 정도냐는 것이다.

사회적 신뢰를 떨어뜨리는 핵심은 부패다. 부정부패가 심하면 서민들만 상대적 박탈감을 느끼고 피해를 본다. 땀 흘려 일해 세금을 냈는데 고위 공직자들의 부패 때문에 세금이 헛되이 쓰여 불신 심리가 확산될 수밖에 없다.

스칸디나비아(북유럽)도 복지 천국으로 국민들은 근검절약하며 알뜰하게 산다. 우리나라에서도 북유럽식 복지 모델을 주장하는 사람이 있지만 실제로 고(高)세금으로 보편적 복지를 강행한다면 남유럽처럼 국가가 위험할 수 있다. 복지와 부패로는 선진국이 되기 어렵다.

지난 100년간 중진국에서 선진화에 성공한 나라는 일본뿐이다. 아르헨티나, 브라질, 포르투갈, 체코 등 많은 나라가 중진국에서 주저앉았다. 지금부터 100여 년 전에 유럽의 이탈리아와 아일랜드에 살던 농민들이 미주(美洲)대륙으로 대량 이민을 갔다. 이들은 떠나기 전에 밤새 고민을 했다. 북미에 있는 미국으로 갈까? 아니면 남미에 있는 아르헨티나로 갈까? 당시 두 나라 모두 빠르게 성장하는 젊고 역동적인 경제를 가진 나라였다. 아르헨티나는 세계 10강 안의 나라로 프랑스보다 잘살았고, 미국과는 어느 나라 미래가 더 밝은가를 놓고 경쟁하는 정도였다. 그러나 오늘날 아무도 아르헨티나와 미국 중 어느 나라를 선택할까 고민하지 않는다. 아르헨티나가 망한 이유는 대통령이 노동자를 잘살게 해야 한다며 다 퍼주었기 때문이다. 우리나라가 선진국이 안 되는 3가지 이유는,

첫째, 지도자가 국민은 안중에도 없이 자기 욕심을 내세웠기 때문이다. 또한 빠르게 변화하는 시대를 내다보고 개혁을 주도하는 지도자가 없었다.

둘째, 개방과 경쟁을 거부하는 '반(反)세계화 경제' 때문이었다. 제조업과 수출 산업을 경시하고, 대외시장 개방을 막고 외국 자본을 제국주의라 규탄하고 심지어 주요산업을 국유화하는 등 '자유화와 세계화'의 흐름에 역행하는 경제 정책을 추진해왔다.

셋째, 대중 인기에 영합하는 '복지 포퓰리즘' 때문이었다. 반 개혁과 반 세계화로 나라 경제가 망가져 급증한 도산과 실업을 '퍼주기식' 복지정책으로 해결하려 했다. 잘못된 정치와 경제를 고치려 않고 무상교육 · 무상의료 등을 약속하며 노동자와 빈민들의 표를 구했다.

선진국이 되려면 부정부패가 없어져야 하고 '반 개혁의 정치', '부정부패', '반 세계화의 경제', '복지 포퓰리즘'이라는 이 4가지 덫에 걸리지 말아야 한다. 그런데 우리나라는 이 중 3가지, 즉 '반 개혁의 정치'와 '복지 포퓰리즘'의 덫에 걸려 있다. 대한민국 정치는 여야 모두가 특권과 기득권에 안주해 있다. 여야는 국가 비전과 전략을 놓고 고민하는 정책 경쟁을 해야 한다.

최근에 심히 우려되는 것은 여야간에 격화되고 있는 '복지 포퓰리즘'이다. 대학등록금, 무상급식, 부자감세 반대, 보편복지라는 선동적 주장이 터져 나오고 있다. 앞으로 선거 때가 되면, 무상의료, 무상교육, 무상주거 등 망국적 복지 포퓰리즘이 기승을 부릴 것이다. 곧 닥치는 '통일과 고령화시대'에 대비하여 건전재정 확보가 시급하지만 정치인들은 전혀 아랑곳하지 않고 있다. 나라가 망해도 선거에서 이기기만 하면 되기 때문이다.

본래 좌파는 공동체를 가진 자와 못 가진 자로 분열시키고 못 가진 다수에게 인기 영합적 포퓰리즘 정책을 약속하면서 정치적 세를 얻는다. 그러나 보수는 공동체 통합을 위해 자기 희생과 모범을 보이며, 가진 자와 못 가진 자 모두에게 유익한 정책이 무엇인가를 제시 · 설득하여 표를 호소해야 한다. 그런데 어찌된 일인지 우리나라 보수는 희생도 모범도 보이지 않고 좌파를 흉내내 '보수 포퓰리즘'을 만들고 있다. 그래서 우리 정치판에서 좌파 포퓰리즘과 보수 포퓰

리즘 어느 쪽이 국민을 더 잘 속이는가를 경쟁하고 있다. 한 마디로
여야 모두 대한민국의 선진화를 포기한 것이다. 나라를 망치는 '복지
포퓰리즘'을 들고 나오는 삼류 정치가들을 정치권에서 몰아내야 한
다. 결국 이 나라 주인인 국민이 '깨어나' 직접 나서야 나라가 선진
화가 될 수 있다. 또한 '삼류 국가'로 전락하는 것을 막을 수 있을 것
이다.

　대통령 선거가 곧 다가오고 있다. 누구를 뽑아야 선진국 대열에
설 수 있을지는 국민 여러분 손에 달려 있다. 국민 모두가 정신 차리
지 않으면 월남처럼 나라가 없어질 수 있다.

갈등(葛藤)

갈등은 칡과 등나무를 말한다. 칡은 줄기가 왼쪽에서 오른쪽으로 돌고 등나무는 오른쪽에서 왼쪽으로 돈다. 서로는 자라나면서부터 죽을 때까지 반대로만 향한다. 오늘날 세계는 양극화가 되어 점점 반목과 갈등이 심해진다.

영국 런던 노팅힐은 1950년대 자메이카 등 카리브해 국가에서 온 흑인 이주민이 최초로 정착한 곳이다. 영국에서 최초의 인종 폭동도 1958년 노팅힐에서 일어났다. 또한 '테디 보이스 (Teddy boys)로 불리는 신세대 청년들과 흑인 이주민 청년들의 싸움이 처음 시작된 곳도 노팅힐이다.

인종 폭동은 노팅힐 이후 남(南)런던의 브릭스턴 등으로 옮겨가 1981년, 1985년, 1995년에 일어났다. 세 차례 모두 백인 경찰이 범

죄 혐의자 추적에서 발생한 인명 피해가 원인이 됐다.

영국과 프랑스는 2차 세계대전 이후 1970년 오일 쇼크 때까지 '영광의 30년'이라는 경제 호황기에 과거 식민 지배를 했던 나라들로부터 이주민을 적극 받아들였다.

런던 폭동은 버밍엄 맨체스터 리버풀 등 다른 대도시로 옮겨가는 양상이다. 노팅힐 폭동처럼 인종 충돌로 비화하지 않을까 걱정된다. '젠틀맨 나라' 영국이 근대화 이후 가장 큰 위기에 처했다. 런던 북부 토트넘에서 시작된 폭동이 버밍엄, 항구 도시인 리버풀, 브리스틀 등 전역으로 확산대면서 사실상 국가 비상사태에 빠졌다. 복면이나 마스크로 얼굴을 가린 채 약탈자로 돌변한 젊은이들의 무법천지는 신사의 나라 대영제국의 후예인가 의심이 든다.

영국 폭동이 무서운 것은 그 배경이 얼마 전 노르웨이에서 발생한 종교적 이념주의와 극우집단 세력의 우월감이 초래한 이념 폭동과는 다르다.

이번 사건의 발단은 한 흑인 청년이 경찰이 쏜 총에 맞아 죽자 가족과 친구들이 평화 시위에서 비롯됐다. 유족들의 항의를 명분 삼아 이해 관계가 전혀 없는 젊은 실업자들이 평소 사회 불만을 표출하는 방법으로 상점을 약탈, 차량 방화, 심지어는 관광객에게까지 돈과 물건을 뺏는 등 야만적인 행위를 하고 있다. 아무 이유없이 사회적 이슈 사건에 편승해 마구잡이식 약탈을 하면서 죄책감 없이 행동하는 것이 이번 폭동이 주는 교훈이다.

현지 언론은 이같은 집단 폭동의 원인을 실업률 증가와 경제난, 빈부 격차, 양극화로 인한 폭력으로 보고 있다. 특히 폭동의 진원이 저소득층 등 사회적 약자가 모여 사는 곳이었던 만큼 정부에 대한 불만이 한꺼번에 터졌다는 것이다. 우리나라도 취직 못한 청년 실업자, 외국인들이 폭동을 일으키지 않을까 염려된다. 요즘 안산시 원곡동, 구로구 가리봉동, 관악구 봉천동, 광진구 동일로 등에 이주민 근로자의 거리가 형성되고 있다.

경기 불황의 침체의 늪이 갈수록 깊어지고 정부의 부동산 부양책은 약발이 전혀 먹히지 않는다. 전셋값 고공행진, 우윳값 인상으로 모든 물가상승이 지속적으로 치솟고 있다. 쥐꼬리 월급에 시장물가가 계속 올라가면 서민은 정부에 대한 불신과 불만이 쌓이게 된다. 그러면 런던폭동처럼 사회적 문제로 비화될 수 있다.

지금 우리나라 3D업종은 외국인들이 중심축이 되어 이끌어가고 있다. 그런데도 다문화 사회를 인정치 못하고 편견과 차별에서 벗어나지 못한다면 이들이 반 사회적 세력으로 돌변할 수 있다. 정부는 따뜻한 사랑과 관심을 갖고 대할 때 외국인들도 마음을 터 놓고 소통할 것이다.

몇십 년 전만해도 우리나라 청년들이 독일, 월남(베트남), 사우디 등 외국에서 근로자 생활을 하면서 자식들을 공부시켰고 가족을 부양했던 사실을 까맣게 잊고 있는가.

우리 가요 중 '나그네 설움' 이란 노래가 있다. 타향살이도 서러운데 타국살이는 얼마나 서글프겠는가. 문화, 식생활, 날씨 모든 게 낯설기만 한 타국에서 생활하는 외국인에게 더 따뜻하게 감싸주어야하겠다. 영국의 폭동 사태를 예의 주시해야 한다. 남의 일 같지 않다는 생각이 자꾸 든다.

軍服이 가장 멋있어야 한다

660년 군기(軍紀)가 엄정했던 신라군의 눈에는 당나라군은 여러 민족으로 구성된 소란스럽고 군기(軍紀) 빠진 군대로 보였나 보다. 비록 고구려군에게 고전했지만 자유 분방한 당나라군은 전투에서는 세계 최강의 군인이었다.

북한은 우리나라 군을 당나라 군대로 보았다가 천안함 사태 이후 해병대 지원하는 젊은이들의 경쟁률이 7대 1이라는 뉴스를 보고 깜짝 놀랐을 것이다.

해병대는 지옥훈련과 엄격한 병영생활을 통해 자신의 한계에 도전하고 6일간 밤낮으로 잠을 안 자고 훈련하는 인간 한계를 시험해 보는 군인이다.

며칠 전 소말리아 해적함을 박살내고 선원 21명을 구출한 대한민국의 해군 UDT부대원은 멋있었다. 요즘 젊은이들 간에는 이스라엘 군처럼 동족이고 뭐고 볼 것 없이 북한을 박살내자는 말들을 많이 하고 있다.

인구 700만의 이스라엘이 인구 3억의 주변 적대국들에게 맞서 굳건히 나라를 지키는 모습을 보며 대단한 나라임을 다시 한번 생각하게 한다. 뉴스위크는 이스라엘 군의 특징을 3가지로 본다.

첫째, 계급을 통한 상명하복의 위계질서가 아닌, 수평적 군대조직을 통해 인간적이면서 책임감을 부여함으로써 병사 개개인의 인격과 능력을 인정하고 애국심과 창의성을 북돋운다.

둘째, 고등학교 졸업 후 남자는 3년, 여자는 2년 군복무를 마쳐야만 대학 진학이 가능하도록 만듦으로써 정서적으로 보다 성숙한 상태에서 대학 교육을 받게 만든다.

셋째, 경제, 사회, 문화적 배경이 서로 다른 젊은이들이 단체 생활을 통해 서로 이해하고 돕고, 동시에 다양한 인맥 형성의 기회를 갖도록 만든다.

뉴스위크는 이스라엘 젊은이들의 이러한 군 복무 경험과 인맥형성이 첨단 기술 벤처기업 창업의 원동력으로 작용한다고 설명한다. 이스라엘 젊은이들도 힘든 군 복무가 좋을 수 있겠는가? 하지만 남녀 모두 즐거운 마음으로 국방의 의무를 하면서 조국애와 민족애를 배우고 가족의 따뜻한 사랑을 배우며 사람이 살아가는 멋을 배우는 것이다.

또, 군복무가 사회 경제적 성공 확률을 높여주므로 군 복무를 마치는 것이 그들에게 경제적으로 이득이 된다는 것을 안다.

이스라엘 군은 철부지하고 자유 분방하게 보인다. 군기를 잡겠다고 큰 소리 치면서 솔선수범하지 않고 뒤에서 부정부패하는 우리 군대 장교와는 달리 이스라엘 군인은 부정을 하지 않고 솔선수범하기 때문에 졸병들은 정신 바짝 차리고 복무하고 있다는 사실이다.

우리 군이 이스라엘 군을 본받으려면 장성 수부터 감축해야 한다. 내가 살고 있는 양주시만 해도 25사단, 26사단, 28사단, 65사단, 72사단이 있다. 대한민국에서 제일 작은 양주시에 5개 사단이 있다는 것은 상식적으로 이해가 안 간다. 이 5개 사단을 한 개 사단으로 묶으면 장성 수를 수십 개 이상 줄일 수 있다. 그 돈으로 군인들에게 더 큰 혜택을 줄 수 있지 않을까?

우리나라의 입영제도는 병역기피의 유혹을 부추긴다. 이스라엘군처럼 고등학교를 졸업하고 남녀 모두 군인에 갔다가 병역의무를 마쳐야만 대학교를 입학할 수 있도록 제도를 바꿔야 한다.

우리나라는 세계에서 가장 호전적인 북한의 포사거리 안에 인구 절반이 살고 있고, 한순간에 모든 것이 잿더미가 될 수 있는 현실을 우리 국민 모두 너무 오랫동안 잊고 살았다. 즉, 안보 불감증에 걸려 있다.

이스라엘로부터 배워야 할 핵심은 그들의 응징전략이 아니다. 오늘날 이스라엘을 첨단 산업강국으로 만든 원동력은 첨단 기술과학기술로 무장한 군(軍) 시스템이다. 21세기 군대는 국가방위뿐만 아니고 교육과 첨단 산업분야에서도 중요한 역할을 한다.

우리나라는 3억 군인을 가진 중국을 이기고 북한과 통일하려면 과학교육과 첨단 과학기술이 집약된 군인으로 육성해야 한다.

국가의 장래를 위해 우수한 인력을 이공계로 보내고, 군대 조직도 첨단기술이 가능한 최적의 집단으로 첨단기술 군인으로 재조직해야 한다.

군 복무기간을 시간이 아깝다는 생각을 하지 말고 애국심과 자긍심을 길러 분단국가의 군인으로서 소말리아 해적을 일당백으로 물리친 정신으로 국민이 믿을 수 있는 당당한 군인으로 거듭나길 당부한다.

포퓰리즘 복지에 병들어가는 대한민국

우리나라 속담에 "공짜라면 양잿물도 큰 거 먹는다"는 말이 있다. 전철 공짜표를 받는 65세 노인들이 하루 종일 전철역을 오가며 술에 취해 큰소리로 옆 사람과 대화하는 모습을 종종 본다. 젊은 사람들이 책을 읽고 있는데 어른들이 남을 의식 안 하고 쓸데없이 큰소리로 대화를 나누면 젊은 사람들이 존경하겠는가.

무상이론은 사회주의 이론이다. 무상급식한다고 다들 좋아하는데 사실 그 이면에는 무상급식 때문에 과학교육, 영어교육이 병들어가고 병든 학교 시설을 못 고치고 있다. 반값 등록금이 실행되면 국내 5대 대기업만 1,000억 원이 굳고 1가구당 세금만 30만원씩 더 내게 된다.

"묻지 마 반값 등록금"을 실행하기 위해 한 해 세금 5조원 정도 징수하는 것을 감안하면 5대 대기업이 반값 등록금 재원의 2% 정도를 가져가는 셈이다. 공무원도 정부에서 무이자로 대학등록금을 빌려주는데 반값 등록금이 실행되면 안정된 직업인 공무원은 큰 혜택을 입게 된다.

대학생을 둔 부모의 고통을 이해하지 못하는 반동부르주아지로 몰릴지 모르지만 지도자는 국가의 미래를 생각하고 또 생각해야 한다. 무상으로 해결할 돈이 있으면 아동센터 아이들에게 학습 준비물을 살 수 있도록 매월 5만 원씩 대주고 전기요금 못내어 전기가 끊긴 불우한 이웃을 돌보고 보험료 못내는 가정을 돌봐줘야 한다.

우리나라도 국가 부채를 줄이기 위해 긴축재정의 고삐를 꽉 죄야 한다. 긴축재정을 하려면 국회의원 수와 보좌관 숫자를 반으로 줄이고 시·군도 과감히 통합하고 시·도의원도 통합하여 그 돈으로 복지사업을 하자고 감히 제안하고자 한다.

정치인들이 쏟아낸 무상급식, 무상의료, 기초노령연금, 무상보육, 반값등록금, 아동수당도입, 실업부조, 영아양육수당확대, 주택바우처, 기초생활보장기준완화 등 선심정책을 모두 집행하려면 60조원이 들어간다는 게 경제기획부의 집계다.

사회복지라는 미명 아래 허구성이 있는 구호로 국민들의 귀와 눈을 속여서는 안된다. 사회복지는 지속 가능성과 부분간 균형성을 갖춰야 한다. 그리스나 일본도 무상 포퓰리즘 때문에 나라가 흔들리고 있다. 이 지구상에는 지도자의 욕망과 잘못된 판단으로 나라가 망하는 것을 많이 봐 왔다.

1941년 일본이 태평양전쟁을 일으킨 것은 현대사의 수수께끼 중 하나로 꼽힌다.

미국과 전력(戰力)격차가 워낙 커 계란으로 바위치기였지만 일본은 식민지인 중국과 한국이 일본편에서 싸워 줄 걸로 오산했다. 일본 군부(軍部)도 이길 승산이 적다는 것을 알았지만 "신은 우리 편이겠지"라는 집단 광기(狂氣) 때문이었다.

1941년 여름, 진주만 기습공격을 하면 어떻게 될까? 미국, 영국과 전쟁하면 과연 이길 수 있겠는가. 많은 의문 가운데 방대한 시뮬레이션을 분석한 결과 일본의 전투력은 미국, 영국 전투력 20분의 1에 불과하기에 전쟁을 하면 도저히 이길 수 없다는 결론이 났다.

하지만 육군 참모총장은 병적인 자폐심리 때문에 "국책(國策)에 반한다"며 비밀 문건을 소각하도록 지시했고 모든 것은 비밀에 부쳐졌다. 전쟁에서 질 줄 알면서도 전쟁을 강행한 이유는 무엇인가.

일본군 지휘관들은 전운(戰運)도 따를 수 있고, 신풍(神風)이 일본에게 승리의 여신이 불어줄 것이라고 믿었기 때문이다. 그 환상은 원자폭탄 2개가 히로시마에 떨어지고 일본 국왕이 항복한 후에야 정치인들과 장군들로부터 속았다는 것을 알았다.

오늘날 대한민국은 어떠한가? 미래를 방패삼아 '질 것 뻔한 전쟁'이 벌어지고 있다. 인구 감소와 고령화 추세로 볼 때 지금같이 재정 씀씀이가 지속 불가능하다는 것은 공지의 사실이다. 그런데도 온통 돈 쓸 궁리만 하는 나라를 정상적인 국가라고 할 수 있겠는가.

젊은 사람들은 결혼을 하지 않으려하고 결혼해도 아기를 낳지 않아 매년 초등학교 입학생 수는 줄고 학교는 폐교되고, 장수하는 국민이 늘기 때문에 40년 뒤면 국민연금이 바닥나게 된다고 한다. 이때쯤이면 지금의 복지 수준을 유지하더라도 GDP의 46%를 복지에 쏟아부어야 한다.

그렇다면 우리 자식 세대에겐 빚더미 인생이 기다리고 있다는 것이다. 이것은 단지 그렇게 될지도 모른다는 가능성 차원의 문제가 아니라 당장 손쓰지 않으면 피할 방도가 없는 '확정된' 미래다.

지금 사회 지도층의 심리상태는 70년 전 일본을 빼다 닮았다. 재정파탄이 예정돼 있는데도 정치권은 '무상(無償)'과 '반값'을 경쟁하고, 관료들은 적당히 영합한다. 미래의 경고들을 은폐, 묵살한 채 어떻게 되겠지 하는 집단 환상에 빠져 예정된 파국 코스로 나라를 몰아넣고 있다.

우리는 당장 승산 없는 포퓰리즘 전쟁을 끝내지 않는다면 파국은 결코 피할 수 없다. 20년 뒤쯤 국민은 "속았다"고 분노하며, 그 때에 누가 무상급식, 무상등록금, 무상의료 등을 외쳤는지 기억을 되살릴 것이다. 역사책에 그들은 대한민국을 망친 전범으로 기록될 것이다.

이 나라가 어떻게 이룩한 나라인가. 건국 이래 100번이 넘는 외세 침략과 36년간 일본 식민지생활, 그리고 동족간의 6·25전쟁을 겪으며 이룩한 조국이다. 국민을 속이는 선동정치인들과 국민을 속이는 복지 포퓰리즘 구호에 넘어가는 어리석은 국민이 되지 말아야 후세에게 빚더미 유산을 물려주지 않게 된다는 사실을 꼭 명심하자.

청년백수 이태백의 신세타령

며칠 전 신문 기사 내용이다. 구두 회사에서 월급 200만원을 받고 영업직 사원으로 일하던 김기철(31)씨는 몇 년 전 결혼을 미뤘다.

부모가 운영하던 식당이 문을 닫는 상태여서 동생 대학 등록금을 챙겨야 했기 때문이다. 1년 등록금 700만원과 기숙사비 200만원을 마련하기 위해 적금통장을 깼다.

동생은 "형, 미안해"라며 늘 괴로워하면서 가정교사, 백화점 아르바이트 등 닥치는 대로 무슨 일이든 했다. 몇 차례 휴학을 거쳐 지난해 간신히 졸업을 했다. 하지만 그를 기다리는 건 험난하고 고통스러운 취직이었다.

기업 등 여러 곳에 문을 두드렸건만 모두 낙방이다. 학원강사, 무역회사 경리 등 비정규직 일자리를 겨우 구해서 생활비를 벌었다. 그러나 이런 자리도 구하기가 힘들었다. 지금은 무직 상태다.

"그동안 희생한 가족을 생각해서라도 안정된 직장을 구하고 싶지만 앞으로도 불가능할 것 같다"며 "이럴거면 비싼 등록금을 내면서 대학은 왜 다녔는지 후회스럽다"고 했다.

대학은 전문인력을 육성하는 상아탑이다. 우리나라는 대학이 너무 많고 전문인력이 많이 필요한 나라가 아니다. 막말로 으쟁이 뜨쟁이 다 대학 가는데 결국 고등 실업자만 키우는 셈이다.

우리나라는 고등학교 졸업자 80%가 대학을 진학하지만 국고로 지원하는 선진국도 대학 진학율이 40%에 미친다. 독일처럼 초등학교 때부터 중학교 진학, 고등학교 진학, 대학교 진학을 엄격히 통제해야 한다.

대학 등록금 1,000만원 시대, 세계에서 두 번째로 비싼 등록금을 내고 졸업을 해도 취업을 못하는 청년 실업자. 그들뿐만 아니라 온가족이 고통 속으로 빠져들고 있다. 온 국민이 너도나도 대학만은 졸업해야겠다는 생각도 문제이지만 왜 꼭 대학을 가려고 하는지 이해가 안 간다.

우리나라의 대학생 수는 332만 명이다. 전체인구 4,875명의 6.8%로 국민 14.7명 중 1명이 대학생이다. 등록금을 대기 위해 부모와 형제는 여행은커녕 취미 생활 제대로 못하고 자식 좋은 자리 취직시키려고 노력했건만 취직하기란 바늘구멍에 낙타 들어가기보다 더 힘든 세상이 되었다. 그래서 이십대 태반이 백수라는 말이 생겨 오늘날 이태백이란 말이 유행처럼 사용되고 있다.

이태백은 당나라에서 태어난 중국 최대의 시인이다. 남성적이고 용감한 그는 25세 때 촉나라를 떠나 양자강을 따라 산동(山東) 산시

(山西) 등지를 편력하며 한평생 방랑자 생활을 했다.

이태백은 부패한 당나라에 불만이 많았고 늘 정치적 재능을 발휘할 기회를 노렸다. 43세 때 현종(玄宗)의 부름을 받아 한림공봉(翰林供奉)이라는 관직을 받았지만 한낱 궁정시인으로 현종의 곁에서 시만 쓰게 되자 하지장(賀知章)들과 술을 마시며 신세타령만 하다 현종의 눈에 벗어나 궁정에서 쫓겨났다.

시성(詩聖) 두보는 이태백의 시에 대해 "붓끝이 움직이니 비바람이 놀라고, 시가 이뤄지니 귀신이 운다"고 극찬했다. 후세(后世)에 신선으로 추앙되는 이태백이지만 현실의 삶은 참 불행했다. 입신출세를 꿈꾸며 두 번이나 관직에 올랐지만 인정을 못 받고 두 번 다 쫓겨난다.

이태백의 시에는 공을 세운 뒤 물러나 산야에 묻히고자 하는 갈망과 좌절감이 적지 않게 배어 있다. 요즘 사람들에게 "사오정"이 뭐지? 하고 물으면 "말귀를 못 알아들어 엉뚱한 대답을 하는 사람"이라고 말하던가 아니면 사십대와 오십에 퇴직하는 사람이라고 말할 것이다.

"이태백은 누구인가?"라고 물으면 시인, 신선, 양귀비, 방랑자 등이라고 대답하는 것보다 "이십대 청년 실업인"이라고 말하는 사람이 더 많을 것이다.

오늘날 청년 실업률이 10%를 오르내리고 구직 단념자가 늘어나면서" 이십대 태반이 백수건달"이라서 "이태백"이라는 말이 유행되었다. 백수건달만 해도 고기나 밥 대신 향(香)을 먹고 살고 허공을 날아다니며 노래를 한다는 불교의 신 "건달비"에서 유래한 말이니 괜한 상상은 아닐 터이다.

공무원이나 대기업에 취직한 것은 "바늘구멍 통과하기"이고 "가문의 영광"이라고 한다. 세계에서 제일 잘산다는 미국은 더 취직하기 힘들다고 한다.

젊은 사람들은 연봉 1,500만 원짜리 일자리만 주어져도 감지덕지할 사람이 많다. 기업에서 150억 원만 인건비로 쓰면 청년실업자 1,000명을 고용할 수 있다. 요즘 부산 금융사태를 보면서 고위직에 있는 사람이나 정치인들이 영세민들이 못 먹고 못 입고 저축한 돈을 뒤로 다 빼돌리고 내 배째라는 식으로 행동하는 것을 볼 때 정말 한심한 생각이 든다.

어떻게 보면 청년들의 일자리 수천 개 수만 개를 정치인들이 훔쳐간 것이다. 정치인들이 청년들 일자리 창출하는데 앞장서겠다고 외쳐대는 뻔뻔스러운 얼굴을 보면 침이라도 뱉어주고 싶다.

소금, 간장, 기름 셋이서 고스톱을 치면 항상 기름이 돈을 다 잃는다고 한다. 그 답은 소금과 간장이 짜고 고스톱을 치기 때문이란다. 시거든 떫지나 말라고 했다. 가진 자들의 횡포가 너무 심하다. 그렇더라도 청년들이여! 희망을 잃지 말라. 꿈이 없는 삶은 어두컴컴한 지하터널을 걷는 것과 같다. 용기를 잃지 말고 무슨 일이든 최선을 다하면 기회가 온다는 사실을 꼭 명심하라.

청년들이여! 당신들이 진정한 이 나라의 주인임을 잊지 말자.

미국 해군력 조지워싱턴호를 보고

　미국의 해군력은 세계인을 놀라게 할 만큼 막강한 힘을 갖고 있다. 미국은 지금부터 100년 전인 1910년에 조지워싱턴호를 만들었다. 조지워싱턴호는 9만 7천 톤급의 크기와 막강한 전투력으로 웬만한 국가 전체의 해군전력을 능가하는 군함이다.

　길이와 폭이 각각 360m, 92m에 달하고 각종 안테나 등이 설치된 마스트까지의 높이는 20층 빌딩과 맞먹는 81m에 이른다. 특히 원자로 2기를 갖춰 외부 연료 공급 없이도 20년간 자체 운항이 가능하다. 탑승 승무원은 핵 추진 전문 인력과 비행단을 포함해 모두 6,000여 명이다.

　갑판 면적은 1만 8천 211㎡로 축구장 3개 크기이고 전자 전투기 등 80여 대를 탑재하고 있다. 고강도 방해 전파를 발사해 적군의 데

이터망이나 무전기 등을 무력화하는 능력을 갖췄다. 이지스구축함에는 평양 핵심시설을 정밀 타격할 수 있는 토마호크 순항미사일 100여기가 탑재됐다.

1940년 11월 11일 밤의 일이다. 이탈리아 남부군항 타란토로부터 270km쯤 떨어진 영국 항공모함 일러스트리어스호에서 어뢰로 배를 공격하는 비행기 "소드피시(sword fish)" 21대가 출격했다. 영국 해군은 이탈리아 전함 3척을 격침시켰다.

또 순양함 2척을 대파시켜 큰 전과를 거두고 소스피시 2대만 잃었다. 2차대전 때도 영국 군함이 스페인 함대를 침몰시키고 승리했다. 해전사(海戰史)에서 항공모함 시대를 알리는 시대다.

2차대전 때 일본은 타란토 전투를 연구한 뒤 그 다음 해 하와이 진주만 공습을 했다가 미국이 히로시마에 원자폭탄을 떨어뜨려 항복하게 된다. 아무리 좋은 무기를 개발했다고 해서 함부로 까불면 쌍코피 터진다는 사실을 배우게 된다.

세계 곳곳에 군사적 이해 관계를 갖고 있는 강대국들은 항공모함 개발에 전력을 다한다. 배에서 비행기가 처음 날아오른 것은 1910년의 일이다. 미국 커티스 항공사의 조종사 유진 엘리가 순양함 버밍햄함에 설치된 나무 활주대에서 비행기 타고 출발하여 4km떨어진 지상에 안착했다.

영국은 1918년 상선의 선체 위에 격납고와 비행갑판을 얹은 항공모함 아거스 1만 4,000t급을 만들었다. 1960년 9월에는 미국에서 세계최초의 원자력 항공모함 엔터프라이즈호를 선보였다.

갑판의 길이 332m, 너비 77m로 80여 대의 항공기를 싣고 연료 공급 없이 지구를 20바퀴 돌 수 있는 항공모함을 만들었을 때 세상 사람들은 "떠다니는 섬"이라고 불렀다.

배가 워낙 컸던 까닭에 배 안에서 도망 다니던 "탈영병"이 2개월 만에 잡혔고, 함께 타고 있던 형제도 고향에 있는 부모의 편지를 받고서야 형제들이 한배에 타고 있다는 사실을 알았다.

조지워싱턴호는 배에다 F-22 "전투기"를 싣고 다닌다. 스텔스기능이 있는 이 전투기는 레이더에 잡히지 않아 김정일 집무실과 별장을 쥐도 새도 모르게 박살낼 수가 있는 무기다.

작년에 연평도 공격에 많은 연평도 주민들이 죽고 다쳤을 때 단호한 응징의 메시지로 조지워싱턴호가 서해에서 한ㆍ미 연합훈련을 했을 때 쩔쩔매는 북한 군부와 중국군의 초긴장 상태인 것을 보고 미국의 해군 군사력에 찬사를 보냈다.

문제는 세계에서 유일한 분단 국가인 우리나라에 조지워싱턴호 같은 거대한 해군 전투함이 최소한 2대 정도가 있어 서해와 동해를 지킬 때 북한군은 함부로 장난치지 못할 것이다.

1966년 정치적 독립을 들먹이는 대만을 압박하기 위해 중국이 미사일까지 발사했다. 그 위기 때도 미국은 항공모함 2척을 대만해협에 급파했다. "내정간섭"이라며 반발하던 중국은 결국 꼬리를 내렸다.

전 미국 대통령은 2003년 5월 항모 에이브러햄링컨호 함상에서 이라크전 임무 완료를 선언하며 환호하는 미국 군인들과 기념 촬영을 하는 모습은 참 멋있었다. 아무리 억울해도 힘없는 정의는 무력하다는 국제 정치의 냉혹함이 항공모함에 고스란히 담겨 있다.

분단 국가의 국민 한 사람으로 현시대를 바라볼 때 지역주의와 집단 이기주의가 심각함을 느낀다. 지도자들이 자기의 생각과 자기가 살고 있는 지역이 손해를 본다고 해서 머리를 삭발하는 모습은 3류 코메디다.

냉정한 자세로 나라의 장래를 고민하는 지도자가 요구되는 시대에 우리는 오늘날 살고 있다. 장자(莊子)는 집단적 이기주의자가 많으면 나라가 망한다고 했다.

우리 모두 국가 발전을 위하는 일에 손익계산을 따지지 말고 무조건 동참하고 협력하여 자라나는 2세에게 막강한 힘과 무력을 물려주자.

제3장 | 가정은 나무의 뿌리

칭찬은 만병통치약

누구나 착한 일을 하면 칭찬을 받고 악한 일을 하면 벌을 받게 된다. 칭찬을 받았는데 기분이 나쁘다면 그 사람은 빨리 정신과 병원에 가서 정신과 치료를 받아야 한다. 칭찬은 기분을 좋게 할 뿐 아니라 모든 고민도 해결해 주는 마술이다.

'일일불념선(一日不念善)이면 제악이 개자기(諸惡이 皆自起)니라'는 말이 있다. 매일매일 착한 일을 생각하지 않으면 모든 악한 생각이 저절로 일어난다는 말이다.

무게가 수천 파운드나 되는 고래가 수면 위로 솟아 줄을 넘어 점프할 수 있도록 훈련을 하는데 조련사는 칭찬하고 또 칭찬하는 교육 방법을 사용한다. 사람도 잘했다고 칭찬할 때 더 잘한다.

어린이나 어른들도 칭찬받고 자란 사람이 칭찬의 맛을 알고 칭찬

받을 짓만 한다. 어렸을 때부터 칭찬받는 일은 어린이에게 자아 존중감을 향상시키고 보다 긍정적인 사고로 성장할 수 있는 인성과 심성으로 자랄 수 있게 한다. 어린이에게 바른 심성으로 성장하게 하려면 칭찬받는 기쁨과 칭찬하는 태도를 길러 친구들의 장점을 볼 수 있는 능력과 긍정적인 생각으로 키우도록 교사나 어른들의 지도가 절실히 요구되는 때이다.

칭찬을 할 때 눈에 보이는 것만 하는데 평소 상대방이 잘하는 것이나 열심히 하는 것 등 내적인 면도 칭찬을 해 주면 더욱 긍정적인 효과가 있다. 또 친구를 사귀는데 친밀한 감정으로 우정이 싹틀 수 있다는 것이다. 칭찬하는 습관은 어렸을 때부터 의도적으로 찾아 하면 모든 사람들에게 인정을 받게 되어 인생을 성공적으로 성취할 수 있을 것이다.

사람이 세상 살아가면서 칭찬을 많이 하다 보면 남의 약점을 캐고 단점을 보는 시각이 없어질 수 있다.

우선 칭찬을 하는데 있어 칭찬하는 방법을 알아야 한다.

친구가 잘하는 점, 열심히 하는 점, 친구에게 배울 점을 자연스럽게 말하여 상대에게 자긍심을 심어 주어야 한다. 여기서 주의할 점은 상대가 부끄러워하는 것이나 놀리면서 말하지 말고 진심으로 해야 한다. 칭찬은 남녀노소를 막론하고 기분이 상쾌해진다. 그래서 칭찬은 만병통치고 보약 중의 보약이다.

100% 순금이 없듯이 완벽한 사람도 없다. 누구나 세상을 사는 동안 알게 모르게 많은 실수를 하기 마련이다. 위대한 과학자 뉴턴도 자신의 인생에서 90%가 실수였다고 실토한 바 있다.

인간이 살아가면서 실수를 저지르는 것은 당연한 일이다. 실수를 많이 할수록 후회하고 자기를 성찰하며 성숙한 인간으로 커가는 것이다. 실수했다고 해서 용기를 잃는다던가 삶의 의욕을 잃는 것은 어리석은 짓이다. 어린이들이 실수를 했더라도 용기를 잃지 않게 칭찬으로 지도해야 한다.

"앞으로 큰 부자가 될 사람이 남의 물건을 훔쳐야 되겠니", "장군이 될 사람이 친구와 싸우면 어떡해", "친구와 놀다 보면 맞을 수도 있고 때릴 수도 있는 법이다. 큰 인물이 될 사람은 참을성이 많은 사람이 큰 인물이 된단다." 이런 방법으로 칭찬을 하고 용기를 북돋아 주면 정신적으로 빨리 성숙해지고 잘못하는 습관이 없어진다.

사람은 누구나 작은 칭찬에도 용기와 자신감을 얻고 기뻐한다.

칭찬은 올바른 인격자로 성숙하여 숨겨진 재능을 계발하는데도 큰 도움이 된다.

한 젊은 어머니의 고백을 소개한다.

어린아이가 잘못을 하면 때리고 소리 지르고 분풀이를 늘 해 왔는데 어린 자식은 점점 잘못된 길로 가면서 반항하는 게 아닌가. 심지어 엄마가 무섭다며 엄마 곁에는 아예 갈 생각을 안하고 해가 지고 어두컴컴해도 집에 들어 갈 생각을 하지 않았다.

하루는 아이가 울면서 "엄마! 무서워, 엄마 빨리 죽었으면 좋겠어!"라고 말했다는 것이다. 젊은 어머니는 온몸이 전기에 감전된 것처럼 부르르 떨리고 머리가 띵하여 정신 차리기조차 힘든 지경에 빠졌다. 엄마는 울면서 "잘못했어. 정말 미안해. 앞으로 잘 할거야. 엄마 사랑해 줘"하고 용서를 빌었다. 그 후 부터 '밥 잘 먹어서 고마워'하고 아주 작은 일에도 칭찬해 줬더니 아이의 표정도 밝아지고 "엄마! 엄마가 이 세상에서 제일 예뻐"하면서 애교를 떠는 딸의 모습을 보고 흐뭇해했다는 얘기다.

　사람은 아이든 어른이든 칭찬을 들으면 기분이 좋고, 세상을 아름답게 보는 눈으로 살아간다. 칭찬은 만병통치 보약이다.

　칭찬 많이 한다고 해서 세금을 내지 않는다. 늘 감사하는 마음으로 주위 사람들에게 작은 일부터 칭찬하면서 살 때 아름다운 세상, 인간이 사는 세상이 된다.

　늘 남에게 칭찬하면서 살자.

아버지의 신세

세상 살기는 점점 좋아지고 살맛나는데 어이해 아버지의 격은 점점 낮아만 지고 어머니의 격은 점점 높아져 어머니만 살맛나는 세상이 되고 있는가.

내가 어렸을 때만 해도 아버지의 기침 소리만 들어도 긴장을 했다. 옛날에는 남자가 가정의 대들보였는데 요즘 아버지의 지위는 집에 있는 냉장고보다 못하다니 남자로 태어난 것이 후회스럽기도 하다.

오늘날 같으면 하나님 아버지라고 안 부르고 하나님 어머니라고 불렀을지도 모르겠다. 유학 간 아들이 어머니와는 매일 전화나 이메일을 주고 받았는데 아버지하고는 너무 서먹하게 지낸 것이 후회되어 더 잘 해드려야겠다는 생각에 전화라도 자주 해야겠다고 마음을 먹었다. 어느 날 아버지께 위로와 감사의 말씀을 전하려고 전화를 드렸더니 마침 아버지께서 전화를 받았는데 받자마자 "엄마 바꿔 줄게"라고 말씀하시더란다. "아니요, 오늘은 아버지하고 얘기하려고요." 그랬더니 "왜? 돈 떨어졌냐"고 물으시기에 "큰 은혜를 받았으면서 너무 불효했습니다."라고 말씀드렸더니 "너, 지금 술 마셨니?"하고 말씀하시더란다.

성경에 현숙(賢淑)한 여인은 남편을 직장에서는 장(長)을 만들고 교회에서는 장로(長老)로 세운다고 했고 여자의 머리는 남자이고 남자의 머리는 예수 그리스도라고 가르친다. 우스갯소리 한 마디 더 하자면 아이에게 "이 세상에서 제일 좋은 사람이 누구냐"고 물으니 어머니라고 대답했단다. 엄마 다음에는 "누가 제일 좋으냐"고 물으니 냉장고라고 서슴없이 말했다고 한다. 왜 냉장고냐고 물으니 냉장고 문을 열면 늘 먹을 것이 있기 때문이란다. 아버지 때문에 우리가 행복하게 살고 있고 부족함이 없이 살고 있다는 얘기를 아이한테 가르쳐야 하는데 엄마가 아버지에 대한 얘기를 아이한테 가르쳐주지 않았기에 이런 웃지 못할 일이 생긴 것 같다.

아버지의 권위는 언제부터 무너진 것인가. 월급이 엄마 통장으로 들어간 다음부터인가. 아니면 자식들 앞에서 엄마한테 용돈을 타 쓰는 것을 보고 아버지의 위상이 무너졌는가. 어렸을 때의 기억 속에는 아버지는 놋그릇에다 식사를 하셨고 반찬도 다른 식구보다 한두 가지가 많았다. 다른 식구들이 감자밥이나 보리밥을 먹을 때 아버지는 흰 쌀밥을 잡수셨다. 아버지가 집에 안 계셔도 아버지의 자리가 있었다. 세월이 많이 흘렀지만 요즘 아버지는 집안에서 늘 이방인이 된 기분이다. 안방은 아내 차지, 건넛방은 딸래미 차지, 서재는 아내의 옷 차지, 소파는 강아지 차지가 되었다.

'친구 같은 아빠'를 시도해 보지만 잘 되지 않는다. 좋은 남편이자 좋은 아버지가 되고 싶은데 현실적으로 잘 안 된다. 나름대로 직장생활, 사회생활은 잘한다고 생각하는데 이상하게도 집에서만큼은 인기도 없고 인정을 못 받는 것 같아 자신이 너무 초라해지는 것 같다.

가족은 조건 없는 사랑이고 양보와 배려로 아름다운 공동체를 이루는 것이다. 가족들은 꿈과 행복의 출발역이면서 종착역이기도 하다. 60년 전 우리 부모님들은 아들 낳았다고 무척 좋아했는데…. 어렸을 때 빨리 아버지가 되어 자식을 위해 무엇이든지 해줄 수 있는 훌륭한 아버지가 되고 싶었다. 그런데 아버지의 자리가 언제부턴가 은근슬쩍 사라져버렸다.

젊은이들이여! 자네들도 금방 늙고 금방 아버지 어머니가 된다네. 저녁노을처럼 쓸쓸히 저물어가는 아버지를 그냥 바라보고만 있지 말고 앞만 보고 열심히 살아온 아버지를 친구처럼 좀 더 따뜻하게 대해 줬으면 고맙겠네.

아버지가 존대 받고 오래 살아야 집안의 전통과 가문이 바로 서고 후손들이 반듯하게 자란다는 사실을 명심하길 바라며….

셋째 딸이 진짜 행복덩어리다

우리나라는 아들을 낳으면 대문 앞에다 새끼줄 끈에 고추를 매달 아 놓았고 딸을 낳으면 타다 남은 시커먼 숯을 매달아 놓았다. 아들 을 낳으면 부정 탄다고 아무나 출입을 못하게 했다. 아들을 많이 낳 으면 나라 임금도 부럽지 않았으며 초등학생 때 형이 있는 친구들이 제일 부럽기도 했다. 형이 있는 친구를 멋도 모르게 때렸다가는 그 형제들로부터 쑥대밭이 되었던 시절이 있었다.

송(宋)나라 진사도(陳師道)는 가난해서 먹고 살 길이 막막하여 아내 와 자식 세 명을 장인어른한테 맡기고 돈벌러 갔다. 매일 밤 자식 셋 을 생각하며 밤마다 뜨거운 눈물을 흘렸다고 한다. 자식들 가운데 셋 째에 대한 마음이 가장 애틋했는데 셋째 아들은 큰 자식과 열네 살 터울진 막내라 늘 보고 싶고 안아보고 싶어 눈물을 흘리며 시를 썼

다. '네 울음소리가 지금도 귀에서 쟁쟁한데 이 할애비의 그리워하는 마음을 누구 알랴.'

아이를 키워본 사람은 다들 알겠지만 자식을 낳아 기르려면 셋째를 낳으라고 권하고 싶다. 요즘엔 아이가 셋이면 '다(多)둥이'라고 불러 셋째를 임신하면 창피하다고 배를 가리고 다니는 엄마도 있다고 한다. 사실 셋째는 보배 가운데 진짜 보배이다. 보석처럼 빛나는 셋째를 자랑스럽게 생각해야 한다. 특히 셋째 자식은 '하늘이 준 선물'로 여기는 부부가 많아 부부금실이 좋아진다고 한다.

셋째는 형과 언니를 흉내내면서 뭐든 빨리 배운다. 셋째는 인물도 제일 예쁘지만 제일 똑똑하다는 것이다. 자식이 많으면 자식들끼리 스스로 크면서 지혜를 배운다. 첫째, 둘째는 싸우면서 크지만 셋째는 보살피고 예뻐하며 자란다. 예부터 셋째 딸은 아무 것도 안 보고 데리고 간다는 말이 있다.

자식들이 많으면 자기들끼리 살아가는 지혜를 터득하기 때문에 부모님이 자식들을 챙겨줄 필요가 없다는 사실을 깨닫고 자식들 자신이 할 일을 알아서 하는 요령을 터득하게 된다.

형제가 많으면 서로 뒹굴고 놀면서 인성(人性)이 좋아지고 이해심도 좋아진다. 요즘 젊은 사람들은 자식들을 적게 낳으려고 하는데 나는 우리 며느리에게 셋째를 꼭 낳으라고 은근히 권한다. 셋째 자식을 낳으면 행복을 누리는 기쁨이 배가 된다는 사실에 눈 뜨는 부모가 더 많아져 출산율이 높아졌으면 좋겠다.

세계인들치고 자식 가운데 아들을 가장 선호하는 국민은 일본이고 그 다음은 중국이다. 일본 왕의 손녀딸인 아이코(愛子)를 비롯해 아직도 일본 여자 이름엔 거의 '아들 자(子)'가 붙는다. 경자, 영자,

명자, 춘자, 미자, 숙자, 옥자, 정자는 물론, 아들을 원하는 이름으로 득자(得子), 생자, 권자, 존자(尊子), 제발 막내만이라도 아들을 바라는 말자(末子)까지 있다.

중국도 '아들 증후군'이 심하다. 공자, 맹자, 노자, 장자, 순자 등 유명한 성인들의 이름도 거의 다 '아들 자(子)'가 들어간다. 반면, 딸을 얻는 기쁨은 반쪽 기쁨(半喜)에 불과하다. 서양 역시 남아선호 사상이 지독하게 세다. 요즘엔 '아들 셋을 둔 집은 전생의 죄를 많이 지은 집안이고, 딸만 셋 둔 부모는 그 반대'라는 속설까지 있다. 아들이든 딸이든 셋 이상만 낳아 기르면 온 세상 행복은 내 차지이다.

아들+딸을 자식(子息)이라고 하지만 '남식(男息)'이란 말은 없고 '여식(女息)'만 있는 것도 지독한 남아를 선호한 것이지만 넓은 세상을 구경하면서 멋진 인생을 누리고 싶거든 다여식(多女息)을 낳아서 팔자 한번 펴 볼 것을 권하고 싶다.

名門家의 자녀 교육

어느 시대나 인격자는 그 시대의 사람들에게 일종의 시금석이 되고 거울이 된다. 많은 사람들은 비록 표현은 안하지만 마음속으로 존경하고 흠모한다.

건국의 아버지라 불리며 오늘날까지도 미국인들의 존경을 한몸에 받고 있는 조지워싱턴 대통령은 어렸을 때 부모님이 세상을 일찍 떠나게 된다. 먹고 살 길이 막막한 그는 4살 위의 형과 함께 신문 배달, 식당, 구두 닦기 등 온갖 궂은 일을 다하며 열심히 살고 있었는데 동네 어른들께 인사도 잘하고 성실하게 살아가는 모습이 아름다워 이웃집에서 식사를 초대하였다.

늘 배고프게 산 두 형제는 음식이 나오자 손으로 먹으려고 하는데 그 어른들은 기도를 한 다음 식사를 하는 게 아닌가. 같이 식사하는 사람들을 배려하고 서로 이야기를 경청하는 모습을 보고 많은 충격을 받았다.

조지워싱턴은 그 날 식사를 마친 뒤 집에 돌아와 자기가 보고 배운 것을 기록했다. 포크를 어떻게 쥐고 냅킨 사용은 어떻게 하는가. 그때부터 그는 주변을 통해 배운 도덕 규범들을 노트에다 적었고 그것을 생활 속에서 엄격하게 실천하였다고 한다.

그가 죽은 뒤 유품들을 정리하던 중에 수첩이 있었는데 수첩 안에 사람이 지켜야 할 도리와 가치들이 빼곡히 적혀 있었다. 말과 행동은 어떻게 할것인가. 일은 어떻게 처리하며 신용, 우애, 책임, 예절의 중요성과 그 실천법 등 지금까지 살아온 도덕적인 삶의 지표가 그대로 적혀 있었다.

3선 대통령으로 추대되었을 때 권력에 욕심 부리지 않고 끝내 사양한 것은 지금까지 도덕적 기준에 의해 원칙에 의거하여 살았기에 가능했을 것이다. 역사에 남을 위인들을 보면, 시대를 초월하여 많은 사람에게 감동을 주는 한 가지 공통점이 있다. 모두 윤리적이고 도덕적 원칙을 가졌다는 것이다. 그 옆에는 원칙을 바로 세워준 부모님이나 위대한 스승이 있었다.

에디슨의 어머니, 모차르트의 아버지, 헬렌켈러의 스승 설리번 선생님처럼 말이다. 조선시대 양반 가문에서도 자식 교육을 무엇보다 도덕교육에 중심을 두었다. 천자문을 떼고 나면 계몽편(啓蒙篇)을 공부하며 "구용(九容)"을 익혔다.

구용은 사람이 살아가는데 아홉 가지 기본 예절을 말하는데 첫째, 족용중(足容重)이다. 발을 신중하게 옮기라는 발로 쓸데없는 사람을 만나기 위해 함부로 돌아다니지 말라는 뜻이다.

둘째, 수용공(手容恭)이다. 두 손을 가지런히 공손하게 하라는 뜻이다.

셋째, 목용단(目容端)이다. 눈에 총기를 모아 맑은 눈으로 사람을 보라는 얘기다. 맑고 단정한 눈은 세상을 꿰뚫어 보는 힘이 있고, 세상을 정화시키는 원천이 된다.

넷째, 구용지(口容止)이다. 입을 함부로 놀리지 말라는 뜻이다. 물고기도 입을 잘못 벌림으로 미끼에 걸려 죽음을 맛보듯 입을 잘못 놀림으로 화(禍)를 자초하여 패가망신하는 경우를 많이 봤다.

다섯째, 성용정(聲容靜)이다. 말을 할 때는 소리를 높이지 말고 차분하게 하라는 뜻이다.

여섯째, 기용숙(氣容肅)이다. 몸과 마음의 기운을 늘 엄숙하게 하고 사람을 대할 때 늘 겸손하라는 것이다.

일곱째. 두용직(頭容直)이다. 머리를 바르게 세우고 세상을 바라보란 뜻이다. 하루를 살더라도 당당하고 떳떳하게 살아야 한다. 죄인들은 지위고하를 막론하고 고개를 숙이고 얼굴을 가리고 살아가게 된다.

여덟째, 입용덕(立容德)이다. 항상 의젓한 자세로 서 있으란 말이다. 이순신 장군과 같이 덕장(德將)을 말한다.

아홉째, 색용장(色容莊)이다. 건강을 늘 챙겨 얼굴빛을 씩씩하게 유지하라는 말이다. 얼굴빛에서 생기와 활기가 느껴지는 사람을 보는 것은 즐거운 일이다. 링컨 대통령은 못생겼지만 부단한 인격도야로 존경스러운 얼굴이 되었다.

조선시대 대표적인 선비 이덕무는 "구용(九容)"은 하늘이 정한 근본 도리라고 했다. 예절을 지키면서 살아가면 우환(憂患)을 막아주는 성벽과 같다고도 했다. 이덕무는 사람의 성품을 판단하는데 독서 태도를 예를 들었다. 세상의 지도자가 되려면 어릴 적부터 도덕교육을 잘 받아 인간으로서 도리를 지키는 것이 중요하다고 했다.

이율곡도 학문을 갈고 닦기 전 우선 인간의 도리를 갖춰야 한다고 말했다. 조선시대 양반들은 사회 지도자를 양성하는 엘리트 교육에 있어 공부를 많이 하는 것보다, 사람으로서 남을 대하는 예의와 도덕을 중시하고 가치관을 확립하는데 있었다.

자식을 큰 인물로 키우고 싶거든, 가장 중요한 것이 정직하고 바르게 살아가는 것임을 가르쳤을 때 크게 성공할 수 있다는 것을 명심하자.

행복한 부부

부부(夫婦)인 당신이 남편이나 아내를 온 마음으로 사랑할 때 느끼는 가장 원초적인 감정은 무엇인가 그것은 큰 기쁨이다. 부부의 만남은 제2의 인생을 맞이하게 되고 자식을 낳고 기르며 한 가정이 이루게 된다. 결혼하여 살면서 "당신은 행복한가"라고 묻는다면 나의 남편, 나의 아내를 만나서 행복하다고 말할 수 있어야 한다. 그런 생각으로 살아갈 때 행복이 시작된다.

행복은 부부가 건강하게 오래오래 장수하며 사는 것이다. 부부는 하늘에서 맺어준 인연(因緣)이기에 우리는 천생연분(天生緣分)이라고 말한다.

인간은 살아가면서 모두 자기 나름대로 성공을 꿈꾸며 살고 있다.

어떤 사람은 돈을 많이 벌어서 땅땅거리며 사는 것이 성공이라고 생각하는 사람이 있을 것이고, 권력을 갖고 많은 부하들을 거느리며 사는 것이 성공이라고 생각하는 사람이 있을 것이다. 또 명예를 생각하는 사람, 신앙적으로 하나님을 섬기며 사는 사람, 예술을 즐기는 사람 등 여러 사람들이 있겠지만 각자 인생관이나 가치관에 따라 다를 것이다.

대체적으로 장수(長壽)와 부귀(富貴)는 인류가 탄생 이래 모든 사람들의 소망일 것이다. 장수한다고해서 반드시 부귀하는 것은 아니고 부귀한다고 장수한다는 보장이 없지만 보편적으로 장수는 부귀보다 고귀한 축복으로 생각한다.

세상의 온갖 부귀영화를 누리며 살아가고 매일 보약을 먹고 진미(眞味)를 맛본 역대 중국황제 300여 명의 평균수명이 36.7세에 불과한 것은 보약을 많이 먹고 좋은 음식을 많이 먹는다고 해서 장수하는 것이 아님을 말해 준다. 보약도 몸에 안 좋을 수 있다는 것이다.

독실한 기독교 신자인 목사님이나 신부, 수녀에게 "당신 지금 당장 천국에 가겠느냐" 물으면 선뜻 나서는 이가 없을 것이다. 인간은 누구나 오래오래 살고 싶은 것이 욕망이기 때문이다.

창세기 때 최초의 인물인 아담은 930세를 살았고 다른 사람들도 900세 이상 산 것으로 성경에 기록되어 있다. 하지만 2,000여년 전 고대 로마시대에 태어난 어린이의 기대 수명은 23세에 불과했고 1850년에는 40세 정도였다고 한다.

한국인의 평균 수명도 1960년 52.4세, 1975년 63.8세, 1985년 68.4세, 1995년 73.5세, 2001년 76.5세, 2010년 81.8세로 늘어나고 있다. 10년전만 해도 환갑 잔치를 많이 했다. 부모님께 해 드리고 나면 부모님이 지구촌에서 떠날 날이 멀지 않았다고 생각해 아무도 보지 않는 곳에서 눈물을 흘리기도 했지만 요즘은 칠순 잔치도 안하는 시대를 맞이했다. 칠순이 되면 부부가 여행을 하고 친족끼리 간단히 식사 정도 하는 추세다. 생리적 수명에 대한 의학자들의 견해와 주장이 제각각이지만 자기관리를 잘 하면 200세까지 살수 있다고 한다. 평균 수명이 최소 150세 정도가 된다는 주장도 있다.

과학이 발전하면서 유전적 요인과 섭생(攝生), 근로 조건, 소식(小食), 공기와 물 등 생활환경에 달려 있다는 견해도 힘을 얻고 있다. 장수하는데는 낙천적 성격도 한몫 한다.

거북이는 100년을 살고 학(鶴)은 60년을 산다고 한다. 최장수 동물은 800년을 사는 세라토포렐라이다. 세라토포렐라는 아주 작은 고기인데 카리브해에서 살고 있다. 장수동물은 모두 호흡이 긴 것처럼 수명(壽命)은 '숨의 길이'와 비례하는 것이다. 인간은 통계적으로 1,200KL가 넘는 산소를 호흡하면 죽게 되므로 가급적 숨을 아껴야 오래 살 수 있다는 주장도 있다.

서울대 박상철 교수팀이 노인의 날(21일)에 100세 이상 장수 노인 1,296명을 조사 분석한 결과가 흥미롭다. 한 마디로 "부지런하고 음식을 가리지 않으며 긍정적인 사고로 산 것이 장수의 비결"이라는 것이다. 문제는 혼자서 장수하면서 부귀영화를 누린들 무슨 행복이 있겠는가. 부부가 친구처럼 손잡고 거리를 거닐 때 더 행복할 것이다. 젊었을 때는 영원히 살 것 같아 아내의 속을 썩였던 시절을 후회하며 오늘 밤은 아내의 손을 잡고 아내의 의견을 존중하며 남은 인생을 함께 잘살아 보겠노라고 다짐해보는 것은 어떨까 "당신 사랑해", "당신 만나서 정말 행복했어"라고 솔직히 고백하고 얼마 남지 않은 인생을 부부가 함께 행복을 맘껏 누리며 살아가는 모습을 그려본다.

애절한 아들의 울부짖음

　이 세상에 어떤 어머니도 자식을 위하는 일이라면 남이 내 얼굴에 침을 뱉더라도 침이 저절로 마를 때까지 기다리는 타면자건(唾面自乾)의 숭고한 정신을 갖고 살 것이다.

　우리나라 속담에 어머니는 자식을 위하는 일이라면 간(肝)도 빼준다는 말이 있다. 여기 숭고한 어머님의 정신을 말하고자 한다. 철없던 초등학교 시절 시골 학교에 어머니가 학교에 오셨다. 그 후 친구들은 "너네 엄마는 한쪽 눈 없는 애꾸냐!"며 매일 놀리기 시작했다. 철부지 어린 시절 늘 놀림거리였던 영철이는 엄마가 이 세상에서 없어졌으면 좋겠다고 생각하고 살았다.

　"엄마! 왜 엄마는 한쪽 눈이 없는 애꾸야?! 진짜 창피해 죽겠어! 제발 내 친구들 앞이나 사람들 많은데 나타나지 말았으면 좋겠어 제발!" 영철이는 엄마한테 해서는 안될 말을 해서인지 속이 후련했다.

그날 밤… 엄마는 숨을 죽이며 울고 있었다. 퉁퉁 부은 눈으로 며칠을 말도 안 하고 밥도 안 먹고 누워 계시는 엄마의 모습을 보며 한쪽으론 마음이 아팠지만 눈 하나 없는 엄마가 싫었던 영철이는 모른 척하고 지냈다.

한쪽 눈 없는 엄마도 보기 싫고 지긋지긋하게 가난한 생활도 너무 싫어 방황도 하고 가출도 해보았지만 뾰족하게 재미있는 게 없었다. 엄마를 애꾸라고 놀리는 친구에게는 죽기 살기 싸워도 보고 돌멩이를 들고 때려도 봤지만 이상하게 내 마음이 더 아팠다.

어느 날 갑자기 이런 생활을 계속하다가는 깡패밖에 안 되겠다는 생각이 들어 열심히 공부하기로 마음을 고쳐먹고 모르는 문제는 친구들한테 배워가며 죽도록 악착같이 공부를 했다. 중학생 때부터는 오직 공부만 했고 친구들이 뒤에서 우리 엄마 애꾸눈이라고 쑥떡거려도 귀를 막고 공부를 했다.

고등학생 때는 모범생으로 학교 생활을 하면서 선생님들로부터 칭찬도 받고 인정을 받으며 열심히 공부를 하여 서울의 명문대학에 입학하게 된다. 엄마는 밤낮 가리지 않고 자식 출세를 위하여 뼈가 으스러지도록 농사일을 하여 등록금과 용돈을 보내 주셨다.

하지만 자식으로서 감사하다는 생각보다는 애꾸눈을 가진 엄마를 안 본다는 생각에 더 홀가분했다. 세월이 빨리 흘러 대학을 졸업하고 좋은 직장에 취직을 하였다. 직장에서 아름다운 여인을 만나 결혼을 하게 되었는데 나에겐 애꾸눈을 가진 엄마가 있다는 게 너무 부담스러웠다.

두 사람은 아무도 안 보이는 절에서 결혼을 하고 열심히 살아가고 있었다. 그동안 열심히 저축하고 살아서 내 집도 마련하고 아이도 낳았다. 행복이 깊어갈 때쯤 늦은 밤 낯선 이가 초인종을 눌렀다. 엄마였다. 여전히 한쪽 눈이 없는 애꾸눈으로… 하늘이 무너지고 땅이 꺼지는 듯했다. 결혼하기 전 아내에게 엄마는 내가 어렸을 때 돌아가셨다고 거짓말을 했는데… 그래서 나는 모르는 사람처럼 대했다.

"당장 나가요! 꺼지라구요!"라고 큰소리치며 내쫓았다. 엄마는 "죄송합니다. 제가 집을 잘못 찾아왔나 봐요."역시, 날 몰라보는구나… 천만다행이라고 생각했다. 그 이후 어느 날 대문에 편지가 꽂혀 있었다.

사랑하는 내 아들 보아라.

엄마는 이제 살만큼 산 것 같구나. 이제 다시는 찾아가지 않을게. 한쪽 눈이 없어서 정말로 너에겐 미안한 마음 뿐이다. 너는 평생 엄마 때문에 창피했지. 진작 죽고 싶어도 너 장가 가는 것 보고, 또 손주도 안아보고 싶었는데… 지금에서야 너에게 사실을 말하려고 한다.

어렸을 때 네가 교통사고가 나서 한쪽 눈을 잃었단다. 엄마는 너를 그냥 볼 수가 없었어. 그래서 내 눈을 너에게 주었단다. 그 눈으로 엄마 대신 세상을 아름답게 봐주고 당당하게 살아가는 네 모습이 아름답다.

난 너를 단 한번도 미워한 적이 없다. 어렸을 때부터 애꾸눈! 애꾸눈! 하며 놀려대는 친구들 앞에서 풀이 죽어 있는 네 모습이 너무 애처롭고 안타까울 뿐이었다. 너를 너무너무 사랑한다. 엄마가.

영철이는 갑자기 엄마가 주신 눈에서 눈물이 흐르고 있었다. 엄마! 사랑하는 내 엄마! 그 동안의 죄책감에 피를 토하고 죽고 싶은 심정에 부르고 또 불렀다. "사랑한다는 말 한번도 해 드리지 못하고 좋은 옷 좋은 음식 한번 못 사드린 이 죄인을 용서하십시요."라고 통곡하며 울었다.

외국여행은커녕, 국내여행도 제대로 한번 못하고 오직 자식 사랑으로 일평생 사신 어머니이신데… 엄마가 아니면 내가 눈 병신이어야 했는데 이 못난 놈을 용서해주세요. 어머니 용서해주십시오. 죄송합니다. 정말 죄송합니다. 어머니! 사랑합니다, 너무나 보고 싶습니다. 어머니께 달려가 빌고 또 빌었다.

그런데 어머니는 그토록 사랑하는 자식을 혼자 두고 영원히 돌아오지 않는 곳으로 소풍을 떠났습니다. 아무도 애꾸눈이라고 부르지 않는 나라로 떠났습니다. 나는 이제 어떻게 해야 합니까. 누구를 의지하며 살아야 합니까. 따뜻한 어머님의 품속에서 달콤한 잠을 자고 싶은데…

꿈속에서라도 한번 보고 싶은 어머님! 단 한번도 꿈속에서 나타나시지 않는 어머님께 이 불효자는 오늘도 울고 있습니다. 한 백년 사실 것 같은 어머님은 잠시 눈에 보이다가 이슬과 같이 이 지구촌에서 사라지셨다. 우리는 가슴속에 어머님의 사랑을 늘 기억하고 살아갈 때 행복한 인생으로 살 수 있다.

부잣집 막내딸로 태어나 곱디곱게 자라서 시집 온 그 날부터 단 한번도 마음 편안한 날이 없으셨던 어머님을 생각하며 오늘도 그리움에 남몰래 눈물을 흘리고 있습니다.

어머님! 당신의 사랑을 가슴속에 담고 남을 위해 봉사하며 아름다운 삶을 살아가겠습니다.

어머니의 힘

하나님은 집집마다 천사를 보낼 수 없어 어머니를 보냈다는 말이 있다. 인생에서 가장 좋아하고 사랑하는 분은 어머니일 것이다. 하지만 툭 하면 어머니한테 속에도 없는 막말을 하여 얼마나 마음을 속상하게 하고 아프게 했는가.

어머니는 힘들고 지칠 때마다 그리움을 자아내게 하고, 또 온갖 어려움을 극복하게도 하는 묘한 힘을 가진 존재이기도 하다. "성공한 오늘의 당신을 있게 한 존재는 누구인가?"라는 질문에 대부분의 사람들은 "어머니"라고 대답할 것이다.

어머니는 오직 일과 자식들 키우는 데만 온갖 정성을 쏟아 부으신 분이다. 돈이 아까워 좋은 옷도 한 번 제대로 못 사입고 배고픔도 참지만 돌을 씹더라도 자식만은 공부시켜 출세시켜야 되겠다는 일념이 있었기에 성공한 사람들은 어머니의 존재를 더 귀하게 생각한다. 어렸을 때 엄한 아버지는 우리 사남매가 잘못을 하면 밥 굶기는 게 가장 큰 벌이었지만 어머니는 뒷칸에서 아버지 몰래 밥을 주시고 우리에게 큰 희망과 사랑을 주셨던 분이다.

또한 어머니는 "희생"이다. 진실로 사랑하지 않으면 희생할 수가 없다. 초등학교 다닐 무렵 밥술깨나 먹던 집안이 중학교 3학년 때 갑자기 폭삭 망해버렸다. 일하던 먼 친척 식모는 제 갈길 찾아 떠났고 부잣집 막내딸로 태어나 고생을 모르던 어머니는 우리 사남매를 공부 시키려고 무거운 것을 머리에 얹고 행상을 하시던 그 모습을 생각하면 지금도 눈물이 앞을 가린다.

늘 고달프고 힘이 드셔도 웃음을 잃지 않으셨던 어머니는 당신의 배고픔을 채우기보다는 자식의 입에 넣어주는 것을 더 행복해하셨다. 고등학교 1학년 때 아버지와 심한 의견 충돌로 집을 뛰쳐나오며 성공한 후 집에 들어오겠다며 큰소리치던 철없던 시절 어머니는 밤마다 둘째 자식을 생각하고 얼마나 우셨을까, 생각만 해도 불효자식이었음을 고백하고자 한다.

결혼 후 잠깐 잠깐 우리 집에서 살으셨던 어머니를 따뜻하게 대해드리지 못한 이 불효자식은 오늘도 한 맺힌 눈물을 흘린다. 경희대학교 종합병원과 서울아산병원에서 대수술하신 후 치료비가 많이 나왔다고 걱정하시며 가장 아끼시던 금팔찌 10돈을 주시던 어머니는 당신의 전 재산 모두 주신 것이다.

늘 아내에게 미안해하시던 어머니는 없는 집안에 시집와서 떡두꺼비 같은 아들 딸 낳아 반듯하게 키운 며느리에게 마음속으로만 고맙게 생각하시던 어머니, 오늘 따라 더 그립고 보고 싶다. 자식이 교감선생님이 되었다고 좋아서 동네 다니며 교감 명패가 찍힌 사진을 들고 다니며 자랑하시던 어머니, 빨리 학교장이 되어 교장 자리에 앉게 하시고 멋진 포즈를 취하게 하여 사진을 찍어 드리고 싶었는데 어머니는 의식을 잃고 강릉 현대아산병원 중환자실에 숨만 겨우 쉬셨지만 "어머니! 아들이 교장이 되어 왔습니다."라고 인사하자 흐느끼는 그 숨소리를 지금도 기억하고 있다. 평생 좋고 비싼 옷 한번 못 입고 호텔에서 맛있는 음식 한번 제대로 대접 못한 이 못난 자식을 용서하세요.

가을이라서 그런지 문득 나의 심신이 지쳐있는 것을 느낀다. 처음 교장이 되었을 땐 그렇게 나를 따르던 사람들이 많았는데 정년이 얼마 남지 않으니 점점 사람들이 내 곁을 떠나가는 기분이 든다. 이렇게 외로울 때 어머니가 살아 계셨더라면 어머니와 지난 얘기를 토할 수 있을 텐데 말이다. 늘 기다려주고 맞이해주던 그 사람은 바로 어머니다. 따뜻한 어머니의 품이 그리운 이유를 이제야 알듯하다.

최근에 여성들이 최고 리더가 되는 나라가 참으로 많아졌다. 우리나라도 예외가 아니다. 왜 그럴까? 바로 우리가 외롭기 때문이다. 어머니가 주신 그 큰 사랑이 너무도 필요하기 때문이다. 남자이든 여자이든 지치고 힘든 우리를 보듬어 안아줄 수 있는 "어머니"가 더욱더 그리워진다. 어머니는 바다보다 더 넓고 하늘보다 더 높은 마음을 가졌기에 늘 어머니를 그리워하며 하루하루 살아간다. 살아생전에 멋쩍어서 말하지 못했었는데 어머니! 정말 이 세상에서 가장 사랑하고 존경했다고 고백합니다.

책과 함께 인생을 시작하자

"하루라도 책을 읽지 않으면 입에 가시가 돋는다"는 안중근 선생의 경구나 "자식들의 책 읽는 소리를 들으면 먹지 않아도 배가 부르다"던 우리 부모님의 말을 굳이 상기하지 않더라도 독서는 삶의 질을 높이고 양식이 풍부해지며 이해력을 높여 똑똑한 사람을 만드는 힘이 있다.

세계적으로 자녀 교육에 독서를 가장 강조한 분은 존F·케네디 대통령의 어머니 피츠제럴드 로즈와 이율곡 선생의 어머니인 신사임당이다.

두 분은 늘 자식과 함께 책을 읽었고 자식이 없을 땐 자기가 읽은 책의 내용을 요점으로 간추려 책상 위나 식탁 위 또는 잘 보이는 곳에 붙여 놓았다. 그리고 책을 읽은 후 그 느낌을 얘기하도록 했다.

책을 많이 읽은 사람은 상식이 풍부하고 판단력이 정확하다는 것을 알 수 있다. 아무리 똑똑한 사람이라도 책을 읽지 않는 사람은 금방 무식이 탈로 나며 매사 경망스러울 때가 많다. 또 책을 많이 읽으면 창의적인 사고력과 분별력이 좋아지기 때문에 학생들은 좋든 싫든 다양한 분야의 책을 많이 읽어야 한다.

한국 사람이 책 신문 잡지 등 활자 매체를 읽는데 할애한 시간이 고작 주당 3.1시간으로 1위를 차지한 인도 국민 10.7시간의 3분의 1에 불과했다. 30개국 평균치인 주당 6.5시간의 절반에도 못 미쳤다니 한심스럽다는 생각이 든다. 하지만 우리나라 국민이 TV시청에 주당 15.4시간을 쓰고, 컴퓨터 사용에 주당 9.6시간을 쓰고 있다니 활자 매체에 대해 참으로 야박한 시간 배정이 아닐 수 없다

전철 안이나 길거리 등에서 손가락이 보이지 않을 정도로 휴대전화로 문자 보내기에 열중하거나 뭔가를 검색하느라 바쁜 젊은이들을 지켜보면 책은 TV는 물론 휴대전화에마저 자리를 빼앗긴 느낌이 든다. 그러나 아무리 영상 매체가 인기가 있다고 해도 많은 전문가가 깊이 있는 분석력과 통찰력, 사고력과 상상력 등을 키우기에는 책 신문 잡지 등 활자 매체를 통한 독서가 훨씬 유용하다고 지적하고 있다.

많은 어른들은 어린 시절에 책 읽기를 공부와 연관지으며 성장했다. 부모들 눈에 책 잘 보는 아이는 곧 '될성부른 나무'였다. 책 읽기는 고상한 학습으로 받아들여졌고 '즐기는 책 읽기'가 되기는 어려웠다.

몽테뉴는 '독서같이 값싸게 주어지는 영속적인 쾌락은 없다'고 했고 책 읽기는 평생 해도 재미있는 오락이라고 말들 하지만 이미 학습

을 위한 독서가 돼 버리면 읽기 위한 읽기가 돼 버린다. 우리는 놀듯이 책을 들춰보고, 잠깐 읽다가 덮어두고, 즐기면서 읽는 것에 익숙하지 않다. 이런 이유들로 인해 우리나라 사람들은 독서를 원하면서도 독서하지 않는 국민이 되었나 보다.

학교장으로서 봄, 가을철 아침 8시부터 1시간 전교생들에게 독서 읽기를 실시하고 있다. 그렇게라도 책을 읽으면 양식이 쌓이고 꿈을 키울 수 있기 때문이다.

강제성을 동원한 책 읽기가 얼마나 효과가 있을지 모르지만 책을 자꾸 읽다보면 책읽는 즐거움을 알 수 있다. 가정에서 텔레비전 소리와 컴퓨터 하는 소리보다 책 읽는 소리가 날 때 그 집안의 장래는 밝을 수 있다.

가정에서 어린아이들이 스스로 책을 읽는 습관이 몸에 배었다면 그 아이는 어른이 되었을 때 틀림없이 성공할 수 있다고 믿어도 된다. 가정은 제1의 학교이고 어머니는 최초의 교사이며 최고의 스승이다.

책 읽기를 싫어하는 딸은 남의 집안을 망하게 하고, 책 읽기를 싫어하는 아들은 내 집안을 망하게 한다는 사실을 알아야 한다. 반면 책 읽기를 좋아하는 딸은 남의 집안을 성공시키고, 책 읽기를 좋아하는 며느리는 내 집안을 성공시킨다는 사실을 꼭 명심하자.

가정은 나무의 뿌리

계절의 여왕 5월은 가정의 달이다. 신록과 함께 어린이날이 오고 초록이 더 짙어지면 어버이날이 찾아온다. 꽃향기가 짙어지면 스승의 날이 오고, 풀잎 냄새가 물씬 풍기면 부부의 날이 온다. 만개(滿開) 아래 어린이들의 웃음소리를 듣다 보면 5월은 역시 어린이들과 잘 어울리는 좋은 계절이란 생각을 하게 된다.

어버이날에 부모님께 꽃이라도 달아 드리고 싶어도 어느 새 부모님은 이 지구촌에서 보이질 않는다. 5월의 공통분모는 무엇인가. 가정의 웃음소리다. 자녀, 부부, 부모, 할아버지, 할머니가 있기에…

그런데 행복과 사랑과 가정이 무엇인지도 모르고 독신자가 있는가 하면 이혼하는 사람도 많아져서 '가정의 위기'가 심각하다. 부모가 이혼을 하면 한창 밝고 씩씩하게 자라야 할 아이들의 마음과 얼굴에 '그늘' 이 서린다.

요즘엔 옛날과 달리 부모가 엄연히 살아 있는데도 아이들이 복지 시설에서 자라는 경우도 있고, 부모가 이혼, 별거로 고아 아닌 고아가 된 아이들이 많다.

오늘날 우리 사회에서 벌어지는 각종 사건의 중심에는 '문제 가정' 이 있다. 부부간의 갈등, 부모와 자식간의 불화, 폭력에 시달리는 어린이와 무관심 속에 버려지는 아동, 끝없이 내몰리는 힘없는 노인들… 사회가 복잡해지고 기계화돼 가면서 가정은 더욱 외로운 섬이 돼가고 있다.

내가 아는 버스 운전기사는 하루 종일 정해진 코스를 왕복하다 언제나 밤늦은 시간에 몸이 지칠 대로 지친 상태지만 발걸음은 늘 행복하다고 한다. 왜냐면 늘 곁에서 자기를 기다려주는 따뜻한 아내와 자식들이 있기 때문이다.

나는 그 얘기를 듣고 몇 번이고 고개를 끄덕였다. 이게 그의 지친 몸을 지탱해 주는 삶의 에너지이고 행복지수라는 걸 깨달았기 때문이다. 가정이 화목하면 밖의 일이 고되고 힘들더라도 이를 능히 감내할 수가 있다.

가정이 원만하지 못하면 그 무엇을 손에 넣었다 해도 행복할 수가 없는 것이다. 로또에 당첨된 가정이 행복했다는 얘기를 들어본 적이 없다. 한순간엔 행복한 듯 보였지만, 얼마 못 가서 등터지고, 갈라지고, 무너졌다는 얘기는 수없이 들었다. 돈이 최고라고 생각할지 몰라도 그게 행복일 수는 없는 것이다.

'가족애' 라는 말은 그래서 들을수록 따뜻함이 느껴지는 어휘다. 가족만이 지닐 수 있고, 느낄 수 있는 포근한 사랑, 가족애, 이것만 붙들고 있으면 그 어떤 거친 세파라도 거뜬히 넘어설 수가 있으리라 믿는다.

세상의 온갖 성공 뒤에는 뜨거운 가족애가 뒷받침되고 발판이 되었다. 가정의 중요성은 여기서만 그치지는 않는다. 사회와 국가 발전에도 지대한 영향을 미치는 게 가정이다. 그것은 마치 나무의 뿌리와 같은 것이다. 뿌리가 튼튼한 나무라야 제대로 가지를 뻗고, 꽃을 피우고, 열매를 맺을 수 있듯이 화목한 가정과 화목한 사회가 있을 때 국가는 크게 발전할 수 있다.

5월은 우리 모두 가정을 돌아보는 시간을 가져야 하겠다. 삶의 속도를 잠시 줄이고, 거친 숨도 잠시 가라앉히고, 차분한 눈길로 한 집에서 함께 살아가고 있는 내 가족을 바라보자. 이들보다 더 소중한 게 이 세상 어디에 있겠는가.

가정은 지친 몸을 누일 수 있고, 가난하지만 꿈을 키울 수 있고, 착한 이웃들과 더불어 살아갈 수 있는 최고의 공간이고, 우주보다도 더 너른 자유와 행복의 광장이다.

김후란의 시 '거치른 밤/ 매운 바람의 지문이/ 유리창에 가득하다/ 오늘도 세상의 알프스 산에서/ 얼음꽃을 먹고/ 무너진 돌담길 고쳐 쌓으며/ 힘겨웠던 사람들/ 그러나 돌아갈 곳이 있다/ 비탈길에 작은 풀꽃이/ 줄지어 피어 있다./ 멀리서/ 가까이서/ 돌아올 가족의 발자국 소리가/ 피아니시모로 울릴 때/ 집안에 감도는 훈기/ 기다리는 사람이 있다.'

그렇다! 돌아갈 곳은 훈기가 감도는 집, 기다리는 사람이 있는 집이어야 한다. 이런 가정에서 사는 사람들이 머릴 맞대고 오순도순 이야기를 나누는 사회가 바로 이상 사회요, 행복한 사회라는 것이다.

가정이란 즐거움과 재미와 사랑만이 넘치는 장소가 아니다. 때론 전쟁의 날도 있고 웃음의 날도 있다. 그러면서 소통하는 법을 배운다.

가정은 첫째 가족간의 이해이고 둘째도 이해, 셋째도 이해다.

가족 간의 이해는 성숙한 사회를 구현하고 건전한 인간 관계를 만들어 풍성한 삶과 행복한 삶을 만든다는 사실을 알고 우리 모두 실천해 보자.

인간의 존엄성

　우리 인간은 하루살이, 사자, 호랑이, 하찮은 개미 등으로 태어날
수도 있었다. 불교에서 맹구부목(盲龜浮木)이란 말이 있다. 100년마
다 태평양 바다에서 한 번씩 올라오는 거북이가 둥둥 떠다니는 나무
구멍을 뚫고 나오는 것처럼 인간으로 태어나기는 하늘의 별따기보
다 힘들다고 했다.

　인간으로 태어난다는 것은 천지의 큰 조화요, 위대한 신비다. 인
간의 잉태가 신비스럽고 놀라운 것은 3억 마리의 정자가 자궁 속에
들어가는데 그 많은 정자들이 다 사멸하여 낙오자가 되지만, 용감한
정자 하나가 운 좋게 난자와 만난다는 사실이다. 이것이 인간으로 잉
태되는 엄숙한 순간이다. 그러기에 우리 인간은 은총적 생명관(恩寵
的 生命觀)을 가져야 한다.

이 세상에서 가장 귀엽고 예쁜 것은 꽃이라고 말하지만 가장 경이롭고 귀여운 존재는 '아기'이다. 조선시대 사주당 이씨의 '태교신기'의 첫 장에 '스승이 십 년을 잘 가르쳐도 어머니가 뱃속에서의 열 달 가르침만 못하고 어머니가 태아(胎兒)교육을 잘해도 아버지가 하룻밤 부부교합할 때 정심(正心)함만 못하느니라'고 했다.

임신해서부터 영·유아기 교육과 초등 교육이 가장 중요하다. 초등학교 때 인성교육부터 지식 교육을 다 배운다고 생각하면 된다. 임신 약 90일까지는 태아의 모든 기관이 분화되고 발달이 최적으로 일어나는 결정적 시기이기 때문에 태아는 부모를 통해 유해한 환경에 노출되면 사산(死産)이나 기형아(畸形兒)로 태어나기 쉽다. 임산부는 커피나 담배를 금하고 술을 마셔도 안 된다. 엄마가 건강해야 태아도 건강하고 엄마가 균형 있는 영양 섭취를 해야 태아도 행복하다. 엄마가 책을 많이 읽고 잔잔한 음악을 들을 때 태아의 신경세포를 연결시켜 주는 신경회로인 시냅스의 성장을 도와 태아의 뇌 발달을 돕는 시각, 청각, 후각, 미각, 촉각들의 감각이 발달한다고 한다.

태아에게 늘 친숙한 소리는 심장 발달 소리이며 이러한 음향 자극은 태아의 뇌 발달과 청각 발달에 도움을 준다고 한다.

손주 예성이도 아직은 울음과 웃음, 온몸으로 버둥거리며, 눈앞에서 움직이는 장난감을 잡아 보려고 허공에 손짓, 발짓을 해대는 모습이지만, 그 움직임 속에 담긴 아이의 눈에 세상에 대한 호기심이 얼마나 역동적인지 할아버지인 나도 늘 크게 감동받는다.

영아가 보여주는 호기심, 탐색, 새로운 행동, 자기 부모를 알아보고 반기는 모습에서 인간은 교육을 통해 놀라운 지혜를 발견하게 된다. 삶의 출발 단계인 영아기는 앞으로 어떤 인생을 살게 될 것인가를 구축하는 인프라가 된다는 점에서 매우 중요한 시기이다.

이 시기에 건강을 도모하기 위해서는 충분한 영양과 수면, 청결하고 위생적인 환경, 규칙적인 생활 습관 등 오감에 의한 경험 학습으로 사회 규범과 사회 지식을 익히는데 매우 중요하다.

오늘날 많은 사람들은 누에고치처럼 자신만의 공간에 틀어박혀 인간의 삶의 가치를 모르는 채, 유혹하는 여러 장난감, 컴퓨터, PC게임에 중독되어 자신의 내면에 잠재되어 있는 취미나 개성, 소질을 약화시키거나 무관심에 빠지게 된다.

우리의 내면에는 부모로부터 물려받은 개성과 소질이 있고 특기가 있으며 본능적인 쾌락원칙이 존재한다. 그렇다면 우리 아이에게 진정한 자유와 행복은 무엇일까?

우리가 살아가면서 갈등이 생겼을 때 상대의 입장을 배려하면서 상대방의 이야기를 잘 듣고 자신의 생각을 설득력 있게 말하며, 의견이 다를 때 제3의 대안을 찾아보고 남에게 양보하려는 아량은 운동 활동을 통해 배우게 된다. 성장하면서 어떠한 난관에 부딪혀도 당당하고 어떤 이야기도 다 들어줄 수 있는 넓은 가슴, 믿음이 가는 무거운 입, 사람 냄새나는 그런 사람으로 키워야 인간다운 인간으로 자랄 수 있다.

어린 시절 작은 일에도 많은 칭찬을 아끼지 말아야 하며 부모의 정성과 사랑으로 아기를 키워야 한다. 그런 아이가 원만한 성격으로 남을 이해할 줄 알고 감싸줄 줄도 안다. 또한 여유있는 마음을 갖고 인간으로서 진정한 행복을 맛보며 어려운 이웃을 도우며 멋있게 살게 될 것이다.

허씨 집안의 가정교육

얼마 전 가까운 친척 세 가족이 모여 저녁을 먹은 후 커피타임을 가졌다. 반듯하게 세상을 사는 처남댁이 가장 친한 대학동창의 자녀교육 얘기를 하는 게 아닌가.

부잣집 딸로 태어난 친구는 평소 사치를 모르고 매사 근검 검소하게 살지만 주변에서 사정이 딱한 사람을 보면 무엇이든 아낌없이 나눠준다는 것이다. 친구는 몇 년 전 친정에서 수십 억원의 유산을 받았지만 자신이 땀 흘려 번 돈이 아닌데 왜 받아야 하냐며 그 많은 돈을 국가에 헌납했다.

친구는 딸이 두 명의 딸이 있는데 미국에서 공부를 마치고 좋은 사람을 만나 결혼을 하면서 '결혼예단·예물' 등 아무것도 준비할 필요가 없다고 했다. 부모 마음에서 결혼기념으로 TV 한 대라도 사주고 싶다고 해도 딸은 부모가 땀 흘려 번 돈을 왜 내가 받아야 하냐며 끝까지 사양했다. 심지어 할아버지의 결혼선물도 받지 않겠다며 앞으로 열심히 살아가는 모습을 어른들께 보여드리고 싶다고 했다. 참 요즘 보기 힘들고 듣기 힘든 얘기를 들으면서 나 자신이 부끄럽다는 생각이 들었다. 딸의 할아버지는 우리나라에서 알만한 기업가이자 부호가이다.

우리나라 부호들은 경상남도 진주(진양)에서 많이 나온다. 진주시 지수면 승산리는 옛날부터 부자가 많기로 유명한 동네이다. 삼성그룹 이병철 회장, LG그룹 구인회 회장, 효성그룹 조홍제 회장 모두 같은 동네에서 자랐고 지수초등학교 졸업생이다. 옛날부터 이 지역은 시골이지만 부자가 많아 일제 강점기에도 영업용 택시가 2대나 있을 정도였다.

살다 보면 집터를 보는데 햇빛이 잘 들고 바람이 잘 통하는 터가 부자터인가 보다. 승산리는 방어산(防禦山) 밑으로 뻗은 산맥이 방향을 돌려 유(U)자 형태를 이루고 있다.

풍수지리가 말하는 회룡고조 형이며 동네 앞에서 보면 하늘에서 내려준 밥상이 차려져 있는 모양새이다. 밖에서 동네를 감싸면서 흐르는 물은 바로 못 빠져나가게 '구슬동'이라는 봉우리와 '떡바위'가 한 번 걸러주고 있다. 이렇게 수구(水口)를 막아 주는 바위나 봉우리가 있으면 동네에 재물이 모인다고 했고 큰 재벌이 모인다고 했다. 서애 류성룡이 태어난 안동 하회마을도 하천이 굽이굽이 돌고 돌아서 흘러내리는 시냇가가 있어 명당 터라 해 큰 인물이 나왔다는 얘기가 있다.

예부터 LG그룹 구씨 집안과 GS그룹의 허씨 집안이 바로 이 승산리에 대대로 뿌리를 내리고 살아왔다. 연조를 따지면 구씨 집안보다 허씨 집안이 더 오래 살았으며 살기 시작한 지는 500년이나 됐다. 현재 허씨는 집안의 어른은 어렸을 때부터 돈 쓰는 법에 대해서는 엄격한 교육을 시작했다. 허씨 형제들은 서울에서 학교를 다니다 방학 때면 어른들 일손을 돕기 위해 꼭 시골 승산리에 돌아왔다.

해방 전 서울에서 집까지 오는데 기차로 15시간이 걸렸고 기차에서 내려 다시 30리 길을 걸어야만 집에 도착할 수 있었다. 이렇게 집에 돌아오자마자 아버지가 곧바로 호출하는 게 관례였다. 그 동안 집에서 보내 준 돈을 어디에다 어떻게 썼는지 아버지 보는 앞에서 꼼꼼하게 회계보고를 해야만 했다. 10원도 어영부영할 수 없는 심문이었다. 서너 시간 감사를 받다보면 얼굴이 노랗게 돼서 아버지 방을 나왔다고 한다.

허씨 아버지인 효주(曉州) 허만정(許萬正)은 자식들이 돈을 보내달라고 하면 묻지 않고 무조건 보내주었지만, 돈을 어디에다 어떻게 썼는지를 엄중하게 따지는 교육을 시켰다. 쓴 돈의 액수는 문제 삼지 않고, 과연 돈을 제대로 썼는지를 중시하는 '가정교육'이었던 셈이다.

허씨 집안에서는 음력 섣달 그믐날 저녁이면 자식들을 모두 한자리에 모아 놓고 누런 종이 한 장과 연필을 하나씩 나눠주고 새해에는 어떻게 살아갈 것인가를 1월부터 12월까지 조목조목 쓰게 한다.

다음 날 어른께 세배를 한 후 본인이 쓴 것을 어른들 앞에서 읽고 1년 후 본인이 쓴 것을 어른들 앞에서 읽고 1년 후 본인이 쓴 약속을 얼마나 실천했는지 꼼꼼히 확인하는 언행일치의 교육을 시켰다. 약속한 것을 제대로 실천하지 않았을 땐 눈에서 눈물이 펑펑 나도록 교육을 했다.

　오늘날 자식 한두 명밖에 없다고 무조건 귀엽게 키우는데 엄하게 키워야 자식이 효도하며 조상이 피땀 흘려 모은 재산을 지킬 수 있다. 부모엄자경이란 말이 있다. 부모가 엄해야 자식이 부모를 공경한다는 말이다.

부모가 갖춰야할 덕목과 가치관 십계명

도덕 지능을 키우는 교육은 빠르면 빠를수록 좋다. 착하고 도덕적인 행동을 하게 만드는 것은 우리의 뇌(腦) 중 전두엽(前頭葉)에서 담당하는데 어릴 때 전두엽에 문제가 생기면 사회적으로 용납이 안 되는 행동을 서슴없이 하고, 원하는 것이 있으면 법을 무시하고 아무거리낌 없이 사람을 죽이는 짓도 쉽게 한다. 하지만 어른이 되고 난 뒤 전두엽에 손상을 입은 사람은 상식에 어긋나는 행동을 할지언정 남을 해치는 나쁜 짓은 하지 않는다.

도덕 교육은 어리면 어릴수록 좋고 늦어도 초등학교에서는 完全히 생활화하여야 한다.

농사도 씨를 뿌리는 시기가 있다. 농부가 씨를 뿌릴 때 단 며칠만 늦어도 농사를 망치는 법이다. 농부가 아무리 좋은 씨앗을 뿌리고 좋은 거름을 주고 정성껏 가꿔도 씨 뿌리는 시기를 놓치면 열매를 맺지 못한다.

한 명의 아이에게 도덕 교육의 시기를 놓치면 100명의 경찰관이 필요하다는 사실을 알아야 한다.

1. 독수리에게 자식 교육을 배워라.

독수리는 바닷가가 보이는 절벽 바위 꼭대기에다 집을 짓고 새끼 독수리가 털이 나고 퍼덕 퍼덕 날개에 힘이 들어가 날 때가 되면 발톱으로 새끼 독수리들을 바다를 향해 힘껏 던진다.

새끼 독수리들이 날개에서 피가 나고 살려달라고 울고불고 해도 바닷물 가까이 떨어질 때까지 지켜보다가 날개를 펴서 공중으로 들어올린다.

독수리는 그렇게 수십 번 수백 번을 반복하여 독수리만의 특수 교육을 시켜 날개의 힘을 기른 후 양이나 염소도 낚아 챌 수 있는 강한 힘을 갖도록 한다. 호랑이가 제일 무서워하는 살모사나 독사도 독수리는 발톱으로 장난치고 갖고 놀다가 배고프면 먹어치운다. 독수리의 이런 배짱과 힘은 무섭고 냉정한 독수리의 교육 방법 때문이다.

2. 부엄생자(父嚴生子)하라.

부모는 엄해야 자식이 존경한다고 했다. 엄한 부모의 자식이 큰일을 하며 孝道하게 된다.

나무를 기를 때 제멋대로 자란 가지를 제때 쳐 두지 않으면 잡목이 되고 아픔을 감수하고 가지치기를 잘 해주면 멋있고 비싼 나무가 되듯이 성장기 아이에게 부모의 따끔한 가르침이 없다면 결국 부모나 자식 모두 서글퍼지고 자식은 자립심을 잃게 된다.

세계를 주름잡은 김연아 선수를 보자. 피겨 스케이팅 연습을 하면서 엉덩이가 깨지고 무릎이 깨지고 손과 발이 얼어도 그 부모는 김연아 선수의 앞날의 영광을 위해 모진 부모가 되었다. 결국 김연아 선수는 개인의 영광은 물론이거니와 가문의 영광, 학교의 영광, 국가에 영광을 안겨 주었다.

자폐증 아이가 어머니의 혹독한 질책과 헌신과 정성으로 장애를 극복하고 인간 한계의 최고점이라는 마라톤을 완주해 내는 과정을 그린 영화 '말아톤'을 보면 교육은 정말 무서운 잠재력이 있음을 말해 준다. 자식에게 무조건 양보하지 말고 칭찬과 엄격한 지적만이 큰 자식을 기를 수 있다.

3. 착한 일도 반복해서 실천하도록 교육을 시켜라.

어떤 일을 하는 게 착한 일을 하는지 모르는 학생들이 많다. 지난 3월말 담임선생님들이 1,000원씩 어린이 각자에게 나눠 준 뒤 착한 일을 하라는 숙제를 내줬다. 태어나서 그런 숙제를 처음 받아 본 아이들이 과연 어떤 결과를 가져올까 학교장으로서 흥미진진했다.

착한 일에 돈을 쓴 아이는 10%에 불과했고 나머지 90% 아이들은 저금을 했거나 그대로 가지고 있었다는 사실이다. 어떤 아이는 온 식구들을 위해 두부를 사서 자기가 직접 두부찌개를 끓여서 부모님께 칭찬 받았다고 했고, 어떤 아이는 동생 과자를 사주었고, 어떤 아이는 전철을 타고 가다 걸인에게 줬다고 했고, 아버지 담배를 사드렸다는 등의 발표를 했다. 불쌍한 사람을 봤지만 돕는다는 자체가 창피했다고 말하는 아이들도 있었다.

착한 일을 하는 것도 연습과 반복훈련이 필요하다는 것을 느꼈다. 착한 일도 연습과 훈련을 통해 습관이 되어 저절로 어려운 사람을 보면 돕고, 만나는 사람마다 먼저 인사하고, 부모님께 다리 주물러 드리는 교육이 영어, 수학, 과학 교육보다 더 중요하다는 것을 깨닫고 실천해야겠다.

도덕적이고 착하고 남을 위해 봉사하는 사람은 반드시 성공할 수 있지만 거짓말을 잘하고 비도덕적인 사람은 반드시 실패하게 되어 있다. 그런 사람하고 식사를 하거나 술을 마셔도 밥맛이 없고 술맛도 나지 않는다.

남을 위하여 착하게 사는 사람만이 성공한다는 사실을 알고 가정교육이나 학교 교육에서 최선을 다하여 가르쳐야 하겠다.

4. 아이들을 집 밖으로 빨리 내보내라.

책을 많이 읽고 영어, 수학 공부를 많이 하면 성공한다고 생각하는데 천만의 말씀이다. 아이들이 놀면서 배우는 게 더 많다. 놀면서 사회성을 배우고 친구들의 행동과 대화에서 배우고 자기가 실수해 놓고 반성하면서 배우고 자연한테서 배운다.

특히, 초등학교 때 친구들하고 운동을 하고 친구들을 사귀는 방법을 못 배우면 더 이상 배울 기회도 없다. 대한민국 교육 여건상 중·고등학교 때 운동을 할 수 있는 시간이 어디에 있고 친구들과 사귈 시간이 어디에 있는가. 친구들과 사귀고 노는 방법을 모르니 심성 지능이 잘못되고 자기 자신 밖에 모르다 보니 나중에 커서 부모를 몰라보게 된다. 노는 방법을 모르니 매일 컴퓨터, 핸드폰, 텔레비전이나 보면서 혼자 사는 방법을 터득하게 된다. 혼자 놀다 보니 소심해지고 사회가 무섭고, 사회 생활이 어둡다 보니, 어른이 되어서 사기꾼들한테 걸리기 쉽게 된다. 가능하면 빨리 아이들이 친구들과 운동도 하면서 사귀고 놀고 대화하는데 부모가 앞장서서 가르쳐야 한다. 그래야 독립심, 자립심이 생기면서 친구들에게 양보하는 것을 배우게 된다.

아이들을 일찍부터 집 밖으로 내보내서 많은 갈등을 해결하다 보면 어른이 되어 더 큰 갈등을 대처하는 방법을 자연히 깨닫게 된다. 이것이 친구들을 통해 체험으로 얻는 경험 교육이 된다.

5. 도리(道理) 교육을 시켜라.

우리 조상들은 조기 교육을 했는데 굉장히 과학적이고 현실적이다. 사람으로 태어났으니 짐승같이 살지 말라고 사람의 도리를 다하면서 살라고 도리 도리 하면서 흐느적거리는 목운동을 시켰고, 짝짝꿍을 시키면서 손바닥을 마주쳐 심장운동과 뇌운동을 시키고, 지암지암 하면서 손가락 운동과 작은 운동신경을 자극시키는 운동을 잘할 수 있도록 가르쳤다.

돌잔치를 생각해 보라. 아기가 돈을 쥐면 부자가 된다고 믿었고, 연필을 잡으면 공부를 잘하여 학자가 된다고 믿었으며, 장난감 칼이나 권총을 쥐면 군인이 되어 장군이 된다고 믿었다. 아이는 금방 어른이 된다는 사실을 잊어서는 안 된다.

부모가 아이에게 지켜야 할 10가지 원칙이 있다.

첫째, 아이들을 무시하지 말라.

아이들이 모르는 것으로 생각하고 함부로 얘기하고 욕하지 말라. 아이도 인격체이다.

둘째, 자식이 실패했더라도 포기하지 말라.

실패를 많이 해야 왜 실패했는지 원인을 알고 대담해진다.

'뿌리'를 쓴 헤일리는 8년 동안 백 번이 넘는 불합격 통지서를 받았지만 끝까지 포기하지 않았기에 55세가 되던 해에 세계 최고의 작가로 선정되었다.

성공하는 사람들은 삶의 목적이 있고 비전이 있는 것이고 성공하지 못하는 사람들은 현재만 보고 눈앞에 보이는 것만 생각하는 사람이다. 서양 속담에 '실패란, 쓰러지는 것이 아니라 쓰러지고도 일어나지 못하는 것이다.'라는 말이 있다.

셋째, 진실하라.

아이들은 무조건 부모를 믿고 따른다. 배고프면 배고프다고 울고 장난감을 갖고 싶으면 갖고 싶다고 떼를 쓴다. 왜 못주는지를 설명해 주면 알아듣고 부모를 이해하게 된다. 아이 앞에서 한 말은 꼭 지키고 절대로 거짓말을 하지 말아야 한다.

아이들은 모르면 부모님한테 묻고 또 묻는다. 정성껏 가르쳐 주어라. 귀찮다는 말은 절대 하지 말아라. 묻는 것은 큰 꿈을 갖고 그 꿈을 실현하기 위해서 걷는 단계라고 생각하고 정성껏 가르쳐 주어라.

다섯째, 아이들 앞에서 부부싸움을 하지 말라.

아이들은 부모를 보며 배운다. 부모는 아이들의 우상이다. 부모가 싸우면 마음의 상처와 정신적 상처를 받는다. 화가 날수록 아이들 앞에서 서로 존댓말을 하라.

여섯째, 아이들을 대접(待接)해라.

야단을 치더라도 흥분을 가라 않고 '야! 부자될 녀석아! 부자될 놈이 남의 집 가게에서 물건을 훔치냐!', '야! 장군이 될 녀석아! 장군이 될 놈이 남한테 맞았다고 울고 다니느냐', '박사가 될 놈이 숙제를 안 하느냐, 일기를 쓰기 싫어하냐' 이런 식으로 야단을 치면서 인간으로 대접을 하라.

일곱째, 사랑을 아낌없이 주어라.

사랑을 많이 받고 자란 사람과 사랑을 못 받은 사람은 어른이 되어서도 다르다. 사랑을 많이 받은 사람은 꼭 사랑 받을 일만 골라한다. 반대로 사랑을 받지 못하고 자란 사람은 꼭 욕먹을 일만 골라한다는 사실을 명심하라.

여덟째, 모진 부모가 되라.

자식에게 꿈이 있다면 모진 부모가 되어야 한다. 바람직하지 못한 행동에 대해서 냉정하게 대처하는 것이 부모의 진정한 자세이다. 자식에게 '안 돼'라고 말하는 아픔을 감수할 수 있어야 한다. 그래야 자식이 반성하고 크게 깨달을 수 있다.

아홉째, 리더로 키워라.

미국의 유명한 명문가는 케네디家이다. 존 에프 케네디가 죽지 않았더라면 20~30년을 케네디家가 미국을 지배할 수 있었을 것이다.

케네디 어머니(피츠제럴드 로즈)의 교육 방법은 매사에 미쳐라. (Everything is madman)이다. 놀 때도 미치도록 놀고, 운동할 때도 미치도록 하고, 연애할 때도 미치도록 하고, 공부할 때도 미치도록 하라는 것이다. 매사에 미친 듯이 열정을 보일 때 주위에서 신뢰와 존경이 따르고 리더자가 되는 것이다.

열 번째, 개성을 존중하라.

모든 아이는 부모의 DNA 유전인자로부터 소질과 개성을 물려 받는다. 그 소질과 개성이 무엇인지 부모가 먼저 알아서 맨토링 학습을 통해 영재로 키우면 반드시 성공할 수 있다.

부모님의 꼭 기억할 것은 모든 아이들 개개인은 축복 속에서 이 지구상에 태어나고 반드시 큰 축복이 아이들을 기다리고 있다는 사실을 잠시라도 잊지 말고 정성껏 키워야 한다.

인간의 가장 무서운 무기가 있다면 그것은 부모님의 정성이다. 깡패나 강도들도 어머니 앞에서는 어린 양이 되고 순한 양이 되는 것은 어머니의 눈물 어린 정성 때문이다. 정성껏 기른 자식은 반드시 성공한다는 사실을 잊지 말고 급변하는 사회에 적응하여 성공하는 자식을 만들어 주길 기원한다.

이랜드 그룹 박성수 회장은 졸업을 앞두고 근육 무력증이라는 희귀한 병을 앓게 된다. 연필을 들고 글을 쓸 수 있는 힘도 없고 책을 읽을 수 있는 기력조차 없었지만 5년간의 투병 끝에 하나님을 믿고 자기의 희망을 잃지 않고 용기를 잃지 않았기 때문에 오늘의 이 영광을 맛볼 수 있었다는 감명 깊은 글을 읽었는데 사람이 태어나서 많은 시련과 어려움이 있어도 끝까지 용기와 희망을 잃지 않는 사람이 반드시 성공할 수 있다는 것이다.

어린이는 나라의 기둥

신생아실에서 아기는 절대 혼자 울부짖는 일은 없다는 것이다. 한 아이가 울면 곁에 누워 있는 아기들이 모두 덩달아 따라 운다고 한다.

재미있는 사실은 신생아에게 자기 울음소리가 녹음된 테이프를 들려주었을 때는 절대 따라 울지 않는다는 것이다. 이것은 아이가 단순히 울음소리에 반응하는 것이 아니라 타인의 고통에 대한 반응으로 운다는 사실을 말해 준다.

웃기는 예로 막 걷기 시작한 아기 앞에서 우는 흉내를 내면, 누가 시키지도 않았는데도 아장아장 걸어 뒤로 와서 등을 토닥거리며 울지 말라고 위로하는 것을 흔히 볼 수 있다. 이것은 본능적으로 타인의 고통에 공감하여 위로하는 마음 때문일 것이다.

사람에게는 누구든 약자에게 도움을 주려고 하는 인성이 내제되어 있음을 알 수 있다.

소설 '잃어버린 시간을 찾아서'를 쓴 작가 마르셀프루스트는 어려서 병치레를 자주 했다. 그러나 온 가족의 따뜻한 보살핌과 지극정성으로 키웠기에 어른이 되어서도 병마에 아픈 것을 다 잊고 어린시절을 참 행복한 시절이라고 말하고 있다.

어른이 된 그는 어린 시절 카스텔라빵을 먹을 때 고모가 따뜻한 홍차와 함께 건네준 과자의 맛을 음미(吟味)하며 행복에 젖곤 한다. 늘 행복했던 어린 시절을 그리며 잃어버린 행복을 찾아 나서는 소설을 쓰게 된다.

소파 방정환 선생은 어린이가 이 세상을 살아가면서 이야기와 노래와 그림, 세 가지를 기억하며 세상을 행복하게 살아간다고 했다. 어린이는 아무리 험한 세상을 살아가더라도 옛날에 들었던 이야기와 노래를 부르며 아름다운 그림을 그렸던 기억을 하며 살아간다. 어린이는 친구들과 수다 떨며 운동장에서 뛰어놀던 일들을 기억하며 왕자와 공주가 되기에 스스로 행복에 도취된다.

어린이는 '날아라 새들아 푸른 벌판에…, 오월은 푸르구나 우리들은 자란다'라고 노래부르며 더 기뻐한다. 어렸을 때는 학교 운동장도 커 보이고 형들도 커 보이고 세상도 넓어 보인다.

소파 방정환 선생은 평생 어린이들만 생각하며 행복을 꿈꾸고 사신 분이다. 그런데 요즘 어린이들은 과연 행복하다고 느끼며 살고 있을까? 우리나라 어린이와 청소년의 주관적 행복지수를 조사했더니 65.98점으로 OECD국가 중의 꼴찌였다. 으뜸인 스페인(113.6점)보다 47.6점이나 낮고 OECD평균(100점)에선 34점이나 모자란다.

행복의 필수조건에 대해 어릴 때는 '가족'이라고 답하지만 고등학생이 되면 '돈'이라고 한다.

초등학생을 대상으로 한 스트레스 조사에선 '학원 다니기'가 늘 주범(主犯)으로 꼽힌다. 어린이를 노리는 흉악범죄, 집단따돌림, 외모, 편모부, 부모 이혼 등이 콤플렉스가 뒤를 잇는다. 부모의 과욕 때문에 서너 살짜리에게 영재교육을 시킨다며 책만 읽혔더니 자폐증을 앓는 환자가 되었고 책만 보면 우는 아이로 변했다는 것이다.

몇 년 전 초등학생들에게 '대통령에게 가장 바라는 것'을 물었더니 '부모님 돈 많이 벌게 해달라'는 것이라고 했다. 요즘 아빠들은 돈 번다는 핑계로 아이들과 놀아주지도 않는데 문제가 있다.

초등학생의 시를 소개하고자 한다. '엄마는 나를 예뻐하고, 냉장고는 먹을 것을 주고, 강아지는 나와 놀아주는데, 아빠는 왜 있는지 모르겠다.'고 썼다.

가정의 행복을 맛보려거든 부모와 자식이 대화를 나누며 함께 운동을 하는 것이다. 가정은 책 읽는 소리, 웃음소리, 얘기하는 소리가 나야하고, 학교는 친구들과 운동장에서 맘껏 뛰는 소리, 교실에서는 책 읽는 소리, 그리고 자기 재능을 키우는 소리가 나야만 한다.

요즘 사람들은 얼마나 바쁜지 부모와 자식이 함께 할 수 있는 시간이 없다. 부모는 부모대로 바쁘고 자식은 자식대로 바쁘기 때문이다.

며칠 전 봄 체육대회를 하면서 엄마와 함께 하는 훌라후프 경기를 했다. 부모 자식이 한데 어울려 엉덩이와 허리를 뱅뱅 돌리며 훌라후프하는 모습이 아름답고 행복해 보였다. 매일 저녁마다 부모와 자식이 훌라후프를 돌리며 함께 연습하며 즐거운 시간이었다고한다.

가을 체육대회 때는 부모와 함께 하는 운동회 프로그램을 만들고 즐겁고 행복한 마음으로 연습하는 시간을 갖게 하겠다.

어린이들의 구김살 없이 해맑은 얼굴로 자라길 기대하면서…

어린이는 이 나라의 보배요, 꿈이요, 기둥이다.

우리 모두 어린이에게 큰 꿈을 심어주자.

새처럼 훨훨훨훨 나는 어린이 세상이 오길 바라면서.

어린이 키우기 10계명
- 학부모는 교육을 제대로 알고 접근하라 -

자녀를 훌륭하게 키우고 싶거든 학부모는 학생정신으로 돌아가야
한다.

학생이란 무엇인가?

배우는 인생, 배우는 생활, 배우는 삶, 배우는 자세란 뜻이다.

배움의 정신은 무엇인가?

첫째, 향상의 정신이다. 향상(向上)의 의지(意志)가 강한 사람일수
록 성공하는 확률이 높다.

둘째, 활동의 정신이다. 왕성한 활동력을 가진 자만이 매사 열심
히 배운다.

셋째, 겸손의 정신이다. 교만한 자는 배우려고 하지 않는다.

겸손하지 않으면 아무리 열심히 가르쳐줘도 무엇이든 배우려 하

지 않는다. 배워야 자신감이 생기고 능력이 생긴다.

알면서 가르치지 않는 것은 어머니의 태만함 때문이다. 어머니는 자식을 위해 열심히 가르쳐야 할 의무와 책임이 있다. 아들을 낳아서 열심히 가르치지 않으면 집안이 망하고 딸을 낳아서 열심히 가르치지 않으면 남의 집안이 망한다고 했다.

동물의 세계는 학교도 없고 책도 없고 가르치는 선생님도 없다. 동물은 자연적으로 본능의 지혜로 충분히 살아간다. 동물의 본능은 태어날 때부터 근본적 생활능력으로 살아 갈 수 있다.

거미는 가르치지 않아도 정교하고도 섬세하게 거미줄을 칠 줄 안다. 거미줄에 걸린 곤충들을 잡아먹고 살다가 새끼를 낳으면 자기 몸을 새끼들의 먹이로 뜯어먹게 하고 장엄하게 죽는다.

소도 먹어야 할 풀과 먹어서는 안 될 풀을 정확하게 구분하면서 살아간다. 소는 절대로 독초를 먹지 않는다. 이것이 동물들이 갖고 있는 본능의 놀라운 지혜다.

바다에 사는 문어를 보라. 100M~200M 수심 아래에서 알을 낳고 알을 보호하기 위해 6개월간 물 한 방울도 안 먹고 살다가 새끼들의 먹이가 되고 거미처럼 장엄하게 죽음을 맞게 된다. 인간도 상상할 수 없는 40가지의 색깔을 표현하고 사람처럼 발로 집을 지을 수 있는 조작 능력을 갖고 있다. 아무도 가르쳐 주지 않아도 놀라운 본능으로 살아가는 모습을 볼 때 참 신비스럽기까지 하다.

인간은 이 세상에 태어날 때 가장 무능한 동물로 태어난다. 밥도 먹을 줄 모르고 걷지도 못하고 말도 할 줄 모른다. 내버려 두면 금방 죽고 만다. 애기는 부모의 정성스러운 양육과 보호가 절대 필요하다.

철학자 칸트는 "사람은 교육에 의해서만 사람이 될 수 있다. 사람에게 교육을 빼면 남는 것이 없다. 인간은 교육의 산물이다."라고 갈파했다. 교육의 목적은 인격을 형성시키기 위함이다.

송나라의 거유(巨儒) 사마온 공의 권학가(勸學歌)는 이렇게 시작한다.

"자식을 낳아서 가르치지 않는 것은 부모의 잘못이고 학생들을 가르치되 엄(嚴)하지 않은 것은 스승의 태만이다"라고 했다. 이 두 가지를 다 잘했는데 자식이 학문을 하여 大成하지 못하는 것은 자식의 죄라고 했다.

평생교육 실천자인 링컨은 가난한 농부의 아들로 태어나 극심한 가난 때문에 초등학교 1학년만 다니고 말았다. 그는 일생 동안 혼자서 보고 배우고 그것을 실천하면서 살았다.

링컨의 인생 좌우명은 「매일 만나는 사람마다 교육의 기회로 삼아라」였다. 상인을 만나면 상인한테 배우고, 농부를 만나면 농부한테 배우고, 공무원이나 교사를 만나면 그들이 하는 언행을 보고 배웠다.

"만인은 나의 스승이다"라고 생각하고 낮은 자세로 누구한테나 배우는 것을 게을리하지 않았다.

마침내 미국의 16대 대통령이 되어 1863년 노예 해방이라는 인류의 대 사업을 성취하고 남북으로 분열된 미국을 통일시킨 장본인이다. 지금도 미국의 역대 대통령 중 가장 존경 받는 분이 링컨 대통령이다. 교육은 스스로 독립할 수 있게 하는 지름길이다. 요즘 젊은 부모들은 교육은 많이 받았는데 과욕을 부려 자녀 교육을 망치는 경우를 종종 보아왔다. 그래서 자녀 교육의 10계명을 말하고자 한다.

첫째, 친구는 제 1의 스승이다.

친구들과 마음껏 놀게 하라. 놀면서 배우는 것이 더 많다. 놀면서 지혜도 생기고 몸도 마음도 튼튼해진다. 친구들 사귀는 데 지나친 관심을 갖거나 간섭을 하지 말라.

둘째, 혼자서 친척집에 여행을 보내라.

미국 대통령 존 에프 케네디 어머니 피터 제럴드 로즈는 자식들을 키울 때 모험을 두려워하지 말라고 가르쳤다. 독립성을 기르는데 큰 도움이 되고 정신적으로 빨리 성장할 수 있는 방법이다.

셋째, 책을 많이 읽혀라.

폭넓은 간접 경험을 하면 세상을 보는 지혜나 사람 사귀는 지혜가 생기고 이해력이 풍부하여 공부를 잘 할 수 있다.

넷째, 자기 일은 자기 스스로 하게 하라.

부모는 "도와주는 사람"이 되어야지 "해 주는 사람이 돼서는 안 된다.

다섯째, 좌절 훈련을 시켜라.

자라면서 질 때 더 많은 것을 배운다는 것을 명심하라. 때로는 의도적으로 좌절의 경험을 극복하도록 해야 한다.

여섯째, 어린이 중심으로 생활하지 말라.

세상은 자기중심으로 돌아가지 않는다는 것을 아이들에게 분명히 가르쳐라.

일곱째, 어린이의 친구를 관찰하라.

다른 어린이들은 어떻게 자라고 있는지 무슨 생각을 하는지 알아야 한다. 그러기 위해서는 담임선생님께 많은 정보를 얻어야 한다.

여덟째, 1등을 하라고 가르치지 말라.

이기적으로 자랄 수 있으며 쉽게 실망할 수 있다. 어린이 회장 선거나 부회장 선거에 부모가 도움을 주었다면 당락을 떠나서 실패한 교육이다.

아홉째, 다른 어린이와 비교하지 말라.

어린이는 무의식적으로 열등감 속에 자라게 된다.

열 번째, 도덕 교육을 우선시하라.

웃어른이나 선생님께 효도하는 것부터 배워야 부모한테 효도할 줄 안다는 것을 명심하라.

요즘 어린이들은 컴퓨터, 핸드폰, 텔레비전을 즐긴다.

그렇게 되다 보니 부모, 형제, 선생님, 친구도 몰라보고 오직 자기 자신밖에 모른다. 지나친 이기주의자로 크면 사회 적응 능력이나 직장 적응 능력이 떨어져 인생에서 실패하기 쉽다. 어린이와 함께 가족 등반, 음악회 등을 하면서 많은 대화를 나누고 정성껏 자식을 키울 때 큰 인물로 탄생할 수 있다는 것을 명심하길 바란다.

TV, 컴퓨터, 핸드폰 없애는 지혜 실천해 보자

요즘 학생들은 핸드폰, 컴퓨터, TV에 중독돼 정서가 불안하고 매우 폭력적이다. 컴퓨터와 핸드폰을 어렸을 때 많이 사용하면 뇌에 큰 지장을 주어 기억력이 감퇴된다는 것이다. 또한 집중력이 떨어져 문제해결 능력이 저하된다고 한다. 아이들이 밖에 나가서 친구들과 놀고 운동하며 어울리며 사는 방법을 스스로 배워 터득해야 하는데 집에 오면 TV나 컴퓨터만 켜 놓고 본다.

TV의 생생한 뉴스는 곳곳에서 일어나는 사건들이 마치 이웃에서 일어나는 일처럼 알게 한다. TV로 보는 드라마나 인기가요 등 아이들에게 안 좋은 것을 체험하게 한다. 또한 스포츠 중계로 우리는 세계 일류 선수들의 묘기를 안방에서 볼 수 있는 기쁨을 누린다.

자기의 꿈을 키우기 위해서는 TV를 보지 않은 게 좋다. TV는 자라나는 아이들에게 나쁜 영향을 많이 준다. 학생의 학력저하나 학교 폭력도 TV의 과도한 시청이 그 한 원인이라는 것이 밝혀지고 있다. 시청시간을 줄여야 한다는 여론이 높아져 앨 고어 전 부통령 부인이 TV시청 시간을 줄이자는 운동을 벌이기도 했다.

우리나라에서도 TV시청 시간을 줄이는 운동을 해 품성이 바르고 착하게 자랄 수 있도록 해야 하겠다. 한 방송사가 도서 지역의 몇 가족을 대상으로 3주간 TV를 끄고 생활하게 했더니 가족의 생활패턴이 급격하게 변화했다고 한다. 대화가 없던 가족 사이에 대화하는 기회가 많아졌고, 신문이나 책을 보고 같이 토론하는 시간도 늘어났다.

TV가 사회에 미치는 영향이 좋은 것이냐 나쁜 것이냐의 문제에 대해서는 다양한 의견이 있을 수 있다. 그러나 TV의 과도한 시청이 학생들의 학력을 저하시킨다는 것은 분명하다. 프로그램들은 흥미위주로 제작하기 때문에 그 내용을 깊이 생각하지 않게 된다. 그러나 책을 읽으면 생각을 깊게 하게 되고 마음의 평안을 갖게 한다. 생각을 하지 않고 책을 많이 읽으면 이해력이 풍부해지고 분석능력, 종합, 판단능력, 사고능력 등이 풍부해진다.

학생들의 학력신장을 위해 가정에서는 눈물겨운 노력을 한다. 자식들의 학력을 높이기 위해 과외를 시키고 과외비를 벌기 위해 험한 일을 마다하지 않는 부모들이 있는가 하면, 영어교육을 위해 기러기 아빠가 되는 직장인도 늘고 있다. 몇 년 전에는 강남의 학교에 보내기 위해 불법으로 주민등록을 옮기는 가정도 많았다.

소위 지도층 인사들도 자녀 교육을 위해 위장전입을 했다. 아이들의 학력을 높이기 위해 가정이 파괴되는 기현상이 벌어진 것이다. 그러나 이런 노력들은 효과가 없다는 것이 증명되고 있다.

문제는 가정환경이다. 학생들의 학력을 높이는 길은 가정환경에 달려 있다는 것이 교육학자들의 일치된 견해다. 그런데 우리 상식과 달리 가정의 경제형편이나 부모의 사회적 지위는 아동의 학업성적과 관련이 없다고 한다. 부모의 태도에 달려 있다는 것이다. 부모와 아이들이 책을 읽고 같이 토론을 하는 시간이 있느냐 없느냐가 아이들의 학업성적과 가장 상관이 높다고 한다.

아이들의 독서습관은 어려서부터 책을 가까이 하는 기회를 갖느냐가 중요하다. 책을 읽는 습관은 어려서부터 길러져야 한다. 그것은 가정으로부터, 그리고 부모로부터 시작돼야 한다. 부모는 책을 읽으면서 아이들에게 책을 읽으라고 한다면 아이들은 절대 책을 읽지 않는다.

일류대학을 가고 싶거나 훌륭한 사람이 되고 싶거든 어렸을 때부터 독서와 친숙해져야 한다. 책을 읽어야 이해력이 풍부해지고 상식이 풍부해 높은 지식과 넓은 지식을 가질 수 있다. 그래야 선생님의 설명도 쉽게 이해하고 암기력도 좋아진다. 제럴드피트로즈는 자식들과 함께 책을 읽었고 이율곡 어머니 신사임당도 자식과 함께 책을 오랫동안 읽었다고 한다.

영국의 문필가인 존 스튜어트밀의 아버지는 아들에게 책을 읽게 한 다음 꼭 토론을 했다고 한다. 책의 내용은 물론 책의 논리까지 묻고 대답하는 토론의 시간을 가졌다.

아이들 혼자 책을 읽게 해서는 독서효과가 크지 않다. 부모가 같이 책을 읽고 그 내용이나 논리를 토론하는 시간을 갖는 게 가장 효과적이다. 부모가 TV를 끄고 아이들과 같이 책을 읽고 대화하면 가정이 살아나고 아이들의 인생이 커진다.

엄마 마음, 선생님 마음

쌀쌀한 초겨울인데 장대비가 쏟아진다.

며칠 전만해도 마음이 넉넉했었는데 날씨 탓인지 마음이 웅크려지고 생활이 즐겁지 않았다. 그런데 한달 전 손주를 봤다. 손주 얼굴만 바라만 봐도 즐겁고 행복하다. 손주가 웃기라도 하면 미칠 것 같이 기쁘다. 혈통이 뭔지 몰라도 말이다. 사실 남들이 날보고 할아버지라고 부르면 듣기 싫었지만 얼마나 손주가 보고 싶었는지 나말곤 아무도 모를 것이다.

손주가 보고 싶어 하루도 빠짐없이 아들집에 들르면 규율부장(며느리)이 지시를 내리기 시작한다. 손 씻으시고 세수 하고 양치질 하세요. 그리고 옷에다 소독약을 뿌린다. 내가 꼭 이렇게까지 당하면서 손주를 보러 와야 하는가 생각했다가 한편으론 내 핏줄, 내 혈통을 위해 지극 정성을 다하는 며느리가 고맙기도 하다. 며느리는 임신 열 달 동안 좋아하던 커피 한 잔 안 먹고 감기가 걸려도 약도 안 먹는 모습을 보며 선생님도 제자에 대한 사랑이 어머니 같은 마음이어야 하겠다고 생각했다.

갓난아기는 한 시간이 멀다 하고 잠을 깨며 젖을 찾는다. 아기 때문에 밤새도록 잠 한잠 못 잤지만 행복해하는 며느리의 표정이 아름답다. 갓난아이에게 모유를 먹이면 정신적 안정이 되고 소화가 잘 됨은 물론, 똑똑해진다며 꼭 모유를 먹여야 한다며 모유를 먹이는 모습은 천상 한국인의 어머니상이다. 아기가 건강하게 잘 자랐으면 하는 바램으로 음악을 틀어주고 아이와 대화하는 모습을 보면서 선생님들이 제자에게 내 자식같이 사랑으로 키운다면 얼마나 좋을까 그런 생각을 해 본다.

어머니는 자녀에게 무엇이든 아끼지 않고 투자한다.

몸과 마음, 시간과 물질, 아픔과 고통을 투자하면서 아깝다는 생각을 하지 않는다. 이것이 어머니의 심정이다. 선생님들도 내 자식같이 제자들에게 아낌없이 투자한다면 훌륭한 인재로 자랄 것이다. 어머니는 자녀를 키우면서 뜻대로 되지 않아도 절대로 포기하지 않고 희망의 끈을 놓지 않는 게 어머니의 마음이다.

선생님도 학생들이 생각대로 따라오지 않고 말썽을 피워도 절대로 포기해서는 안된다. 제자에 대한 희망의 끈을 놓아서는 안된다. 선생님도 제자들에게 어머니 마음같이 최선을 다할 때 성공한 제자로 키울 수 있다. 학교 다닐 때 1등 한다고 좋아할 것 없고 일류대학 못 들어갔다고 실망할 필요 없다. 자식을 반듯하게 키우면 남들이 믿고 도와주게 된다.

교육이란 타고난 재능을 발굴하여 개발하는 것이다.

질문과 토론을 많이 하면 새로운 생각을 하게 되고 남의 생각도 배우게 된다. 에디슨과 아인슈타인은 어렸을 때 특이한 행동을 했을 때 선생님은 문제아로 봤지만 어머니는 천재로 봤고 칭찬을 아끼지 않았던 것이다.

애플의 스티브 잡스나 마이크로 소프트의 창업자 빌 게이츠도 어렸을 때 컴퓨터에 빠져 성장기를 보였다. 그렇지만 그의 양부모는 큰 꿈을 갖도록 늘 칭찬해 주었다. 자식의 성공 열쇠는 부모의 '인내심과 격려 그리고 칭찬' 이라고 생각한다.

제자와 자식에게 칭찬하여 창의적인 인물로 키우는 방법이 곧 성공으로 인도하는 지름길이다.

선생님은 제자사랑을 자식사랑 같이 하면 큰 인물로 키울 수 있고 성공할 수 있음을 알고 모두 엄마 마음이 되자.

앙지미고(仰之彌高)
– 우러러 볼수록 높아만 지네 –

사람들은 꽃을 보고 아! 아름답구나, 잎을 보고 아! 대견스럽구나 하면서도 뿌리에서 가지로 올라와 꽃과 잎을 피워낸 물의 공로는 까맣게 잊고 산다. 물속에 있는 물고기는 귀하게 보면서 물에게는 눈길 한 번 주지 않는다.

목마를 땐 물을 찾지만 물을 마시고 나면 물병을 귀찮다는 듯이 함부로 버린다. 꽃과 잎이 피는 것은 물 덕분이다. 물은 곧 생명이기 때문이다. 스승의 사랑은 물과 같은 사랑이다. 물은 나무를 자라게 하고, 열매를 맺게 하는 생명과 같은 사랑이듯이 스승은 물과 같이 제자를 큰 인물로 키우는 생명과 같은 사랑이요 은혜이다.

앙지미고(仰之彌高)란 말이 있다. 스승의 은혜는 하늘 같아서 우러러볼수록 높아만 지네, 공자의 수제자 안연이 스승을 흠모한 고백이다. 세상이 아무리 타락하고 썩었다 해도 스승의 은혜를 잊고 산다는 것은 인간의 도리가 아니다.

여기에 가출한 딸의 아버지가 세상을 밝히는 선생님께 쓴 편지글을 짧게 소개하고자 한다.

"그 선생님은 부모인 제가 포기했던 아이를 다잡아 주신 분입니다. 졸업식 때 그 흔한 꽃 한 송이도 드리지 못했습니다. 너무나 고마운 분인데…"라고 탄식하고 절규하는 딸의 아버지 이야기다.

사업에 실패한 후 매일 공사판 일감을 찾아 집을 나섰다가 저녁 늦게 귀가를 하던 쌀쌀한 어느 날 딸의 담임선생님이 집으로 찾아 오셨다. "유진이가 결석이 너무 잦아 졸업을 하기가 힘들게 됐으니, 학교에 꼭 보내 주시면 졸업만은 시키겠습니다. 꼭 보내 주세요."라는 선생님의 말씀이다.

딸아이 엄마랑 먹고 살기 위해 떨어져 살다보니 이런 일이 생기는구나 싶어 가슴이 철렁했다. 추운 날씨에 가방을 매고 돈도 없이 나간 딸이 하루 종일 굶고 어디서 무엇을 하며 시간을 보냈을지를 생각하니 가슴이 더 미어졌다.

아버지는 선생님과 함께 동네 주변을 새벽 3시까지 돌며 찾아다녔는데 찾을 수가 없어 포기하려는 순간 놀이터 미끄럼틀 밑에 웅크리고 앉아 있는 딸아이를 찾았다. 선생님은 제자의 손을 잡고 "시커먼 구름만 보지 말고 구름 위에 밝은 태양을 보라, 세상이 아무리 어둡더라도 네가 어떤 생각을 하고 살아가느냐가 중요하다"며 정성껏 타이르는 선생님…

비가 오면 작은 새는 나뭇가지나 바위 속에 숨지만 독수리는 구름을 뚫고 하늘로 올라가 따뜻한 햇볕을 받으며 자유롭게 날아다닌다.

꿈과 용기를 잃지 말라고 설득한 후 선생님은 새벽 시간에 집을 향하여 가고 계셨다.

아버지도 눈물로 집안 사정을 말하고 이해를 구했지만 딸은 쉽게 받아들이려고 하지 않았다. 아버지는 딸을 달래서 교문 앞까지 데리고 갔지만 딸아이는 끝내 학교에 들어가지 않았다. 아버지는 선생님께 전화를 해 "우리 아이를 포기해 달라"고 눈물로 하소연했다는 얘기다.

그 후 선생님은 스무 번도 넘게 달동네인 우리 집을 오가며 딸아이와 많은 이야기를 나누었고 집에서 씻을 만한 시설이 마땅치 않은 것을 보고 목욕탕도 함께 갔다. 딸아이는 결국 마음을 바꿨다. "아빠! 저 선생님과 약속했어요. 부모님께 속상하게 해드리지 않겠다고요" 지난해 2월 졸업식 때 "저런 훌륭한 선생님께 작은 선물 하나 해드릴 형편도 못되니 하며…" 자신의 신세가 너무 처량했다고 생각했다는 것이다.

언제부턴가 고교 1학년이 된 딸은 아버지가 늦게 귀가하면 "저녁은 드셨느냐"며 밝게 웃는다. 밝아진 아이의 모습을 볼 때마다 선생님 생각이 문득문득 나고 딸아이도 선생님 얘기를 자주 하며 훌륭한 사람이 되겠다고 한다.

선생님은 부모님도 못 고치는 자식을 고쳐주는 종합병원 의사이시다. 그런데 얼마전 청주시의 한 초등학교 교사가 학부모 앞에서 무릎을 꿇고 사과 하는 장면이 카메라에 담겨 TV방송을 탔다. 그 광경을 본 많은 학생들이나 학부모들은 교사를 어떻게 생각할 것인가 또 제자들만 생각하고 정열을 바치고 있는 많은 교육자들의 입장은 어떻게 되겠는가. 교사라는 직업이 인기는 높아가지만 교권(敎權)은 갈수록 추락하고 있다. 그 이유는 학부모의 이기적인 자식사랑 때문이라고 생각한다.

하나뿐인 자식에 대한 지나친 기대와 오직 자기 자신만 생각하는 지나친 이기심 때문이다. 학부모들이 학교운영에 의견을 표시하는 것은 바람직하지만 도가 지나치면 교육을 망칠 수 있다. 우리 사회는 전통적으로 교사에게 존경심을 심어왔다. 누가 뭐라고 해도 보릿고개를 넘기고 선진국 대열에 서서 잘사는 나라가 된 것은 교육자의 공로라고 생각한다.

미국시인 헨리 반다이크는 "무명교사"라는 시에서 젊은이들을 올바르게 이끄는 것은 무명의 교사의 힘이요 '게으른 학생에게 생기를 불어 넣고, 방황하는 학생에게 안정을 주는 게 교사'의 힘이라고 했다.

군인의 꽃은 장군일지 몰라도 교육자의 꽃은 교사가 꽃이다. 스승은 학문을 높여주고 예의와 도덕적 행동을 추스려 주지만 반드시 스승과 제자가 같은 목표를 향해 가고 제자는 스승의 뜻을 따를 때 가능한 것이다. 스승과 제자는 지식 전달이나 기술 전수를 위한 종적 관계가 아니라 꿈과 목표가 같아야 하는 횡적 관계로 표현하는 것이 더 적절할 것이다.

공자의 제자 안연은 스승에 대한 존경심을 바탕으로 큰 꿈을 갖고 내일을 위해 긴 발돋음으로 향할 때 성공할 수 있다고 했다. 아끼던 제자 안연이 죽자 공자도 제자를 잃은 슬픔도 있었겠지만 숭고한 목표가 같았던 동지를 잃은 슬픔이 더 커 "아 하늘이 나를 버리는구나"라고 탄식했는지 모른다.

사회 일각에서 교사에 대한 부정적인 시각도 있지만 교육은 인격적 상호작용을 통해 성공하는 제자와 제자의 성공을 더 기뻐하는 스승이 있기에 가능하다. 스승에 대한 존경심이 있을 때 교육은 바로 설 수 있고 학생들의 꿈이 실현될 수 있다.

선생님은 제자를 위해 자기 몸을 태우는 촛불이 되어야 하고, 많은 사람들이 꽃만 보고 꽃의 생명수인 물의 공로를 모른다고 해서 이 나라의 보배인 어린이를 누가 외면할 수 있겠는가. 스승은 세상을 탓하지 말고 초롱초롱한 눈빛을 가진 어린이만 보고 묵묵히 살아가는 사람이 되어야 한다. 스승의 사랑은 물과 같은 사랑이다.

참된 교육자의 길

교육자는 학생들의 생활지도와 학습지도 그리고 인성지도를 위해 학교에 출근하는 것이다. 학생들은 교육을 통해 인격을 높이고 사회에 진출했을 때 의젓한 사람으로 출세하기 위함이다. 교육이란 사람을 사람답게 키우는 일이다.

바른 교육을 통해서만 사람다운 사람이 될 수 있음은 교육의 존재 이유와 맞물려 있다. 아이들에게 가르쳐야 하는 것들은 교과서 속의 박제화 된 지식 나부랭이나 세상사는 얄팍한 요령과 기술이 아니라, 인간됨의 덕성과 예의, 더불어 사는 지혜일 것이다. 덕성과 예의는 부모나 선생님한테서 직접 보고 배우는 귀감이 교육의 최상이다.

삶의 지혜도 사람과의 다양한 관계 속에서 스스로 터득하게 함이 으뜸일 것이다.

그러고 보면 부모님이나 선생님의 말 한 마디, 행동 하나 하나를 아이들은 알게 모르게 배우고 있다. 우리 사회는 '깐깐함' '우직함'을 자랑스럽게 여기던 풍토가 사라져가고 있다. 누가 뭐라고 해도 선생님은 고지식하고 우직하고 깐깐한 사람이 많아야 반듯한 제자를 많이 키울 수 있고 반듯한 사회가 이루어진다.

정치인처럼 권모와 술수를 장기로 세상을 살면 주변 사람들이 점점 멀어져 간다. 교육자의 꽃은 교과부 장관이나 교육감, 교육장, 학교장이 아니다. 묵묵히 제자들을 사랑하고 사제동행하면서 사도의 길을 가는 무명 교사가 최고의 존경을 받아야 한다.

누가 뭐라고 해도 교육자의 꽃은 교사이다. 요령껏 줄을 타고 빠른 승진을 위해 박쥐 같은 처세를 하면서 살아가는 교육자는 먼 훗날 동료들로부터 불신을 받고 버림받을 수 있다. 진정한 교육자는 '情'을 삶의 철학으로 삼고 현장에서 최선을 다하시는 분이 존경과 칭찬을 받아야 한다. 각박한 세상이지만 인간미가 넘치고 향기를 뿜으며 살아가는 교육자가 많아야 한다. 돈·명예·권력 앞에서 비굴하거나 정겨운 맛을 잃는 경우가 많지만 교육자만큼은 당당하고 도덕심에 기초한 덕성과 예의를 갖출 때 존경과 신뢰를 받을 수 있다.

정열(情熱)은 끊임없이 이루어지는 도전과 노력 그리고 질타와 근면함으로 이룩하는 원력이다. 장차 우리나라를 책임질 학생들 앞에서 교육자는 늘 제자들을 위해 기도하며 정성껏 최선을 다해야 함을 잠시나마 잊어서는 안 된다. 교육자는 正義感을 삶의 근본으로 삼고 살아야 한다. 자신에게 엄격하고 상대방에게 너그러울 줄 아는 사람이야말로 진정한 교육자이다.

교육자는 호기심이 강하고 어린아이처럼 순수한 마음을 갖고 교육에 관한 표리부동한 대응은 절대 용서치 않는 자 이어야 하고, 항상 남에게 인정을 베풀더라도 불합리한 것은 싫어할 줄 아는 강직함을 지녀야 한다. 중요한 것은, 아이들의 행복한 인생을 위한 바른 성장과 인격 형성에 도움을 줘야 학부모나 사회인들이 마음 놓고 교육자에게 아이를 믿고 맡길 수 있다.

세간에 떠도는 말 가운데 학교가 병들었다니, 스승이 없다느니, 교육자의 권위가 땅에 떨어졌다는 말들이 한숨처럼 내뱉어지는 세상에 '선생님다움'이 진정 무엇인지 우리 모두가 함께 두고두고 고민해야 할 것 같다.

교권 추락은 정부의 책임

장자는 국장흥필귀사(國長興必貴師)라고 했다. 스승을 귀하게 여겨야 국가가 크게 흥한다는 말이다. '교육이 희망이다' 라는 말은 동서고금의 진리다. 요즘 교육 현장에서는 학부모나 학생이 교사에게 모욕을 주거나 폭력을 가하는 일이 자주 벌어진다.

최근 잇따라 교권(敎權) 추락 사례가 극단으로 치닫는다는 우려를 낳게 한다. 불량한 학생을 지도하다 제자에게 머리채를 잡히고 발로 차여 기절한 교사가 있는가 하면, 수업 중에 휴대전화를 압수했다가 전치 8주의 중상을 입은 교사, 수업 중 휴대전화를 쓴 학생에게 엎드려뻗쳐를 잠깐 시켰다가 학부모의 민원 제기로 징계를 당한 교사, 옷차림이 불량한 학생 대신 교장에게 회초리로 맞은 교사의 이야기는 결코 웃어넘기지 못할 요즘의 교육 자화상이다.

학교장의 비리가 있으면 쥐도 새도 모르게 사법처리하면 될 일을 아침 6시 뉴스를 시작으로 밤 12시 뉴스가 끝날 때까지 방송에 나오니 학부모나 학생들이 교육자를 어떻게 보겠는가. 그것이 학교의 문제로 끝나는 것이 아니고 문제 학생들이 사회 진출을 하면 사회적인 문제가 크게 대두된다. 문제 학생이 강도나 도둑이 되어 사회로 진출하면 도둑이나 강도를 잡기 위해 3~4명의 형사가 따라붙게 된다. 문제 학생을 모태로 사회적으로도 크게 혼란을 야기시킬 수 있다.

교권은 교사에게 보장된 법률적 권리뿐만 아니라 교육자로서의 인격적 권위를 말한다. 교육자로서 자율성을 가지고 학생의 사람됨을 만들어가는 권위를 가진다는 뜻이다. 교사가 만인의 사표로서 '스승'이라고 불리는 데는 이런 뜻이 담겨 있다.

최근 사태들은 교사들이 자율성을 갖고 학생의 사람됨을 지도할 수 있는 권위를 갖고 있는지 반문하게 한다. 학생들이 교사들에게 폭력을 행사하고, 학교가 무방비 상태가 된 가운데 학생 체벌 금지나 학생 인권조례 제정 등이 크게 일조하였다는 의견이 많다.

학생 체벌 금지나 인권조례 제정이 사태의 원인이라고 단정 짓는 것은 무리가 있다. 그러나 최소한 사태를 악화시킨 요인인 것은 분명하다. 정책의 파급 효과를 신중하게 따져보지 않은 채 교사에게 일방적으로 교육시책을 따르라는 것도 문제가 있다.

우리나라 교사들이 외국 교사들에 비해 학생 훈육이나 상담 문제로 더 많은 어려움을 겪고 있다는 사실은 교사 대상 국제조사에서 밝혀진 바 있다. 이혼율이 급증함에 따라 가족 기능이 해체돼 정서적으로 어려움을 겪는 학생이 증가하고, 폭력성을 조장하는 인터넷 게임 중독, 과도한 학력 경쟁으로 인한 스트레스 등 학생들의 정서를 더욱 불안하게 하는 요인도 늘고 있다. 이런 가정의 문제를 고스란히 안고 등교하는 학생들을 대상으로 교사들은 학력 향상이라는 전통적 기능 외에 정서적 안정을 제공하는 돌봄 기능을 추가로 수행해야 한다.

경제협력개발기구(OECD) 국가들처럼 학급당 학생 수가 적은 것도 아니고, 교사들이 수업에만 전념할 수 있는 교육 여건이 조성되지도 않은 상황에서 우리나라 교사들에게는 부모의 사랑이 결여된 학생, 미래에 대한 꿈이 없는 학생들을 성심성의껏 돌보아야 하는 책임이 점점 커지고 있다. 교육적 판단에 따라 학생을 훈육하고 지도할 수 있는 자율성을 빼앗긴 채 말이다.

교사들을 규격화된 표준과 일상적 규칙에 따라 학생에게 지식을 주입하는 공장의 직공으로 간주하고, 그런 표준과 규칙에서 벗어난 교사를 징계하는 현행 풍토에서 학생들은 무엇을 배우겠는가? 수업 시간에 통화할 수 있는 자유를 빼앗는 교사에게 덤비지 않는 학생이 오히려 이상하지 않은가?

급격하게 변화하는 사회적 특성과 학생 인구의 특성에 맞춰 교사가 학생을 제대로 교육하도록 하려면 실추된 교권을 다시 회복하는 것이 필수다. 교사로부터 학생의 사람됨을 만들어 가는 권위를 빼앗아버리는 것은 교육을 포기하라는 것과 다름없다.

교사를 존경하는 마음이 있어야 공부가 된다. 정부가 책임지고 불량한 학생은 옛날처럼 퇴학을 시키고 교사에게 함부로 대하는 학부모는 교도소로 보내야 정신 차리고 교육이 무엇인지 알게 될 것이다. 교권이 바로 서지 않는다면 공교육 정상화나 교육의 경쟁력 확보는 요원할 뿐이다. 자원이 없는 우리나라에서는 교육자가 학생들을 예절 바르고 똑똑하게 키워야 선진국이 된다는 사실을 알아야 한다.

학교장의 리더십

　미국 소설가 잭 런던이 다니던 초등학교에선 매일 아침마다 전교생이 15분 동안 인성지도 차원에서 합창 연습을 했다. 유독 노래 부르기를 싫어한 한 어린이는 입도 벙긋 하지 않고 그냥 멍하니 매일 서서 있었다. 선생님은 달래보기도 하고 야단을 쳐 보기도 했지만 아무 소용이 없었다. 화가 난 교사가 고집불통인 그 어린이를 교장 선생님께 데리고 가서 "교장 선생님께서 지도해 주십시오"라고 부탁드렸다. 며칠 동안 그 어린이와 얘기도 하고 같이 놀기도 하던 교장 선생님은 그 어린이의 특기와 소질을 발견하고 "너는 어른이 되면 훌륭한 소설가가 되겠구나"라고 칭찬해 주었더니 어린이는 교장 선생님께 감사의 편지를 보내게 된다.

　교장 선생님은 매일 같이 편지를 주고받으며 글을 쓰도록 지도하게 되었다. 교장 선생님이 매일 글짓기 숙제를 내주며 전교생들 앞에서 칭찬해 주고 상(賞)을 주었더니 그 어린이는 매일 교실에서 자연스레 글을 열심히 쓰는 습관을 갖게 되어 후에 훌륭한 소설가가 되었다.

옛날 교육은 100문제를 가르쳐 주고 시험을 본 후 100문제를 다 맞추면 100점이고 반만 맞추면 50점이며 30문제를 맞추면 30점이다. 오늘날은 기억력이나 암기력이 우수한 학생을 요구하는 시대가 아니다. 오늘날 교육은 그 어린이가 조상으로부터 물려받은 유전인자 속에 개성과 소질, 특기가 무엇인지 빨리 찾아내어 담임교사나 부모가 멘토링 학습 방법으로 지도하여야 성공할 수 있는 사람으로 키울 수 있다. 다양성을 중시하여 잘 지도한 교장 선생님 덕분에 훗날 그 어린이는 훌륭한 작가가 되었듯이 교사들도 학생 개개인의 소질과 특기를 빨리 알아서 개별지도를 해야 하는 시대가 도래되었다.

학교장은 배의 선장과 같다. 학생들은 어떤 교장 선생님, 어떤 담임 선생님을 만났느냐에 따라 인생 항로가 크게 달라질 수 있다.

벤쿠버 동계 올림픽에서 나란히 금메달을 딴 모태범, 이상화 선수는 초등학교 때부터 빙상부에서 선수 생활을 함께 한 초등학교 동창이다. 이 학교 빙상부는 지금부터 50년 전 한인현 교장 선생님께서 스케이팅을 전교생 필수과목으로 정하여 취미 겸 특기 활동으로 하도록 했다고 한다.

동시 '섬집 아기'를 쓴 시인이었던 한인현 교장 선생님은 50년 전부터 예체능 교육을 중시하고 학생들의 취미, 개성, 소질, 특기를 멘토링 학습을 통하여 지도한 선구자 교장 선생님이었다. 예체능을 중요시한 교장 선생님의 뿌린 씨앗이 빙상교육의 텃밭에서 50여년 만에 금메달을 줄줄이 캤던 것을 보더라도 교육의 효과는 하루 아침에 이루어지는 것이 아니고 미래를 바라보고 정성껏 키워야 결실을 얻을 수 있는 것이다.

부산 남고는 몇 년 전만해도 전교 1등을 해도 서울 지역 명문대학에 입학하지 못하는 똥통 학교였다. 그 학교의 배정을 피하기 위해 이사를 간 학부모도 많았다고 한다. 그러나 2006년 교장 선생님이 새롭게 취임한 뒤 화려한 변신에 성공했던 사실만 보더라도 교장 선생님의 역할은 대단히 중요하다.

몇 년 전부터 학교장으로서 근무하는 학교마다 담임교사가 1,000원씩 어린이들에게 나눠주고 좋은 일을 하는데 써 보라는 사랑 실천 교육을 실시하고 있다. 그런데 그 결과를 보면 할머니께 초콜릿을 사 드린 어린이, 저금을 한 어린이, 불쌍한 사람을 보고 도와주고 싶어도 부끄럽게 생각하여 못 줬다는 어린이, 어떤 어린이는 어떻게 쓸 줄 몰라 그 돈을 그대로 갖고 있는 어린이도 있었다.

문제는 요즘 어린이들 중에는 어떻게 하는 것이 남을 위하고 봉사하는 것인지 모른다고 대답하는 어린이들이 의외로 많다는 것이다. 선생님의 움직이는 양심과 실천하는 행동이 있을 때 교육의 효과가 큰 것을 새삼 느껴 올해는 모든 선생님에게 기타, 리코더 등 악기를 주 1회 이상 외부 강사를 불러 배우도록 할 생각이다.

선생님들은 제자들과 함께 노래도 부르고 악기도 어렸을 때부터 어린이들에게 가르쳐 주어야 빨리 배울 수 있다고 생각하기 때문이다.

가난한 어린 시절 기타나 악기를 배운다는 생각은 감히 꿈도 꾸지 못했다. 올림픽 때 금메달을 따는 출신학교를 보거나 서울에 있는 명문대학에 많이 입학한 학교들을 보면 한결같이 학교장의 열정과 교육 철학으로 매사 몸소 실천하고 있다는 것이다.

학교장은 다양한 분야에 전문적 지식과 뜨거운 열정을 갖고 학교 경영을 해야 한다. 공문이나 회의, 잡무가 많은 것은 결국 학생 교육에 많은 지장을 초래한다. 학교장은 당장 선생님이나 학생들에게 존경 받기보다는 세월이 지난 후 존경 받을 때 더 큰 보람을 얻을 수 있다.

문어와 같이 자기 다리를 배고픈 자에게 여유 있게 나눠 줄 줄 아는 그런 학교장이 많을 때 아름다운 세상으로 가꾸어 나갈 수 있다.

체벌(?) 이게 뭡니까?

　우리나라 교내 폭력은 심각한 지경에 이르고 있다. 지각이 잦은 3학년 학생에게 30분 일찍 등교하라고 했다가 학부형이 교육청에 민원을 넣겠다고 항의를 하는가 하면 복도에서 괴성을 지르면서 뛰어가는 학생의 어깨를 붙잡았다가 "왜 체벌하나요"라며 덤벼드는 세태를 본다.

　곽모 교육감은 "손바닥을 한 대 때리거나 무릎을 꿇리는 일, 반성문을 쓰는 것도 안 된다"고 했다. 교육적 훈계까지 금지하는 것은 학습지도나 생활지도를 하지 말아도 된다는 이야기다. 교육자의 가장 큰 죄악은 방관이요, 무관심이다.

　"검사와 여선생님"의 영화에서 검사는 가난했던 초등학교 시절 여선생님이 베푼 따스한 보살핌을 잊지 못한다.

그 선생님이 살인죄로 기소되자 검사는 "그럴 리 없다"며 결국 누명을 벗겨주는 스토리다. 60년 대 가난했던 시절 허리띠를 졸라매며 공부할 때 늘 선생님의 따뜻한 사랑과 엄한 체벌이 있었기에 꿈을 실현하기 위해 열심히 노력했다. 그때 선생님들의 뜨거운 열정과 엄한 가르침이 있었기에 오늘날 대한민국이 선진국이 됐다.

탤런트 오지호가 고향을 찾는 TV프로그램에 나와 초등학교 여선생님과 영상대화를 나눴다.

선생님은 "이 썩을놈아, 나를 첫사랑이라고 소개했냐"며 반가움을 표현했다. 서정주는 "첫사랑의 시"에서 나는 열두 살이었는데요, 우리 이쁜 여선생님을 너무나 좋아했어요."라고 고백한다. 특히 여선생님에겐 엄마처럼 누나처럼 따뜻하고 포근한 추억이 담겨져 있다.

결혼정보회사가 최고로 치는 배우자감이 신랑은 판사, 신부는 교사다. 안정적이고 보람 있는 직업이라고 생각하고 우수한 여성이 교직에 몰려 여초(女超) 현상이 일어난다.

어느 학교장이 유난히 떠드는 학급의 담임 여교사에게 주의를 줬더니 "대드는 아이들이 무서워서 놔둘 수밖에 없다"고 고백했단다. 고등학교 남학생이 여교사 어깨에 손을 얹으며 "누나 사귀자"고 희롱하는 동영상이 인터넷에 돌아다니는 세상이다. 지난해 남학생이 여교사를 때리거나 목을 조르고 침을 뱉는 사건이 세상에 알려진 것만 여덟 건이다.

새내기 교사들은 영국영화 "언제나 마음은 태양" 같은 스승과 제자 사이 인간애(人間愛)를 꿈꾼다. 요즘 버릇없이 자란 아이들과 버릇없는 부모 앞에서는 그 꿈은 물거품이요 동상이몽이다.

학교마다 '남자 교사 할당제'를 하자는 말도 나온다. 남자 교사도 체벌을 했다가 막 나가는 사람 앞에서 봉변을 당하는 판에 무슨 소용이 있을까. 이젠 교사를 우습게 아는 학생이 말썽을 일으키면 부모를 불러 책임을 묻는 방법밖에 없다.

교육감이 무슨 자격으로 학생들의 생활지도까지 간섭하는지 묻고 싶다. 그것은 어디까지나 교사의 양심적 판단과 학교장의 책임하에 이루어져야 한다.

캘리포니아주의 리버사이드 지구에서는 한 건의 폭행도 없을 뿐더러 학교 성적도 전국 평균보다 82% 높은 성적을 올리고 있다. 그 이유는 학부모와 협력해서 밥주걱 같은 매로 엉덩이에 체벌을 가하는 전통이 살아있었다는 것이다.

학교에서 일어나는 폭언, 폭행, 기물 파손, 방화 등은 철이 든 대학생들 소행이 먼저였다. 가장 엘리트요 지식인이라고 자부하는 대학생들의 폭력을 초 · 중등 학생들이 그대로 보고 배운 것이다.

학생은 이 나라 내일의 주인공이요 이 나라를 책임질 미래의 역군이다. 가정에서도 그 아이가 가정의 대들보요 집안의 큰 꿈나무이다. 자~ 그렇다면 아이의 장래를 위해 어떻게 교육을 해야 하는가.

선생님과 학부모간의 허심탄회한 대화로 가장 좋은 방법이 무엇인지? 어떻게 체벌을 하는 것이 효과적인지? 어떻게 지도했을 때 가장 큰 변화가 왔는지? 함께 논의해야 할 때가 됐다. 이제부터라도 교권 수호와 학생의 바른 성장을 위해 정부와 학부모들이 함께 앞장서 줘야 하겠다. 오늘날 학교 사회뿐 아니라 사회 곳곳에 많은 문제점이 있다. 이 모든 것이 누구의 잘못이라기 보다 다 내 탓이란 생각으로 살 때 바른 학교 사회로 이루어지리라 믿는다.

좋은 학교, 좋은 제자

이제 곧 새 학년이 시작된다. 이 무렵이면 학부모들은 우리 자녀의 담임 교사는 누구일까 많은 관심을 갖게 된다. 내 자식을 어떻게 길러야 하고 내 자식을 어떤 학교로 보내야할까? 많은 고민에 빠지게 된다. 결론적으로 말하면 영어, 수학, 과학을 중점으로 지도하는 학교를 선택해야 좋을 것이다. 기대 이상으로 좋은 학교라고 불리는 학교들의 한 가지 공통점은 여건이 비슷한 주변의 학교들과 비교할 때 학생들의 교육적 성취와 교사의 열정이 상대적으로 높다는 점이다.

고대 그리스인들은 기하학(幾何學)을 신성하게 여겼다. 플라톤은 자기 학교 입구에 "기하학을 모르는 자는 출입금지"라고 써 붙였다. 중세 암흑기 때 인도와 중동에서 아라비아 숫자가 발명되고 대수학

(代數學)이 발전했다.

세계에서 최초로 지구는 돈다고 주장한 갈릴레이는 "자연이라는 책은 수학의 언어로 쓰여 있다."고 했다. 20세기는 수학실력이 곧 국력이었다.

오늘날은 능수능란한 영어 표현력을 구사할 수 있는 실력을 초등학교 때부터 길러야 한다. 앞으로 13억 인구를 자랑하는 중국과 1억 3천 인구를 가진 강대국 일본을 이기려면 과학자를 많이 길러내야 한다.

우리나라는 예부터 과학교육을 중시하였기에 오늘날 선진국가로 진입할 수 있었다. 과거에는 영재(英才)와 수재(秀才)들이 이공계로 입문하였기 때문에 선진국이 되었다. 검사, 판사, 의사, 교수, 교사는 양심을 갖고 영혼이 깨끗한 사람이면 누구나 할 수 있는 직업이다.

학생들의 교육적 성취에는 소질, 특기, 특성과 취미를 조기에 찾아내어 교사들이 집중적으로 개별 지도하면 다양한 요인들이 영향을 미칠 수 있을 것이다.

좋은 학교는 다른 요인을 갖고 가정환경, 지역성 특성이 비슷할 경우엔, 보다 높은 교육적 성취를 내도록 만드는 교사와 학교를 선택해야 한다.

학부모나 학생, 교사 등 학교 구성원들은 교육적 성취가 높은 학교에 대하여 각자의 관점에서 다르게 의미를 부여하기도 한다. 학부모들은 초등학교의 경우에는 아이들이 중학교에 가서 공부하는데 어려움을 겪지 않도록 공부하는 습관과 기초적인 학력을 튼튼하게 길러주기를 기대하고, 그러한 기대에 학교가 부응하면 좋은 학교라고 여길 것이다.

학부모들이 볼 때, 공부하는 태도를 길러주고 학업 성취도를 높이는 학교는 분명 좋은 학교이다. 학생들이 생각하는 좋은 학교는 교육적 성취를 중요시하면서 학생들의 잠재력을 최대한 계발 또는 개발해 주어 큰 꿈을 실현시킬 수 있는 학교 일 것이다.

계발을 소홀히 한 학교들은 그들 학교의 학생들의 학업 성취도가 낮은 이유를 학생들을 전인적으로 교육하기 때문이라는 이유를 들기도 한다. 그러나 지적 교육을 제대로 하지 않고서는 전인교육이 가능하지 않은 것은 명백하다. 초등학교 때부터 인성교육을 중심으로 균형 있게 발달하는 어린이로 키워야 한다.

선생님들이 생각하는 좋은 학교는 잡무를 없애고 전문성을 최대한 발휘하면서 학생들의 교육에 헌신할 수 있는 학교이다. 학교, 선생님들 사이에 학생들의 교육을 함께 의논하는 분위기가 지배적인 학교, 학생들과 상호작용이 활발하고 가르침의 결과가 학업성취도의 향상으로 이어지는 학교를 좋아한다. 선생님들은 자신들의 제자들과 인격적 교감을 하며, 알알이 익어가는 제자들의 모습을 보면서 뿌듯한 마음으로 학교생활을 하고 싶어 한다.

좋은 학교는 개인적 차원에서뿐만 아니라, 사회적으로도 매우 중요하다. 학생들의 교육적 성취 수준을 높일 뿐만 아니라, 학생들 간 학업성취의 차이를 줄여주기 때문이다. 비록 가정이 어려워 정부나 사회로부터 제대로 지원을 받지 못하여도 학생들은 학교 교육을 통하여 인생을 바꿀 수 있는 기회를 얻을 수 있다. 이른바 학교를 통하여 가난의 대물림을 끊을 수 있다.

학부모들은 자녀들의 잠재적 능력이 좋은 학교의 교육을 통하여 보다 더 계발되기 때문에 사교육비 부담을 줄일 수 있다. 좋은 학교는 국가적 수준에서는 한정된 재원으로 국가가 기대하는 교육 목표의 달성을 보다 효율적으로 이루어지도록 하기 때문에 교육 투자의 효율성을 높인다.

좋은 학교를 만드는 것은 결코 쉬운 일이 아니다. 하지만 이 시대를 살아가는 우리들이 사명감을 갖고 다함께 뜻을 모아 '좋은 학교 만들기'에 직 · 간접적으로 동참할 필요가 있다. 끝으로 큰 꿈을 실현하기 위해선 영어, 수학, 과학교육에 더 시간을 투자해야 한다.

선생님은 부모님으로부터 물려받은 제자들의 특기, 소질, 특성을 키우고 튼튼하게 자랄 수 있도록 체육 지도를 많이 하고 좋은 친구 사귀기 지도에 노력할 때 좋은 사회, 좋은 제자를 만들 수 있다.

까마귀에게 부모 섬기는 법을 배우자

　"孝"자의 뜻은 인간으로 태어났으면 흙 속에 들어가서도 부모를 섬기라는 뜻이다. 孝하면 까마귀를 생각하게 된다. 까마귀는 기러기처럼 리더가 없다. 오직 가족 중심으로 살아간다. 그런 이유로 '오합지졸'(烏合之卒)이란 말이 생겼다.

　인간은 '효'가 무너지면 사회의 근간이 무너진다. 孝를 등한시한다면 가정이 무너지고 결국 사회도 무너지고 나라도 무너지게 된다. 가정이 무너지면 자라나는 2세도 문제아가 된다. 요즘 젊은이들은 자신의 이권만 따지며 어른들도 몰라 본다. 그래서 세상 말세라고 한탄하는 사람도 많다.

　효는 부모에게 일방적으로 잘하라는 이야기이고 또한 사회를 지탱하는, 보이지 않는 뼈대라고 생각해 왔다. 우리나라만이 아니라 얼마 전 대만 입법원이 노부모 부양을 의무화하는 법 제장을 추진해 논란이 되고 있다. 입법원은 이런 내용을 골자로 하는 '부모 봉양법' 1차 심사를 최근 마쳤다고 전한다. 부양 명령이 내려지면 자녀의 월급에서 일정액이 강제로 부양 비용으로 배분된다. 자녀가 이를 거절하면 1년 이하의 징역 또는 최고 20만 대만달러(약 800만원)의 벌금 처분을 받게 된다는 것이다.

대만에선 매년 2,000여 명의 65세 이상 노인이 버려지고 있다고 입법원은 설명했다. 일부 노인은 재산을 가진 자녀가 있다는 이유로 정부 보조금조차 받을 수 없는 상황이라는 것이다. 자식된 도리로 낳아서 키워주고 공부시켜준 부모님 은혜를 마땅히 갚아야 한다.

부모도 아무리 부자라도 자식에게 대학까지 공부시켜주면 그만이다. 자식이 독립해 나가면 굶든 말든 아무런 상관도 않을뿐더러 자식들도 부모에게 손을 벌리지 않는 게 당연하게 엄격히 길러진다는 점이다. 대만의 이법에 대해 한 야당 입법위원은 '효도는 도덕성의 영역에 속하는 것인데 법을 통해서 억지로 효도를 강요하는 것은 문제가 있다'고 입바른 소리를 했다.

힘들게 세워 놓은 효를 생각하니 인간은 갈수록 본분을 잃고 까마귀보다 못한 사람들이 되고 있다는 것이다. 반포지효(反哺之孝)라는 말이 있다. 흔히 우리는 까마귀를 흉조라고 잘못 알고 있는데 까마귀만한 길조는 없다. 까마귀가 나는 곳은 성스러운 땅이고 우리 역사속에서는 신조로 불리고 있다.

고구려 벽화에 등장하는 '삼족오'는 왕권의 상징이다. 하늘을 섬기는 우리 천손민족은 태양 속의 까마귀를 '삼족오'로 떠받들었다. 새 중에서 어미새가 나이 들어 날 수가 없어 스스로 먹을 것을 찾지 못할 때 새끼 까마귀는 부모 새가 죽을 때까지 공양하는, 효성이 지극한 유일한 새다.

늦가을 감나무 위의 제일 꼭대기 감을 내버려 두는 데는 깊은 뜻이 있다. 그것은 까치밥이 아니라 까마귀가 부모 새를 공양하도록 우리 조상들이 남겨둔 까마귀 밥(까막밥)이다. 까마귀는 그 홍시를 쪼아 가득 머금고는 절대 자신은 먹지 않고 움직일 수 없는 부모 새의 입에 넣어주며 죽을 때까지 보살피는 효자 새로 유명하다.

조류 중에 아이큐가 가장 높은 새가 바로 까마귀이다. 까마귀가 호두를 깨뜨려 먹는 방법도 특이하다. 호두를 물고 하늘 높이 올라가 바위 위에 떨어뜨려 깨뜨려 먹는 것이다. 호두가 깨어질 높이에서 떨어뜨린다는 것이다. 그러고서는 떨어지는 호두를 쫓아 득달같이 날아서 조각난 호두 속살을 파 먹을 정도로 뛰어난 머리를 가진 새라고 한다. 천부적인 능력에다 뛰어난 머리까지 가진 새는 부모 봉양이 초지일관인데 인간은 많이 배운 사람들이 더 영악해지는 것을 본다. 아니면 너무 자기 중심적이고 이기적이어서 그럴까? 까마귀보다 못한 짐승이라서 그럴까?

늘 가슴속에 부모님의 은덕을 기르며 살아갈 때 큰 축복을 받는다. "성경에서도 부모님을 공경하라"고 하나님이 명령하셨다. 효는 복의 근원이다. 효도하는 자식들이 이 지구상에서 장수하며 행복을 누린다는 사실을 알고 孝를 실천하는 지혜로운 자가 되자.

제4장 | 행동하는 지식인 아인슈타인

세상 말세론(末世論)

　어지럽고 복잡한 세상을 살면서 몸이 불편하고 어려운 형편임에도 불구하고 어렵고 불쌍한 사람들을 헌신적으로 돌보고 희생적으로 살아가는 사람이 있는가 하면, 멀쩡한 사람이 아무 이유도 없이 사람을 죽이고 성폭행하고 대낮에 강도짓 하는 사람들이 많은 것을 볼 때 사람들은 혀를 차며 세상 말세라고 한탄한다.

　말세란 아직 이르지 않았다는 미(未)와 이제 끝장이 났다는 말(末)자를 자세히 보면 두이(二)자의 획이 짧고 길고가 전도되어 있다는 차이 밖에 없음을 알 수 있다.

　곧 윗 막대는 상대적으로 상위자요, 아래 막자는 상대적으로 하위자이며 거기에 사람을 더하여 세로 막대 〈1〉로 걸러 놓음으로써 동양의 사회관을 이 두 글자에 집약시켜 놓았다고 볼 수 있다.

이 세상은 권력으로 지배를 하는 자와 지배를 받는 자, 부자와 가난한 자, 힘센 자와 힘 없는 자, 유식한 자와 무식한 자, 폼잡기를 좋아하는 자와 겸손한 자 등 모든 것이 상대적으로 되어 있으며 이 상대적 개념에서 하위자가 상위자보다 살기 좋은 세상은 미(未), 미래이고 앞날에 희망이 있다는 것이다. 상위자가 살기 좋고 하위자가 그에 짓눌린 세상은 말(末), 종말이다. 곧 희망이 없는 세상 끝장이라는 구현된 글자들이기도 하다.

말세론이 퍼지는 세상은 예외 없이 하위자의 불안이 배재돼 있었기에 예외가 없다. 옛날이나 오늘날에도 백성들의 불안을 악용하여 말세를 주장하고 자신이 구세주임을 자처하고 나섰을 때 많은 유사종교가 탄생됐던 것이다.

신라시대 말경 악정으로 백성이 극도로 핍박받고 있었을 때 궁예가 나타나 스스로 구세주인 미륵불임을 자처하고 머리에 금관, 몸에는 가사를 걸치고 한 아들은 천광보살 또 한 아들을 신광보살이라 일컬어 거느리고 다녔다.

고려시대 말경 때도 신돈이 스스로 미륵불을 자처하며 말세론을 펴고 스스로 자기가 구세주라고 자처하고 다녔다. 심지어 마른 콩 수십 섬을 땅에 미륵불상과 더불어 묻어놓은 다음 물을 주어 미륵불상이 저절로 솟아나오게 하는 기발한 수법으로 기적이 일어난 것처럼 세상 사람들에게 사기쳐 자신이 미륵불임을 과시했다. 한말에도 혼란기에는 전주 모락산과 계룡산을 중심으로 미륵신앙을 등에 업고 말세 때라 정신 차리지 않으면 지구가 없어진다며 천지개벽을 내세운 유사종교가 수십 수백 개가 난립했었다.

궁핍과 불안이 감돌던 일제 말에도 가짜 미륵이 나타나 시한성의 말세를 부르짖고 이, 정, 유, 장, 강(李, 鄭, 柳, 張, 姜) 다섯 성의 사람 끼리만 남부여대(男負女戴) 〈남자는 짐을 등에 지고 여자는 짐을 머리에 이고 살 곳을 찾아 이리저리 떠돌아다님〉하여 유일하게 살아 남을 수 있다는 개벽천지 사기극을 벌이다 지리산 세석평전에 이주를 했다는 얘기도 있다. 물론 사기극이 들통이나 미륵만 남겨놓고 모두 하산해 아무도 보이지 않는 곳으로 도망쳤다.

석가여래는 현재불이요, 미륵보살은 말세 때 나타나 구세하게 되어있는 미래불이기에 수천 년 동안 유사 신흥종교에서 악용돼 내린 불행한 보살님인 것이다.

20년 전 마이산 암봉 아래에서 도통하여 미륵의 영험을 얻었다는 한 교주의 말세론에 유인되어 광주 인근 부녀자 70여 명이 남편과 자식을 다 버리고 무단가출하여 집단기도를 한 충격적인 사건이 있었다. 또 오늘날에도 어떤 사이비교주는 자기가 발을 씻던 물만 마셔도 암환자는 병을 고친다고 사기를 쳐 전 재산을 팔아 그 교주 밑에 갔다가 패가망신한 사람도 많다. 요즘은 중국에서까지 전화(보이스피싱)로 사기쳐 수백 수천만 원을 챙기는 악랄한 시대에 우리는 살고 있다.

사회가 불안하면 독버섯이 자라고 멀쩡한 사람을 병들게 하는 시국에 불안이 개탄스러울 따름이다.

오늘날은 가짜가 판치는 요지경세상이다. 똑똑하고 멀쩡한 사람이 사기를 당하는 것을 보면 나도 언제 사기 당할지 무섭기까지 하다. 욕심부리지 말고 진실한 사람과 함께 오순도순 행복하게 하루하루 살면서 주변의 어렵고 힘든 사람들을 돌보며 살맛나는 세상을 만나고 싶다.

세상을 밝히는 죽음

　인간으로 태어난다는 것은 100년만에 물위로 떠오르는 애꾸눈을 가진 거북이가 구멍 뚫린 나무토막 사이로 빠져나오는 것 같이 어렵고 기적이라고 한다. 인간으로 태어났다가 죽음을 맞는 것은 상상하기 조차 싫을 정도로 무섭고 괴롭고 슬픈 것이다.

　생명의 소중함을 알고 살아있는 생명을 구하라는 아버지의 유지에 따라 소방관의 길을 걸어온 이재만 소방위, 쌍둥이와 임신 중인 아내를 두고 죽음을 맞은 한상윤 소방장, 특전사 출신 김종현 소방교 사랑하는 아내와 딸, 태어나지 않은 둘째를 뒤로 한 채 유명을 달리한 이창호 소방장, 효자였던 이석훈 소방장, 이들은 올해 순직한 소방관이다.

　국민의 생명과 재산을 보호하는 소방관의 죽음에 추모하는 열기가 뜨겁다. 소방서장이 무릎을 꿇고 부하를 잃은 슬픔에 눈물을 흘리는 모습을 보고 나도 그만 울고 말았다. 이러한 값진 희생은 오래오래 우리의 기억 속에 남는다.

얼마 전 췌장암으로 별세한 스티브잡스의 죽음 앞에 그를 애도하는 모습을 보며 분열된 세계가 모처럼 일치된 현상을 보였다. 잡스의 죽음에 대한 세계의 반응을 보면서, 우리 역사에서 그 죽음을 온 국민이 슬퍼한 사례가 떠올랐다. 조선시대의 무신(武臣)으로는 이순신 장군의 죽음이 가장 큰 애도를 받았다. 문신(文臣) 중에서는 율곡 이이의 경우가 그에 필적한다.

두 분 모두 덕수 이씨이며 선조 때의 인물로 국가적 전쟁의 와중에서 별세했다는 공통점이 있다. 이순신 장군은 남쪽의 일본이 일으킨 전쟁인 임진왜란이 종결되는 시점에서 전사했고 그의 전사 사실을 안 백성들이 자기 부모가 별세한 듯 통곡하며 슬퍼했다고 한다.

율곡은 북쪽의 여진족이 쳐들어온 전쟁인 니탕개란이 진행되고 있던 시기에 병사했으며 율곡은 매우 뛰어난 학자이자 문신이었다. 어렸을 때부터 천재적인 두뇌와 문장으로 과거시험 볼 때마다 석권하여 아홉 번 장원의 영예를 안았다. 벼슬길에 오른 뒤 투철한 안목과 철저한 현실 감각, 뛰어난 행정력으로 능수능란하게 국정을 다루었다.

선조 15년(1582년) 12월에 병조판서로 임명받은 그는 벼슬을 사양하고 있다가 선조 16년 1월 하순 니탕개란이 발발하자 임금님의 명을 받아 취임하여 전쟁 진압을 총지휘했다. 율곡은 수십 년만의 외침(外侵)으로 전쟁이 일어난 비상시기라 처리할 사무가 엄청났지만 사무를 잘 처결했다고 한다.

전시비상대책인 "공안(貢案)을 고치고, 액외병(정원 외 병사)을 두고, 곡식을 바친 자에게 관직을 제수하고, 참전한 자에게 서열을 무시하고 특전을 주는" 등 여러 개혁정책이 정치적 반대자들의 강력한 반발을 불러일으켜 거센 탄핵과 비난을 당한 끝에 그해 6월에 병조판서 자리에서 물러나 고향으로 돌아갔다.

나라가 위태롭게 되자 임금님의 명을 받은 그는 넉 달 뒤에 이조판서로 임명되어 10월 말에 상경하여 취임했으나 두 달여 만인 선조 17년 1월 7일 향년 48세의 한창 나이에 병사했다. 전시의 격무와 잔혹한 탄핵으로 인한 막중한 스트레스가 그의 운명을 달리하게 되었다. 그의 죽음은 온 나라에 큰 충격과 슬픔을 주었다. 그를 격렬하게 탄핵하고 비난했던 반대자들의 지도자였던 우성전(禹性傳)이 쓴 "계갑일록"에는 당시의 모습이 이렇게 기술되어 있다.

"임금님이 부고를 듣고 애통하여 울음소리가 밖에까지 들렸다. 궁벽한 촌민들도 모두 머리를 모아서 곡하고 슬피 울부짖으며 서로 조상(弔喪)했다. 태학생(太學生), 금군(禁軍), 시민, 하급관리, 각 관청의 아전들이 모두 와서 울며 제전(祭奠)을 드렸다. 발인하는 날 횃불을 들고 영구를 보내는 사람이 수십 리에 뻗쳐서 거리를 메웠고, 동네마다 슬피 우는 소리가 들판을 진동했다. 성균관에 기수하는 유생들이 성균관으로부터 향과 제찬(祭粲)을 메고 백색 단령을 입고 좌우로 줄을 나누어 걸어가며 길 가는 사람을 벽제(僻除)하니 상소할 때와 같았다"고 고백한다.

강력한 탄핵과 비난이 닥칠 것을 충분히 예상하고도 국가의 존립을 위하여 과감한 개혁정책을 실시했던 율곡의 살신성인(殺身成仁)의 자세를 기리고 그로 인한 죽음을 온 백성이 슬퍼한 것이다. 니탕개란이 일어난 지 9년 뒤에 임진왜란이 일어났고, 니탕개란 때 경험했던 율곡의 개혁정책들은 임진왜란에 대처하는 기본정책들이 되어 전쟁의 승리에 크게 기여했다. 그로보아 율곡이 별세했을 때 그처럼 슬퍼했던 민중의 역사 보는 눈이 정확했음을 알 수 있다.

우리가 그 생애를 높이 기리고 그 죽음을 크게 슬퍼할 위인을 갖는다는 것은 실로 큰 축복이고 국민으로서는 큰 행운이다. 그런 위인들로 인하여 역사가 발전하고 민중의 생활이 향상된다. 우리 사회가 그런 위인들을 어떻게 찾아내서 길러내며, 어떻게 그들의 위인 됨이 제대로 발현되게 할 수 있을까. 지금 우리에게 주어진 중요한 과제다.

권력을 잡았다고 해서 온 세상이 자기 것인 양 떵떵거리며 권력을 누리며 살다 비참한 죽음을 맞이하는 사람들을 볼 때 한없이 불쌍함을 느낀다. 인간으로 이 세상에 기적적으로 태어났으면 순국자가 되어 후세로부터 존경받는 자가 위인인 것이다.

신비한 뇌(腦)의 세계

우리 인간은 무한한 가능성과 잠재력을 갖고 이 세상에 태어난다. 특이한 것은 엄마 뱃속에 있을 때부터 말을 못할 때도 동화책을 읽어 주거나 들려주면 그것이 뇌 속에 내재되어 있으며 어린이 스스로 어렸을 때부터 12살 때까지 책을 많이 읽으면 책을 읽는 것이 습관화된다는 것이다.

뇌 속에서는 학습내용을 저장할지 말지에 대한 판단은 대뇌피질 속 가장자리에 있는 "해마"라는 신경세포다발에서 한다. "해마"는 길이 5cm, 지름1cm로 새끼손가락 크기지만 단기기억 저장장소로써의 역할뿐 아니라 장기기억을 만들기 위해 대뇌피질로 보내는 역할도 한다. 동물 가운데 꿀벌은 뇌세포가 17만 개나 된다.

하지만 사람의 줄기세포는 1,000억 개이고 뇌세포는 150억 개이다. 인간은 3살까지 지능이 70% 성숙하고 7살까지 90%의 지능이 성숙한다. 아이가 갓 태어나서 소의 젓인 분유를 먹인 아이의 감정지수와 모유를 먹는 아이의 감정지수는 엄청난 차이가 있다는 것이다.

훌륭한 자식으로 키우려면 엄마의 따뜻한 품안에서 모유를 먹이고 따뜻한 체온으로 키워야 정서적으로 안정감 있게 잘 자랄 수 있다. 사람은 20살까지 뇌세포가 발달하는데 중요한 것은 가정교육을 어떻게 받고 자랐느냐가 인격형성에 직접적인 영향을 준다는 것이다.

아이들이 학교에 입학하면 선생님의 인격을 배우고 닮아가지만 친구들과 놀면서 더 많은 것을 배우게 된다. 또 어렸을 때일수록 책을 많이 읽으면 이해력이 풍부해지고 간접경험이지만 풍부한 경험을 쌓아 훌륭한 인격체로 성숙할 수 있다.

지구촌 사람 중 인간으로서 가장 뇌세포를 많이 사용한 사람은 아인슈타인이라고 한다. 아인슈타인도 뇌세포를 17억 개 정도 사용하고 죽었다고 한다. 인간 뇌세포의 1/10 정도 조금 더 사용했다는 얘기다. 뇌세포는 20살까지는 발달하지만 그 이후에는 하루에 5만~10만여 개의 신경세포가 죽는 것으로 알려져 있다. 나이가 들면 기억력이 떨어지고 건망증이 심해지는 것도 이 때문이라고 한다.

필자도 안경을 낀 채 한참 안경을 찾은 적도 있고 목욕탕에서 옷장열쇠를 오른쪽 팔목에다 차고 있으면서 목욕탕 열쇠가 없다고 야단법석을 떤 적도 있다.

어렸을 때 음악이나 미술감상으로 감정의 뇌를 발달시키면 "해마"도 덩달아 활동이 왕성해진다는 것이다. "해마"를 직접 자극하는 좋은 방법은 하루에 꾸준히 20~30분 정도의 책을 읽고 손에 펜을 잡고 글을 쓰며 주위 사람들과 대화를 자주 나누는 것이 좋으며 뇌에 간접적으로 자극을 주는 방법으로는 체중이 실리는 운동이나 걷기운동을 하루 30분 이상 하는 것이 좋다고 의학 전문가들은 말하고 있다.

과음은 뇌(腦)에 독약과도 같다고 한다. 많은 양의 알코올은 직접 뇌세포를 죽이기 때문이다. 뇌의 영양분은 아침에 특히 부족해지기 때문에 아침 식사를 하는 것이 뇌 건강에 좋으며 치매 예방에도 좋다고 한다.

뇌는 하루에 400cal의 에너지를 소비하는데 그 에너지원은 혈액에서 운반되는 포도당이다. 탄수화물이 포도당으로 변하니 아침 식사의 중요성을 알고 젊은 사람들이 즐기는 빵이나 햄버거는 아침에 안 먹는 것이 좋겠다.

뇌에 적절한 자극을 주기 위해서 식사 시간은 30분 정도로 하고, 음식은 꼭꼭 씹어야 한다. 잠은 6시간 이상 충분히 자는 것이 좋다고 의사들은 권한다. 제대로 잠을 자지 못하면 반드시 기억해야 될 정보와 필요 없는 정보가 뒤섞여 기억을 하는데 방해가 되는데 멍한 상태가 지속된다는 것이다.

매일 일찍 일어나 운동을 한 사람은 어떤 다른 결과가 나올까? 일찍 일어나 운동을 한 사람은 키도 크고 튼튼하며 머리가 좋아져 공부도 잘 하겠지만, 늦잠을 자는 사람은 두뇌 활동도 왕성하지 못하게 된다. 게으른 사람은 생활의 의욕을 잃어 소극적인 사람으로 성장할 수 있다. 일요일이면 가족이 함께 등산, 줄넘기, 훌라후프 등을 하면서 가족 모두의 건강을 지키고 행복이 넘치는 인생으로 살아가길 바란다.

임금님의 수명과 소크라테스의 발자취

가야를 세운 김수로왕은 199세까지 살았는데 우리 역사상 가장 장수한 임금이다. 고구려의 제6대 임금인 태조왕은 "삼국사기"와 "삼국유사"에 따르면 태어난 때는 47년이며, 165년에 죽었으니 119세까지 살았다는 얘기다.

고구려의 장수왕은 98세까지 살았고 조선의 임금 중에는 82세에 세상을 떠난 영조가 가장 오래 산 왕이다. 고려시대 임금의 수명은 42.3세이며 조선시대 임금의 평균 수명은 47세라고 한다.

당시 임금들은 가장 좋은 음식을 먹고 최고의 의료 혜택을 받았을 텐데 평균수명이 50세도 안된다고 하니 좀 이상한 생각이 들 것이다. 조선시대 왕들은 매일 신하들을 만나 나랏일을 보고받고 의논하고, 각종 행사에 참여하거나 찾아오는 손님을 만났다.

신하와 백성들이 올린 상소문도 일일이 검토해야 했다. 그야말로 새벽부터 밤늦게까지 바쁘고도 힘든 하루하루를 보내야 했다. 바쁘다 보니 운동할 시간이 부족하고 최고 통치자로 겪는 심한 스트레스 때문에 단명할 수 있다. 그러니 아무리 좋은 음식을 먹거나 최고의 보살핌을 받아도 수명을 제대로 누릴 수가 없었을 수 있겠다.

고려의 왕들 역시 크게 다르지 않았을 것이다. 조선의 왕 27명 중에 60세 이상을 살았던 왕은 태조(73세), 정종(62세), 광해군(66세), 영조(82세), 고종(68세) 등 고작해야 5명, 고려의 왕 34명 중에는 태조(67세), 문종(65세), 명종(72세), 신종(61세), 강종(62세), 고종(68세), 충렬왕(73세) 등 총 7명만이 60세 이상을 살았다.

수신제가치국평천하(修身齊家治國平天下)라는 말이 있듯이 높은 지도자일수록 자기관리를 철저히 해야 하겠다. 그렇다면 세계적인 인물, 소크라테스는 어떻게 살았을까.

기원전 399년 봄 아테네의 시민들은 「국가가 인정하는 신(神)들을 믿지 않고 청년을 부패 타락시킨다」는 죄목으로 소크라테스를 사형에 처했다. 70세의 노(老)철학자 소크라테스는 사형선고를 받고 아테네의 법정을 떠나면서 아테네 시민들에게 이렇게 외쳤다.

"여러분들은 나에게 사형을 선고했다. 그러나 얼마 안 가서 여러분들은 나를 살해한 것을 반드시 후회할 것이다. 나와 같은 사람이 다시는 아테네에 나타나지 않을 것이다. 자, 나는 죽으러 가고 여러분들은 살러 간다. 누가 더 행복할 것이냐. 오직 신(神)만이 안다. 나에게는 죽음의 공포가 없다."

한 달 후에 소크라테스는 태연자약(泰然自若)하게 독배를 마시고 감옥에서 70년 생애의 막을 내렸다. 그는 죽으면서 사랑하는 제자

클리톤에게 이렇게 말했다.

"사는 것이 중요한 문제가 아니라. 바로 사는 것이 중요하다."

바로 산다는 것은 어떻게 사는 것이냐. 하루를 살더라도 진실 되게, 아름답게, 보람 있게 사는 것이라고 갈파했다.

누가 소크라테스를 죽였는가? 5백 명의 어리석은 아테네의 시민들이다. 소크라테스를 죽였다는 것은 진리(眞理)와 정의(正義)를 죽인 것이다. 진리와 정의를 죽인 국민은 조만간 멸망하고 만다. 소크라테스가 죽고 얼마 후 그리스는 이웃 나라인 마케도니아에게 멸망하고 말았다.

無病長壽하려면 걷기 運動부터 始作하라

　　고대 그리스의 철학자요, 정치가인 아리스토텔레스는 걷기의 중요성을 최초로 설파했다. 또 소크라테스의 수제자 플라톤은 틈만 나면 친구들과 함께 올리브숲속을 걸으면서 얘기하고 토론하며 철학의 학문을 공부하며 아카데미 학원을 설립했다. 그들은 걷는 것을 자연과 세상의 변화를 심적, 정신적, 육체적으로 느끼게 하는 가장 좋은 방법이라 믿었기 때문이다.

　　발바닥에는 우리 인간의 오장육부(五臟六腑)가 있기 때문에 걷기를 통한 발의 자극이 인간의 신경과 두뇌를 깨치게 하고, 생각과 삶의 깊이를 더하게 한다고 했다. 햇볕을 쬐며 꾸준히 걸으면 비타민 D가 풍부하여 뼈가 튼튼해지고 잡념이 없어져 무병장수할 수 있다고 했다.

　　요즘 젊은 사람들 중 당뇨병 환자가 많고 혈압이 높은 사람이 많은 것은 걷지 않든가 걷기를 싫어해서 그런 것이라 생각한다. 많은 의사들은 매일 걷기를 1시간 이상 하면 혈당치가 정상이 되고 비만이 없어지고 무병장수(無病長壽)할 수 있다고 한다.

정신의학계에서는 산책 등 가벼운 운동이 약물 운동에 버금가는 우울증 치료 효과가 있다고 말한다. 걸으면 식욕도 생기고 치매가 없어지고 골다공증 발생도 줄어든다고 한다.

"건강은 인생의 첫째 가는 재산이다" 장수를 누린 미국의 사상가 에머슨의 말이다. 건강하지 않으면 주위 사람들로부터 천덕꾸러기 신세가 된다. "돈을 잃은 것은 인생에서 적은 것을 잃은 것이요, 용기를 잃은 것은 많은 것을 잃은 것이고, 건강을 잃으면 인생의 전부를 잃어버린 것이다"라는 명언이 있다.

천하무적의 권투선수 '알리'도 건강을 잃고 비틀비틀 걷는 모습을 보일 땐 참 가슴이 아팠다. 세상을 놀라게 한 비범한 천재도 치매에 걸리면 IQ 50의 바보만도 못하다. 절세의 미인도 병들면 박색의 추녀 만큼도 매력이 없다. 건강을 지킨다는 것은 자기 자신에 대한 행복이며 동시에 가정과 사회를 지키는 행복이다.

건강한 나무에 행복의 꽃이 피고, 사랑의 잎이 무성하고, 소망의 향기가 풍기며 기쁨의 열매가 열린다. 우리가 매일 공기를 마시고 살면서도 공기의 소중함과 고마움을 모르듯이, 건강할 때에는 건강의 행복과 가치를 모르고 산다. 이 지구촌의 모든 사람은 누구나 오래 살고 싶어 한다. 그러나 건강하게 오래 살아야 삶의 행복과 보람을 느끼며 살 수 있다.

많은 의학계 전문가들은 건강을 오래오래 지키며 행복하게 살려면 첫째, 과식이나 과음을 하지 말아야 하며, 둘째, 편식하지 말아야 하며, 셋째, 과색(過色)하지 말아야 한다고 말한다. 호색인은 반드시 건강을 잃게 된다고 했다. 넷째, 과로하지 말아야 한다. 무슨 일이든 절대로 무리하지 말고 매사 지나치면 좋은 것이 없다고 했다. 다섯째, 과욕을 부르지 말아야 한다. 욕심이 지나치면 반드시 망하게 되든가 유혹에 넘어가게 된다. 자기 자신의 분수를 알고 분수에 맞게 살면 건강을 잃지 않는다고 했다.

무병장수하려면 첫째, 많이 걷고 또 걸어라. 걸으면 우리의 스트레스를 해소시킨다. 둘째, 자기가 할 일을 자기의 기력(氣力)에 맞게 즐겁게 하라. 셋째, 하나님을 섬기며 늘 기도하면서 살라, 그러면 행복이 저절로 스며든다. 마지막으로 기쁜 마음과 행복한 마음으로 늘 웃고 사는 것을 연습하라. 늘 편안한 마음으로 욕도 할 수 있는 친구가 곁에 있을 때 행복하게 오래오래 살 수 있음을 깨닫고 내 주위에는 허심탄회한 친구들이 많을수록 좋다.

현재 우리나라 사람의 평균 수명은 90세로 치닫고 있다. 앞으로 노년 계층이 얼마나 건강하고 재미있게 사느냐에 따라 국가 전체의 의료비 부담 규모가 달라진다. 노인들이 누구의 도움을 받아가며 병원 신세만 지고 있다면 의료비 부담 때문에 국가 재정에 많은 어려움을 겪을 수 있다. 그렇게 되지 않으려면 노인들에게 활기있게 생활할 수 있도록 정부가 앞장서 많이 걷기운동을 실천하도록 하자.

지하철 적자가 몇천억 원이다. 은현초교 학교장 시절 노인체육대회를 열어 노인들 걷기 대회를 해보았더니 노인들의 활기가 넘쳐 행복한 웃음을 볼 수 있었다. 걷는 것보다 더 큰 보약은 없다. 걷고 또 걷고 그리고 또 걸으며 행복을 누리며 오래오래 잘 사는 대한민국 국민이 되었으면 좋겠다.

세월이 말세인가 보다

　장자가 국가가 망하는 요인 10가지 중 첫째, 집단적 이기주의 둘째, 국민의 사치 셋째, 교육자를 귀하게 여기지 않을 때 넷째, 부모님께 불효할 때 다섯째, 군인이 정부에 총을 겨눌 때 여섯째, 농민이 돌을 던질 때 일곱 번째, 국민이 이혼률이 높을 때 여덟 번째, 공무원이 부패할 때 아홉 번째, 권력 투쟁할 때 열 번째, 군인이 부패할 때 나라는 망한다고 했다.

　요즘 우리나라는 나라가 망하는 조건은 다 갖춘 것 같다. 또한 집단적 이기주의가 너무 팽배해 있다.

　보수와 진보, 기업주와 노동자, 여당과 야당, 경상도와 전라도 등 모두 같은 하늘 아래서 같은 말 쓰고 같은 음식을 먹고 살면서 무조건 내편이 아니면 적으로 생각한다. 종교적 사고로 변하는 현실을 볼 때 안타깝다. 살아가는 방법이나 생각의 차이는 있을지라도 국가발전과 국민에게 도움이 되는 일이라면 한목소리를 내야 한다. 미국은 다문화 국가이고 갈등이 심해 보이지만 국가의 이익 앞에서는 항상 한목소리를 낸다. 나와 생각이 다르면 무조건 반대부터 하는 병리현상은 결국 국민과 국가에 피해를 준다. 국민의 혈세는 올바르게 쓰여야 한다. 무상급식, 무상의료, 반값 등록금 등 복지만 내세우면 국가는 망하게 된다는 사실을 우리는 그리스를 통해 보고 배웠다. 역사는 새로운 시대를 갈망하고 있는데, 우리 정치인들은 구태의 사슬에 발목이 꽉 묶여 한 발자국도 앞으로 나아가지 못하고 있다.

우리 정치토양에 깊이 배인 배신, 불신, 증오, 갈등, 거짓말, 폭력, 정적 제거의 수식어는 걷어내야 한다. 아름다운 세상을 만들려면 정직, 진실, 원칙, 용서, 화해, 상생의 씨앗을 뿌려야 한다. 지나침의 정도가 심한 인간에게는 정성과 비정상의 차이를 구별하는 것은 쉽지 않을터다. 지나침으로 인한 부작용의 연속이 지금 우리나라의 현실이다.

흡연과 과식의 피해를 막아주는 만병통치 알약은 종합 비타민이다. 종합 비타민을 매일 먹는다고 해서 담배를 피우면 오히려 그렇지 않는 흡연자보다 더 역효과가 난다는 것이다. 요즘 세상이 어떻게 돌아가는지 도무지 모르겠다. 학생이나 학부모가 선생님들을 경시하는 움직임은 물론, 학생들이 여교사를 희롱하는 동영상이 유포될 정도로 교권은 땅에 떨어져 짓밟히고 있다. 교사 앞에서 제자가 쌍욕을 해도 교사는 욕을 먹어야 한다. 교사들이 학생들의 잘못을 보고 야단치려고 하면 누구나 할 것 없이 사진을 찍겠다고 휴대폰을 들이대 학생 생활지도를 할 수 없는 게 현실이다.

학생들의 인권은 존중해 주면서 교사들의 인권 유린에는 왜 뒷짐만 지고 있는지 모르겠다. 자식뻘 되는 제자에게 맞았다고 생각해 보라. 세상 살기가 싫을 정도로 마음이 갈기갈기 찢어질 것이다. 학생들이 교사를 때리는 일이 있을 경우 가해 학생에게는 강력한 처벌을 내려야 한다. 교권이 무너지면 사회가 무질서해지고 병들게 된다. 경찰서장이 데모 진압을 위해 데모 주모자를 만나서 협상을 하려고 정복을 입고 가는 경찰을 폭행하는 나라는 이 지구상에 우리나라밖에 없다. 또한 국회의원이 법을 만드는 국회에서 최루탄가스를 뿌리고 폭행을 하고도 뭐가 그리 당당한지…

지금 우리가 사는 사회가 혼돈의 시대라고 하지만, 일반적으로 무질서, 불확실성의 표현은 '혼돈'이다. 혼돈이 질서보다 경쟁력을 발휘할 때가 있다. 하지만 질서는 사람이 살아가는데 기본이다. 질서가 언제나 아름답고 우리를 안정시키는 것인가를 회의해 보고 혼돈은 늘 추하고 불안하고 제거해야 할 것인가에 대한 의문을 제기해 보아야 하겠다. 사실 질서와 법의 테두리 안에서 세상의 모든 것을 그 품 안에 넣고 줄을 세우는 것이 가장 아름답다는 것을 알아야 한다.

세상은 질서 속에서 더욱 예쁜 꽃이 피고, 순종보다는 잡종이 훨씬 더 경쟁력이 있다. 아름다움은 우리의 삶과 영혼에 직접 찾아와 가장 선하고 고귀하고 즐거운 감정을 촉발한다.

봄꽃과 사랑

　겨울의 무섭게 부는 찬바람에도, 영하 20도 이하의 꽁꽁 얼어붙은 날씨에도 생명력을 지닌 모든 동·식물은 죽음을 이기려고 잠을 안 자며 최대의 인내심을 갖고 살아 숨쉬고 있다. 그 중에 생명력이 가장 질긴 쑥은 봄기운에 새 힘을 얻어 이 세상에서 가장 빨리 봄소식을 알린다. 쑥을 선두로 온갖 새싹들이 솟아나고 작은 싹을 돋으며 꽃들이 피어나기 시작한다.

　그런데 진짜 봄소식을 전하는 꽃은 진달래꽃이다. 진달래가 만개(滿開)하여 연분홍 꽃물결이 마을 여기저기 수를 놓고 진달래 천국이 펼쳐지면 봄나물을 캐는 시골 아낙들의 바구니에도, 나뭇꾼의 지게 위, 나무 위에도 한 다발의 진달래꽃이 실려 있다.

　어렸을 적 나무 하러 산에 갔다가 진달래꽃을 따서 빈 병에 꽂아 놓고 봄의 향기와 정취를 즐기던 옛 시절이 생각난다.

빨간 진달래가 만발하면서 봄소식을 알리면 여기 질세라 산수유도 노란 꽃으로 봄을 알린다. 학교 정원에는 파란색의 새순, 잔디와 연분홍색 꽃 잔디가 봄을 자랑한다. 어렸을 때 배고픔을 참지 못해 진달래꽃을 따서 먹으며 마음껏 즐기던 추억이 아른거린다. 물로 배고픔을 달래던 시절, 진달래꽃은 보기만 해도 배불렀고 진달래꽃을 따서 입에 넣으면 젤리(jelly) 녹듯이 녹아버린다.

삶의 여유와 낭만을 즐겼던 시절, 진달래가 만발하면 온 세상의 풍경은 아름다운 천국이 되었다. 내가 뛰놀던 고향은 자그마한 어촌 마을이었지만 뒷동산이 있어 친구들과 어울려 즐겁게 뛰어 놀다가 장난기가 발동하면 새가 까놓은 알을 깨먹고, 푸득거리며 날갯짓을 하는 새를 쫓아가 잡기도 하고 토끼도 잡겠다며 이리 뛰고 저리 뛰었던 그 시절 봄의 추억은 마냥 즐겁기만 하다.

봄에 피는 작은 풀꽃은 추운 겨울 동안 죽은 듯 색깔을 잃고 지내다가 대지에 봄기운이 돌아오면 자기의 본색(本色)을 띠우며 꽃 냄새를 풍긴다. 특히 봄맞이꽃은 실같이 가는 꽃대가 올라와 끝에 흰 꽃잎 넉 장이 활짝 펼친다. 봄맞이꽃을 보고 걷다가 뒤돌아보면 몇 송이가 새로 피어나 있는 것을 볼 수 있다. 봄에 피는 작은 풀꽃은 우리가 힘들게 살아가면서도 환하게 웃을 수 있는 희망이고 발자취였다. 이 세상에 봄은 우리의 행복이요 사랑인가 보다.

청춘(靑春), 회춘(回春)… 봄을 오래 간직하고 싶은 말들이다. 이 세상에 봄이 있고 봄소식이 있기에 풀과 나무에 아름다운 꽃이 피듯이 당신의 가슴 속에 형형색색 봄꽃의 추억이 살아 숨쉬고 있을 것이다. 꽃이 아름다운 것은 모진 바람, 세찬 바람, 꽁꽁 얼어붙는 겨울, 찬바람과 눈바람의 매서운 추위가 있기에 우리는 봄을 더 기다리고 꽃이 더 아름다운 것이다.

꽃은 사랑을 찾아가는 세상의 입술이다. 살포시 입 맞추고 싶은 꽃은 내 마음 속에 거짓과 허위와 턱없는 허울과 가식을 태우는 불꽃이다. 꽃은 항상 환한 미소를 보이지만 아름답고 예쁘다고 자랑하지는 않는다. 꽃은 우주의 생존 본능이다. 새로운 생명이 샘솟고 세상 살기가 각박하고 힘들어도 저 아름다운 자연을 보고 꽃의 생존의 법칙을 보면서 우리는 희망의 끈을 붙들고 살아갈 수 있다.

고려조의 충신 정몽주의 '단심가'도 바로 지조와 절개의 단심을 잘 표현해 준다. 봄에 피는 모든 꽃은 애정의 색상이 아니라, 지조와 절개, 충절을 표현하는 단심의 표상이기도 하다. 그런 점에서 우리 인간은 꽃 앞에 겸손하고 작아져 아름다운 사랑을 배우고 실천해야 하겠다.

오늘이 3月의 마지막 주인데 지금 바깥 날씨는 겨울 찬바람이 세차게 불어온다. 요즘 날씨가 변덕을 부리고 강원도에는 폭설이 내리고 있지만 그래도 봄은 봄이다. 봄기운에 눈 녹듯이 녹을 것이고 그 후 온 들판에는 생활의 꽃, 사랑의 꽃, 충절의 꽃, 봄꽃들이 활짝 피어나 꽃 세상을 만들 것이다.

독일의 대 문호 괴테는 하늘에는 별이 있고, 땅에는 꽃이 있으며, 인간에게는 사랑이 있다고 했다. 어디 별 없는 하늘, 꽃 없는 땅, 사랑 없는 사람들이 공존한다고 생각해보자. 상상조차 하기 싫을 것이다. 이 세상에서 가장 아름다운 것이 무엇이냐고 물으면 꽃이라고 말할 것이다. 그러나 꽃보다 더 아름다운 것은 사랑이다. 우리 모두 사랑이 넘치는 아름다운 사회를 만들어가자.

東海旅行의 美學

우리 조상은 찢어지게 가난하게 살았고 배고픔을 참고 살았지만 늘 여유있는 낭만의 세계에서 살았다. 힘들 때는 흥겨운 노래로 세월의 아픔을 달랬던 지혜로운 조상이다.

영국의 한 신문은 "한국 사람은 자신을 기업과 국가라는 커다란 기계와 작은 부품 정도로 생각하는 사고방식이 장기휴가 도입에 큰 장애"라면서 한국인의 인색한 휴가문화를 꼬집었다.

인생은 짧다. 그러기에 멋있고 재미있게 살아야 한다. "배낭을 메고 여행을 떠나요"라는 노래도 있다. 백문이불여일견(百聞不如一見)이란 말이 있다. 백번 듣는 것보다 한 번 보는 것이 낫다는 말이다.

프랑스어로 휴가를 뜻하는 바캉스(Vacance)는 '텅 비우다' 라는 뜻인데 라틴어에서 온 말이다.

선진국에선 연금제도가 잘 되어 있어 노후 생활을 걱정하지 않는다. 저축은 여행을 다니기 위해서란다. 외국여행을 많이 다녀본 편인데 우리나라의 아름다운 바다는 동해, 서해, 남해, 제주도해의 바다 색깔이 각각 다르고 아름답다. 특히 동해와 제주도는 최고의 명소다. 푸른 바다와 깨끗한 백사장, 우거진 송림과 산천계곡, 아름다운 금수강산, 싱싱한 수산물과 넘치는 파도, 잔잔한 경포호수, 푸른 바다를 보면 확 터질 듯한 기분에 스트레스를 한방에 날려보낸다.

명승지 동해여행을 떠나면 관동팔경과 경포대, 오죽헌, 해안선을 따라 남북으로 길게 뻗은 7번 낭만 국도는 해변, 항포구로 연결되는 해안도로가 있는데 그 도로를 달리다보면 넘실대는 동해의 파도소리와 함께 달리게 된다.

동해안 최북단 고성 화진포 해변의 유리빛 백사장과 호수 주변에는 해양박물관, 이승만과 김일성 별장이 있다. 속초 등대에 오르면 영금정이 한눈에 들어오고 동명항과 대포항을 찾으면 싱싱한 해산물 먹을거리가 즐비하여 설악산을 찾는 관광객들에게 인기가 식을 줄 모르는 곳이다. 7번 국도로 계속 달리다 보면 천년 고찰로 유명한 낙산사가 있다. 또 비교적 가까운 곳에 있는 양양 하조대 정자에 오르면 깎아세운 듯한 기암괴석과 절벽, 바다에 떠있는 올망졸망한 바위섬과 주변에는 해송이 우거져 추천하고 싶은 코스이다.

남애항은 작은 어촌인데 바위들이 동그랗게 쌓여 있어 미역, 태박도 딸 수 있고 자연산 회도 싸게 먹을 수 있다. 수도권과의 접근성이 편리하다 보니 입찰 시간에 맞추어 새벽녘부터 활어 수송 차량이 줄지어 기다리기도 한다. 주문진항을 찾는 관광객들에게는 필수 코스인 주문진 수산시장이 있다. 이곳은 관광객을 위해 쾌적하고 친절하게 운영하고 있어 동해안의 대표적 먹을거리 시장으로 명성을 떨치고 있다. 주문진에서 조금 더 내려가면 드라마 '모래시계'의 주 무대인 정동진이 있는데 심곡 사이에는 헌화로가 있어 환상의 드라이브 코스로 누구나 즐겨 찾는 명소이다. 헌화로를 지나 해안도로를 타고 남쪽으로 내려가면 묵호등대를 만난다. 묵호항은 1941년 7월에 개항해 무연탄 중심의 무역항과 어업전진기지로서 역할을 하고 있다.

삼척에는 잘 정비한 삼척해변과 새천년도로의 조각상이 자리잡고 있다. 신남어촌마을은 고기잡이 나갔다 풍랑으로 끝내 돌아오지 못한 젊은이를 사모하던 여인의 애달픔을 위로하기 위해 매년 정월 대보름 남근을 깎아 제를 지내고 있는 해신당 공원은 전국 어촌 민속박물관 중 최고의 인기를 자랑한다. 계속되는 장마로 해변의 인기가 시들했다. 하지만 가마솥 더위가 기승을 보릴 때 피서객들은 푸름이 넘쳐나는 동해안으로 줄지어 달려갈 것이다.

아침에 동이 트는 햇살을 바라보며 젊음이 넘치는 새로운 기분으로 희망의 깃발을 꽂고 내일을 향해 힘찬 발걸음으로 달려가보자!

아름다운 인생

인간이 세상을 살아가는데 뭐니 뭐니 해도 Money가 최고이다. 돈은 어떻게 버느냐가 중요한 것이 아니고, 어떻게 쓰느냐가 중요하다. 아무리 돈을 좋은 일을 위해 쓰고 싶어도, 돈이 없으면 못 쓴다. 그렇다면 좋은 일을 하기 위하여 돈을 벌려면 어떻게 해야 하는 게 좋은가.

부자가 되려면 어떻게 해야 할까?

돈을 절약하고 저축하는 습관이 몸에 배어 있어야 한다.

내가 잘 아는 경기도의 가장 갑부가 있는데 그 분은 수천억 원의 재산을 갖고 있지만, 평생 머리를 짧게*자르고 더부룩하게 기른다. 그 이유는 이발비 몇천 원을 아끼기 위해서였다. 그렇게 절약하고 사는 것이 그 분은 몸에 밴 분이다. 그렇지만 그 분은 어려운 사람을 위해서는 돈을 절대 아끼지 않는 분이시다. 절약하고 저축하는 습관은 엄청난 결실을 가져 온다. 오늘날 우리나라가 세계 경제대국 10위에 들어선 것은 우리 국민들의 피눈물 나는 노력과 절약 정신 때문이다.

6·25 전쟁 직후 우리나라와 국민은 너무 가난하여 먹고 살 길이 막막했다. 1963년 박정희 대통령은 국민들이 너무 가난하여 도움을 요청하기 위해 미국 대통령 존 F. 케네디를 만나러 태평양을 건너 백악관을 찾아 갔었지만 혁명으로 대통령이 된 사람은 인정할 수 없다며 끝내 만나주지 않았다. 그 때 미국은 쌀, 우유, 밀가루 등 우리나라에 주던 원조도 중단했다.

가난한 한국에 돈을 빌려줄 나라는 이 지구상 어디에도 없었다. 지푸라기라도 잡고 싶은 마음에, 우리와 같은 분단국가인 서독(지금은 독일)에 돈을 빌리러 대사를 파견하였다. 미국이 돈을 빌려주지 못하도록 온갖 방해를 했지만 이를 무릅쓰고 1억 4,000마르크를 빌리는데 성공했다. 하지만 우리는 돈을 빌리는 조건으로 서독이 필요한 간호사와 광부를 보내주어야 했고 그들의 봉급을 담보로 잡혀야 했다.

광부를 500명 뽑는데 4만 6천 명이 몰려 왔다고 한다. 왜 이렇게 많은 사람이 몰렸을까? 일자리가 없고 먹고 살 길이 막막했기 때문이었다. 낯선 땅 서독에 도착한 간호사들은 시골 병원에 뿔뿔이 흩어졌다. 말도 통하지 않는 간호사들에게 처음 맡겨진 일은 죽은 사람의 시체를 닦는 일이었다고 한다. 어린 간호사들은 무섭고 징그럽고 더러운 시체를 하루 종일 닦고 또 닦았다. 남자 광부들은 지하 1,000m가 넘은 땅 속에서 제대로 숨도 못 쉬는 악조건 속에서도 열심히 일했다.

그때 그 모습을 본 서독 방송, 신문들은 한국 사람들을 대단히 근면한 민족이라고 찬사를 보내기 시작했다. 몇 년 뒤 서독 대통령의 초대로 박정희 대통령은 서독을 방문하게 되었다. 당시 우리나라 사정으로 대통령이 전용비행기를 탄다는 것은 상상할 수조차 없었다. 어쩔 줄 몰라 하는 우리나라 입장을 알고 서독은 국빈용 항공기를 우리나라에 보내주었다.

서독에 도착한 故 박대통령과 서독 대통령은 광부들과 간호사들을 위로하기 위해 강당에 들어갔다. 작업복을 입은 광부들의 얼굴은 시커멓게 그을려 있었으며, 우리나라 애국가가 흘러 나왔을 때는 너무 목이 메어 애국가를 부를 수조차 없었다고 한다. 故 박대통령은 눈물에 잠겨 "열심히 일합시다. 후손들을 위해 열심히 일합시다."라는 말만 반복했다고 한다. 대통령과 영부인 육영수 여사도 귀한 신분도 잊은 채 소리 내어 눈물을 흘리자 함께 자리하고 있는 광부와 간호사들은 모두 울면서 "어머니! 어머니!"하며 영부인 육영수 여사 앞으로 몰려나갔다고 한다.

故 육영수 여사는 한 명 한 명 껴안아 주며 함께 울면서 "조금만 더 참아달라."고 위로했다. 이 광경을 지켜본 뤼브케 서독 대통령도 거기에 모인 양국 대표들도 모두 다 울고 있었다.

떠나는 박대통령에게 "고향에 가고 싶어요! 부모님이 보고 싶어요!"라고 말하며 박대통령과 육영수 여사를 붙들고 울고 또 울었다. 호텔로 돌아가는 차 안에서 박대통령이 계속 눈물을 흘리자 옆에 앉은 뤼브케 대통령은 손수건을 직접 주며 "우리가 도와주겠다!"라고 약속했다고 한다. 지금도 필자는 그 상황을 생각하면 눈시울이 붉어진다.

그 당시 한국은 자원도 없고 돈도 없는 세계에서 가장 못사는 나라였다. 당시 필리핀 국민소득 170불, 태국 220불, 우리나라는 76불이었다. 북한은 당시 우리나라보다 부자였다.

1964년 드디어 국민소득 100달러를 달성했다. 이 100달러를 달성하기 위해 단군 할아버지 때부터 무려 4,300년이라는 긴 세월이 흘렀다.

동네마다 엿장수들이 돌아다니며 "머리카락 파세요! 머리카락 파세요!"라고 외치고 다니며 길게 땋아 늘인 아낙네들의 머리카락을 사러 다녔다. 가난한 국가에서 머리카락을 모아 가발을 만들어 수출을 했다. 머리카락 팔아서 쌀을 사고, 학비를 보탰던 시절을 여러분들의 할아버지, 할머니들은 다 경험하셨다.

1년 뒤인 1965년, 수출 1억 달러를 달성했다. 세계가 놀랐다. 세계인들은 우리나라를 보고 "저 거지들이 1억 달러를 수출했어?"하며 '한강의 기적'이라는 말을 하며 비아냥거렸다고 한다. 그 시절에는 집집마다 시계도 없고 라디오도 없고, TV Set, 냉장고, 세탁기도 없고, 전화도 없었다. 물론 신문 보는 집이 거의 없던 시절이다.

할아버지, 할머니, 아버지, 어머니들이 양말을 꿰매 신고, 바지도 꿰매 입고, 오직 후손들을 위해 절약하고 또 절약하였기 때문에 우리나라는 오늘날과 같은 부자가 되었다는 사실을 젊은 사람들은 알아야 한다. 피땀 흘리고, 외국에서 시체를 닦고, 1,000m 지하에서 연탄을 캐고, 월남 전쟁에서 목숨을 잃고 벌어온 그 돈으로 우리나라가 경제대국이 되었음을 알아야 한다. 조상들의 노력을 생각해서라도 근검하고 절약하고 검소한 생활을 배워야 한다. 지금 북한을 보고, 필리핀을 보라. 얼마나 가난한가. 또 베트남은 그때 당시에도 나무

밑 그늘에서 머리를 깎았는데 지금도 나무 그늘 밑에서 머리를 깎고 있지 않은가.

요즘 젊은이들은 돈의 가치를 모르는 것 같아 참으로 안타깝다. 가난하지 않으려면 종자(種子)를 어떤 어려움이 있어도 먹어서는 안 된다. 옛날 우리 조상들은 아무리 배고프고 힘들어도 벽에 걸린 옥수수 종자나 땅속에 파묻어 놓은 감자 종자는 먹지 않았다. 부자가 되려면 첫째, 검약하고 둘째 저축, 셋째 사치(奢侈)하지 말고, 넷째 부지런한 사람이 되어야 한다. 그렇게 하면 모든 사람들은 부자(富者)가 될 수 있다고 감히 자신있게 말해 본다.

웃음꽃 세상

웃으면 복이 온다는 말이 있다. 5분 웃으면 2시간 에어로빅 운동 효과가 있다고 한다. 선조들은 죽을 때도 표정을 웃으라고 했던 것 같다. 우리 조상은 힘들고 고달픈 삶을 살았지만 항상 흥이 나는 노래와 창(唱)이 있었다. 한맺힌 세월을 한탄하는 구슬픈 소리를 듣다 보면 저절로 생활의 아픔을 잊고 희망찬 내일을 꿈꾸게 된다.

신라 때 발굴된 많은 토용들을 보면 웃고 있거나 웃고 있지 않더라도 그 얼굴 형용을 보면 웃지 않을 수 없게끔 조형을 하고 있다. 영원히 잠든 혼백을 해칠 악령에 대한 웃음작전일 것이다.

경주 용강고분에서 출토된 토용들의 특징은 웃음을 실감나게 살린 미소토용이 끼여 있었다는 것이다. 감정 노출을 악덕시했던 유구한 전통 때문에 우리 할머니, 할아버지들이 웃거나 울 때의 표정은 별반 차이가 없다.

우리가 어렸을 때 여자들이 소리 내어 웃거나 웃다가 치아가 보이면 큰 흉이었다. 이 지구상의 모든 동물 가운데 웃을 수 있는 동물은 인간밖에 없다. 웃음은 세균 침입을 막는 방패조끼라고 한다. 웃기만해도 병에 걸리지 않는다는 이야기이다.

옛말에 "一笑一少"와 반대인 "一怒一老"란 말이 있다. 한 번 웃으면 한 번 젊어지고 한 번 화내면 한 번 늙는다는 말이다. 웃음박사 황수관은 "월요일을 원래 웃고 화요일은 화통하게 웃고 수요일은 수수하게 웃고 목요일에는 목 터지게 웃고 금요일은 금방 웃고 또 웃으며 토요일은 토실토실하게 웃고 일요일은 일어나자마자 웃자"라고 말하고 다닌다.

웃으면 99세까지 88하게 산다고 했다. 세상 살다보면 웃을 일보다는 화가 나는 일이 더 많다. 전기 요금, 수도 요금, 대학 등록금 등 모든 물가가 오르기만 하니 웃음이 나오겠는가. 힘들고 짜증이 나더라도 웃음을 잃지 않는 지혜를 배우고 익히도록 하자.

지나친 포퓰리즘으로 거덜난 일부 유럽 국가들의 재정 파탄을 보면서 앞으로 10대 20대들의 내일을 생각하면 걱정이 많이 앞선다. 국가의 빚더미를 10대 20대들이 짊어져야 하니깐 말이다. 정치인들은 자기가 한 말에 책임을 져야 한다. 책임지지 못할 얘기는 안한 것보다 못하다.

나라가 망하든 말든 국민을 속이고 인기를 끌어 당선만 되면 된다는 생각 때문에 무책임한 얘기를 많이 하는 지도자들을 보면서 이 나라의 미래가 걱정된다. 우리는 아주 자그마한 일에도 만족할 줄 알고 웃음을 잃지 말아야 되겠다. 웃음을 찾는 길은 여러 가지가 있다.

낚시꾼들이 고기를 낚게 되면 좋아서 웃고 자기 자신이 코메디언이 되어 남을 웃겨도 행복해질 것이다. 웃음치료사를 초청하거나 웃음치료로 효과를 본 사람들로부터 치료담을 듣는 것도 좋겠다.

어쨌든 웃음이 죽을 병도 낫게 한다니 온갖 방법을 동원해서라도 웃음을 생활화해야겠다.

단오와 쑥 이야기

음력으로 5월 5일은 단오인데 예전부터 단오에는 쑥떡을 먹었다. 웬 쑥떡 이야기냐고 하겠지만 단오에 쑥떡을 먹는 풍습은 유서가 깊다.

중국 송나라 때 무규가 쓴 연북잡록(燕北雜錄)에도 쑥떡 이야기가 나온다.

단오날 발해에서는 쑥떡을 만들어 동네 잔치를 벌였다고 한다. 발해는 고구려 땅이었으니 우리 조상은 단오에 쑥떡을 먹는 날이라고 믿었고 액땜을 막는데 가장 특효약은 쑥으로 만든 음식이라 믿고 살았다. 사실 쑥은 약초이지만 잡초 취급을 받고 있다.

임진왜란 때나 6·25때 곡식을 일본놈한테 약탈 당할 당시 우리 조상이 먹고 산 것은 유일하게 쑥이었다. 흉년에 굶어 죽지 않고 살아남은 것은 쑥이 있었기 때문이다. 쑥은 우리 민족을 살린 보강 식품이다. 그런데도 사람들은 화(禍)만 나면 쑥대밭 운운한다. 단옷날 아침 쑥이나 창포로 머리를 감으면 귀신을 가장 효과적으로 쫓아내고 예방한다는 얘기가 있다. 예로부터 우리 조상은 홀수는 양의 성질을 띠고 있다고 믿었으며 5라는 숫자가 둘겹치는 날의 오시(午時), 즉 정오를 근방으로 하여 양기가 가장 세다고 생각했다. 따라서 이때 양기의 도움을 받아 귀신의 접근을 막는다고 믿었다.

옛조상들은 귀신이 병을 가져온다고 믿고 점쟁이, 성황당, 큰나무, 큰돌, 해, 달, 심지어는 장독에다 물을 얹어놓고 아침 저녁으로 복받게 해 달라고 빌었다. 단오가 지나고 머지 않아 여름이 다가올 무렵이면, 고온다습한 기후에 미생물과 각종 해충이 번성하기 좋은 환경을 접하게 된다. 이쯤되면 농촌에는 모내기를 거의 마무리하면서 전염병이 걸리기 쉬운 여름철을 대비한다. 북부지방에서 단오를 중히 여겼다는 사실만 봐도 단오절은 따뜻한 계절과 크게 관계가 있다고 할 수 있다.

단오절에는 창포 뿌리를 캐서 잘라 비녀처럼 머리에 꽂고 쑥잎이나 줄기를 호랑이 모양으로 만들어 몸에 지니고 다니기도 했다. 이두 식물이 귀신을 쫓는다고 생각했으니 우리 조상들은 얼마나 어리석고 귀신들의 장난에 놀아났는지 생각하면 웃음부터 나온다. 단오 때 창포에다 머리를 감았는데 창포에는 여러 정유성분이 들어 있어 혈액순환을 활발히 해주고 두피의 산화를 방지해 노화를 지연하는 효과가 있다고 한다.

단오 때 즐겨 먹는 음식도 있다. 멥쌀가루에 쑥잎을 넣은 쑥떡과 수리취절편이 있다. 쑥밥, 쑥범벅, 쑥국, 쑥물, 쑥술, 쑥떡 등 쑥이 들어 간 음식은 반드시 사람을 이롭게 한다.

아스팔트 바닥을 뚫고 나온 쑥잎과 그 줄기의 강인함은 우리 조상의 정신력을 볼 수 있다. 우리 선조들은 그 많은 외세 침략에 죽지 않고 견뎌냈으며, 후손까지 튼튼하게 길렀던 것은 쑥 덕분이다. 오죽하면 귀에다 작은 소리만 해도 쑥떡쑥떡한다고 흉도 봤다.

쑥은 무기질과 비타민과 황산화 활성이 높은 베타카로틴이 풍부하다. 이 베타카로틴은 체내에서 비타민 A로 바뀐다. 비타민 A는 눈의 세포를 유지하고 빛이 신경으로 전달되는 과정을 도우므로 야맹증 예방에 필수적이다. 쑥에는 강한 향(香)이 있는데 이 냄새는 치네올이라는 정유성분에서 나온다. 쑥향은 벌레를 쫓으므로 불을 붙여 모깃불로도 활용했다. 사실 모기가 쑥향을 좋아한 것이 아니고 연기를 좋아해서 연기 냄새 때문에 따라갔는데……

단오절 조선시대 궁중에서 마셨던 제호탕이나 앵두화채가 땀을 식히는 수단이 없는 탓에, 부채를 만들어 주고받는 풍습이 자리잡기도 했다. 뱀은 쑥 냄새를 싫어하기에 시골에서는 뱀이 집으로 들어가는 것을 막기 위해 마당 곳곳에 쑥을 널어놓고 말렸다.

우리 조상은 단옷날을 다섯 가지 독을 뿜는 벌레들이 나오는 날이라고 믿었다. 벌레의 오독(五毒)은 전갈, 뱀, 지네, 거미, 두꺼비의 독을 말한다. 단오 무렵이면 봄이 완연해지거나 해충의 독이 잔뜩 오르는 것을 이런식으로 예방하는 지혜가 있었다. 또 쑥은 악령이나 귀신을 몰아내 몸과 마음을 정화시키는 신령한 약초로 여겼다.

단오절 하면 누가 뭐라고 해도 강릉 단오제를 최고로 꼽는다. 강릉에서 단오제를 6일 정도 하는데 제일 먼저 대관령 꼭대기에 올라가 산신령께 산신제를 올리고 씨름판, 굿판, 서커스단, 윷놀이, 그네

타기, 갖가지 풍물놀이 등을 벌리고 서울에서 연·고전 축구시합이 있듯이 단오제 때는 강릉농고나 강릉상고(제일고)가 축구경기로 마지막을 장식한다. 그런데 문제는 전국에 날고 기는 소매치기들이 모인다는 사실이다. 눈 깜짝할 사이에 코 베어 간다고, 시골서 소를 팔아 단오구경 하러 갔다 자칫하면 큰 봉변을 당한다. 야바위꾼도 조심해야 한다. 그 야바위꾼들 돈 따 먹겠다고 덤벼들었다가 거지된 사람을 많이 보았다.

아무튼 단오절 하면 가장 먼저 떠오르는 것은 쑥, 귀신, 야바위꾼, 씨름, 서커스단 등이 생각난다. 전통적 고유 명절인 단오절을 잘 계승하여 아름다운 풍습을 잘 보존해 후손들에게 물려주자.

문어(文魚)가 가르쳐 준 삶의 지혜

이 지구촌에는 사람 다음으로 머리통이 큰 동물은 문어이다. 문어는 물고기 중 가장 지능이 뛰어나고 신경계가 다리에 있어 주변 환경 적응 능력이 뛰어나 자기의 몸 색깔을 40가지 이상으로 변신하기도 한다. 문어의 예상 능력은 100% 적중한다.

2010년 FIFA 월드컵 경기에서 문어(파울)는 어느 팀이 승리할 것인가를 정확하게 맞추어 세상 사람들을 놀라게 한 일을 지금도 전 세계인들은 똑똑히 기억하고 있다. 어디 그 뿐인가, 문어는 화산 폭발이 일어날 것을 미리 알고 온 식구들을 대피시키는 영특한 동물이다.

거울을 보여 주면 자기 자신임을 차츰 인식하고 여러 가지 재롱을 부리며 장난을 치는 문어의 지능지수는 70~80 정도이며 3살 정도 어린아이의 지능을 갖고 있다는 것이다.

문어는 통 속에서 든 먹이를 먹기 위해 뚜껑을 돌려서 열고 먹이를 먹는가 하면 코코넛 껍데기를 운반하여 집을 짓고 은신처를 만드는 행동 조작 능력이 뛰어난 무척추 동물이다.

문어의 수명은 3~ 5년 살다가 죽는다.

우리 인간은 문어에게 나눔의 정신을 배워야 한다.

문어 다리는 8개인데 수심 100~ 200m의 깊은 곳에 있는 바위틈이나 구멍에서 서식하고 최적기온 15℃ 이하에서 6개월간 아무 것도 안 먹고 알을 지극 정성으로 보호하다가 자기의 육체를 새끼와 동료에게 먹이로 선사하고 장엄하게 최후를 맞이한다.

문어는 적이 나타나 공격하면 두 다리는 빳빳이 세우고 다리 6개를 중국무술 하듯이 휘감고 되돌리고 색깔을 변화시켜 상대가 혼비백산하며 도망치게 한다. 그런데 많은 적들이 공격하면 다리 하나 정도는 먹도록 여유를 부리기도 한다. 아무리 무서운 적이라도 새끼를 잡아먹겠다고 공격하면 먹물을 뿌리고 죽기 살기 공격하여 도망치게 하던가 끝까지 싸우는 독종이다.

문어 이빨로 상대를 물으면 항복할 때까지 절대로 놓지 않는다. 문어는 다리 한두 개 잃는다 해도 생존하는데 아무 지장이 없고 2개월 이내 새로운 다리가 생겨나기 때문이다. 다리는 일종의 영양을 비축해 두는 저장 창고의 역할을 한다.

바다의 생명체 '문어'는 위장술의 달인, 변신의 귀재, 바다의 카멜레온으로 통한다. 바위에 붙으면 바위색, 산호 옆에 있으면 산호처럼 보이고 미역이나 해초 옆에 있으면 미역같이 보일 정도로 변화무쌍하다.

가장 무서운 천적이 나타나면 야자나무 열매인 코코넛처럼 위장해 어슬렁어슬렁 두 다리로 밑바닥을 걸으면서 여섯 개의 다리로 공처럼 몸을 말아 코코넛처럼 보이게 한다. 걸을 때는 맨 뒷다리를 앞으로 돌리고, 그 다음 다리를 앞으로 보내기를 반복해 마치 컨베이어 벨트 위를 구르듯 걷는다. 도망칠 때는 다리 8개를 모두 사용해 흐느적거리면서도 무척 빠르다는 것이다. 진화 생물학자 힐리 해밀턴은 문어는 천적을 속이기 위해 무려 40가지 생물로 변신할 수 있다고 한다.

바다뱀, 넙치, 가사리, 자이언트 크랩 등으로 상대 천적을 속이는 귀재라고 할 수 있다. 문어 껍질에는 색소 주머니가 근육 섬유에 연결돼 있는데 근육이 수축하면 주머니가 커지면서 주머니 속의 색소와 같은 색을 띠게 되고 근육이 이완해 줄어들면 색이 사라지게 된다. 위장술이 뛰어난 문어는 살아남으려고 40가지의 무서운 동물들을 위장한다는 권모술수의 지혜가 놀랍고 신기할 따름이다.

문어는 밤에 사냥을 나가고 사냥 후에는 다시 자신의 집 동굴로 들어와 쉰다. 문어는 장기 기억력과 단기 기억력을 가지고 있으며 시행착오를 통해 문제 해결을 익힌다. 아무리 어려운 일이라도 기억력을 되살려 문제를 해결한다.

문어는 기분에 따라 색깔이 변하는데 흰색은 공포, 붉은 색은 화가 났을 때의 색깔이다. 이처럼 지혜롭고 영특한 문어는 짧은 자신의 삶을 영화롭게 살기 위해 무척추 동물 중 유일하게 도구를 사용하며 상황에 따라 발 빠르게 대처해 나아가는 모습과 적응 능력을 보면서 급속도로 변화하는 오늘날 미래 사회를 향해 문어를 통해 내일을 대비한 삶의 방정식으로 삼았으면 하는 바람이다.

특히 우리나라는 세계에서 유일하게 분단국가이다. 국가 안보 위기 상황에 대비하여 문어식 군인 부대를 갖추어야 하겠다.

선진국도 미처 생각하지 못한 문어식 통찰력, 위장전술, 희생정신, 예측력과 판단력, 상대 공격을 둔화시키는 먹물 교란 작전 등 40가지가 넘는 뛰어난 공격의 전술을 탐득하여 세계 최강의 한국식 문어 작전 전략을 구상하여 최강의 부대로 육성했을 때 감히 어느 강대국 군인도 우리나라 군대를 무시 못할 것이다. 또한 문어의 희생정신을 배우고 적응 능력과 변화하는 시대정신을 배우고 최강의 대한민국으로 건설하는데 도움이 되었으면 한다.

건강하게 오래 사는 방법

　사람들은 겉으로 보아서는 나이를 알 수 없다. 젊은 사람들은 젊
다 못해 어리게 보인다. 아줌마 아저씨들도 예전에 비하면 10년 더
젊어 보인다. 성형술, 화장술, 영양공급과 관리기술이 과거에 비할
수 없이 발달하다 보니 그럴 것이다. 관리하지 않은 외모와 피부가
사회적 약자의 상징처럼 바뀌고 있다. 왜 이렇게 되었을까.

　우리가 먹고, 마시고, 보고, 듣고, 느끼는 게 모두 겉만 번지르르
하고 피상적일진대 이렇게 되지 않는 게 이상한 게 아닐까. 인간은
이 지구상에 단 한 번 초대 받았다가 결국은 죽음을 맞게 되는데 건
강하게 오래오래 살아가는 노력이 더 요구된다.

　세계에서 장수촌으로 널리 알려진 곳이 있다. 우즈베키스탄의 도
시인 사마르칸드에서 동쪽으로 가면 징기스칸이 장춘노인을 만났다

는 인더스강 기슭이 나온다. 이 강 언저리에 파키스탄 영역에 속하는 훈자지방과 사마르칸드의 서쪽으로는 카스피해가 있는데 옛 소비에트연방이 차지했던 이 카스피해 유역에 코카서스 지방이 장수마을이다.

이렇게 3곳을 세계의 3대 장수촌이라고 한다. 세 지방은 모두 강이나 바다를 끼고 있는데다 기후가 온화하여 생선과 과일이 많이 나고 생활환경이 좋은 곳이다. 이 좋은 환경에서 적당한 운동과 노동을 하면서 자연과 더불어 생활하고 있으니 오래 살 수밖에 없는 것이다. 그렇다면 이토록 건강하게 오래 사는 이 지방 사람들이 먹는 음식과 건강을 지키는 비법은 무엇인가?

△육류는 되도록이면 적게 먹는다. △생선을 많이 먹되 뼈째 먹는 작은 생선을 먹는다. △대두나 콩으로 만든 콩 식품을 많이 먹는다. △현미를 포함한 잡곡을 많이 먹는다. △될 수 있는 대로 설탕은 줄여 먹는다. △기름은 식물성 기름으로 먹는다. △깨를 많이 먹는다. △당근이나 호박 시금치 미나리 같은 녹황색 채소를 즐겨 먹는다. △해조류를 많이 먹는다. △규칙적인 식사를 한다. 아침을 황제처럼 점심을 정승처럼 저녁을 거지처럼 먹고 또한 매일매일 적당히 운동을 꾸준히 한다는 것이다.

식이요법에 관련해 7가지 금기하는 조문이 들어 있는데, 그 중에 "기호식품과 기름진 음식을 피하고 과식을 하지 말라"는 게 있다. 동의보감에서도 하루의 금기는 저녁에 포식을 하지 않는 것이라 말하고 있다. 한 달의 금기는 그믐밤에 술에 취하지 않는 것이고 1년의 금기는 추운 한겨울에 멀리 걷지 않는 것이고 종신토록 금기할 것은 촛불 아래에서 행동을 과하게 하지 않는 것이라고 했다.

동의보감에서 말한 남녀 연령과 생식능력을 정리하면, 결국 여자 나이 35세부터 노화현상이 나타나고, 남자는 40세부터 기력과 정력이 쇠잔해진다는 것이다. 이때부터 노쇠의 진행에 따라 인체는 기능적, 기질적, 조직 구조적으로 쇠퇴해지게 되고 기능조절과 외부환경에 대한 적응력이 계속 저하되기 마련이다.

결국 노쇠는 자연법칙이므로 영원히 청춘을 유지한다는 것은 불가능한 일이다. 허약해지는 몸, 탄력이 없어지는 피부, 머리카락이 빠지고 희어지며 무릎과 다리에 힘이 빠지는 걸 방지할 수는 없을까?

우리의 몸과 정신, 감각기관과 뇌는 수백만 년 동안 자연스러운 진화속도에 적응하여 외양과 내면의 균형을 갖춰왔다. 겉만 번지르한 껍질은 우리의 시선을 쉽게 끌어당길 수는 있지만 겉이 번지르한 만큼 오래도록 늙지 않게 할 수는 없다.

감각에만 영합하는 빛깔, 소리, 향기로 만든 상품은 일시적인 인기를 끌 수 있지만 오래 가지 못한다. 그것은 우리 마음을 감동시키지 못하고 인생을 변화시키지 못하는 것이다. 겉은 젊어 보일지언정 속이 썩고 정신세계가 병들어간다면 더 허무해질 것이다. 부모가 물려준 그 유산을 포장하지 않고 아름답게 늙으면 그것이 더 행복해 보이고 귀티나게 보인다는 것을 알아야 한다.

행동하는 지식인 아인슈타인

우리나라는 인구 13억 명을 가진 거대한 중국과 1억 3,000만 명을 가진 일본의 강대국 사이에서 살아남으려고 부단히 노력하고 있다. 오늘날 사회는 똑똑한 사람 1명이 평범한 사람 10만 명보다 더 낫다는 것이다. 이러한 최첨단 과학 산업화시대에서 살아남으려면 우수한 과학자가 많이 탄생되어야 한다. 급변하는 사회에서 과학자의 아버지 아인슈타인을 생각하게 된다.

우리나라도 60년 전 6·25 사변이 끝난 후 화장실이 없어 길거리 또는 아무데나 오줌, 똥을 싸던 시절이 있었다. 화장지가 없었던 시절이라 호박잎이나 풀잎, 두꺼운 시멘트 포장지로 뒷일을 보던 어려운 시절, 너나 할 것 없이 동네 어른들이 고달픈 삶에 시달리던 시절의 이야기다. 똥을 싸놓고 워리! 워리! 하고 부르면 동네 똥개들이 어디서 들었는지 득달같이 달려와 똥을 먹던 농경지 사회의 풍습이었다. 그 시절 어른들은 "똥장군 짊어지지 않으려면 공부를 열심히 해라"라고 훈계를 하셨다.

어른들은 돌을 씹더라도 자식을 위해 공부를 열심히 가르치든가, 아니면 구두수선 같은 기술을 배우든, 아니면 밀가루로 빵을 만드는 기술을 배우든가 하라고 가르쳤다. 푸른 작업복을 입더라도 한 가지 기술만 있으면 먹고 사는 데는 지장이 없으니 꼭 기술을 익히라고 가르치던 블루칼라 시절이 있었다.

그러다 1960년 후반 무더운 날씨에도 넥타이를 매고 하얀 와이셔츠를 입고 시원한 에어컨 바람을 쐬면서 근무하는 화이트칼라 시대를 맞게 된다. 1990년대 초 국가적으로 IMF 시대를 맞아 은행원, 회사원, 직장인들이 구조 조정을 당하면서 화이트칼라 시대는 무너지고 어떤 한 가지 일에 최고의 전문인이 대접을 받는 시대가 도래됐다. 오늘날 최첨단 과학화 시대를 맞이하게 되었다. 과학이라고 하면 우리는 아인슈타인을 생각하게 된다.

올해는 알베르트 아인슈타인 박사가 서거한 지 56주년이 되는 해이고, 유명한 상대성 이론이 발표된 지 꼭 106년이 되는 해이기도 하다.

아인슈타인은 자신이 죽으면 뇌를 연구용으로 제공하겠다고 유언을 했다. 1955년 아인슈타인이 사망하자 부검의사인 토마스 하비 박사는 그의 뇌를 보관해오다가 뇌의 작은 부분들을 과학자들에게 연구용으로 나누어 주었다. 과학자들은 아인슈타인의 뇌를 연구하여 3편의 논문을 내었다.

첫째, 아인슈타인의 뇌에는 행동 및 집중력에 관계되는 부분인 신경세포에 비해 아교세포의 수가 많아 신진대사가 활발했을 것으로 추정된다는 것이다.

둘째는 보통 사람의 뇌의 무게가 1,400g인데 비해 아인슈타인의 뇌는 1,230g으로 좀 가볍지만 신경세포의 밀도가 더 크다고 발표되었다.

셋째로 아인슈타인의 뇌가 보통사람의 뇌보다 앞면 정상 부분의 폭이 12% 파인 모양이 특이해 공간이진과 수 개념 형성도가 뛰어났다고 결론짓고 있다.

그러나 학계에서 논문이 주장하는 것은 설에 불과하며 일반인의 뇌와 아인슈타인의 뇌가 명확한 차이가 없다는 게 결론이다. 우리는 아인슈타인의 뇌가 특수하다는 것보다는 "아인슈타인은 왜 천재였을까?"에 더 큰 관심을 가져야 한다.

아인슈타인이 천재인 가장 큰 이유는 집요한 생각과 문제를 해결하려는 생각이 남달랐으며 한 가지 일에 매진한 태도가 아닐까 생각한다. 아인슈타인 박사는 자신을 천재라고 생각하지 않았다. 그의 둘째 아들이 "아버지는 왜 유명한 천재로 알려졌느냐?"고 물었을 때 그는 "장님 딱정벌레는 굽어진 나뭇가지를 기어가면서 굽어 있는지를 깨닫지 못했지만 나는 딱정벌레가 미처 알아차리지 못한 것을 먼저 알아차린 것 뿐"이라고 대답했다.

아인슈타인은 첫 논문에서 그의 빛이 에너지 입자로 가설을 처음으로 제기했다. 두 번째 논문에서는 원자와 분자의 존재에 대해 브라운 운동을 설명했다. 세 번째 논문이 유명한 특수상대성 이론을 제시했으며, 네 번째 논문에서 그는 질량과 사고로 독창적인 과학자로 존경받았고, 이스라엘 건국 시 대통령직을 제안 받았을 때 그는 이런

말로 거절했다. "나는 우주의 법칙은 잘 알지만 인간에 대해선 잘 모른다. 더욱이 대통령은 자신의 신념에 반하는 일도 해야 하는 위치이다. 나는 그렇게는 할 수 없다."

행동하는 지식이면서, 동시에 세상을 책임지는 지식인이었다는 점도 훌륭하다. 그는 미국의 핵무기 개발을 촉구하긴 했지만 악(惡)에 맞서기 위한 방편이었을 뿐이지 핵무기 자체에는 반대했다. 전쟁이 끝날 무렵에는 원자폭탄의 위험성을 알리기 위해 끊임 없이 세계 여론을 환기시켰다.

20C 가장 유명한 과학자 아인슈타인은 행동하는 지식인이요, 진실과 사실을 입증한 분이다. 한 마디로 자신의 삶을 자신의 것으로 살겠다고 하는 고집스러움과 어떤 문제에 대하여 끝까지 집요하게 파헤치는 끈기와 집중력은 남달랐다.

특히 그가 1905년에 발표한 특수 상대성 이론의 실마리가 되는 빛의 속도와 전자기장의 좌표 문제를 처음 고민한 것은 대학 입시를 앞둔 시절이었다고 한다. 즉 아인슈타인은 무려 10년이 넘는 세월 동안, 더구나 처음에는 남들이 별로 관심을 갖지 않았던 문제에 매달렸던 셈이고, 이와 같은 끈기가 곧 위대한 업적으로 가는 지름길이었던 것이다.

아인슈타인의 업적 및 능력과 관련하여, 빼놓을 수 없는 매우 중요한 것이 하나 더 있으니, 바로 기존의 이론 체계나 학문적 권위에 매몰되지 않고 항상 비판적이고 회의하는 태도를 견지했다는 점이다. 기존의 고정관념에 빠지지 않고 항상 의문을 던지는 자세, 이는 두말할 것도 없이 오늘날에도 훌륭한 과학자가 갖추어야 할 가장 중요한 덕목일 것이며 우리가 배워야 할 자세이다.

과학자의 자리에서 본인의 일에 충실하며 거짓됨 없는 노력으로 결실을 보았던 아인슈타인은 양심과 진리가 없는 삶은 언제, 어디서부터 무너질지 모르는 모래탑과 같다고 주장했다.

　우리는 천재적인 인물들, 남다른 업적을 남긴 인물들을 무조건 신격화하거나 거리를 두기에 바쁜 경우가 적지 않다. 물론 열심히 노력을 한다고 해서 아무나 다 그와 같이 되기는 힘들 것이다. 그러니 그들의 위대함과 천재성은 바로 "평범함"에서 출발하며, "항상 기본을 중시하는 양심" 속에서 시작된다는 비결을 알고 배워야 할 것이며 아인슈타인의 지극히 도덕적이고 평범한 삶을 거울삼아 기본이 바른 삶을 살아가길 바랄뿐이다.

김장김치 단상(斷想)

　날씨가 추워지면 어머니는 월동 준비에 바쁘셨다. 김장하는 날이면 동네 사람들은 마을의 잔칫날처럼 덕담과 웃음소리를 자아내며 즐거운 마음으로 김치를 담그던 모습이 아련하다. 생각해 보면 누구하나 김장김치를 공짜로 먹는 사람이 없었다.

　어머니를 비롯한 동네 아주머니들은 전날부터 바닷물로 배추를 절이고 무를 깎으며 부지런히 움직이셨던 것은 물론, 할아버지 동네 아저씨까지 나서서 장독이 들어갈 땅을 파셨다. 또 떨어진 배추 잎과 무 잎은 새끼줄에 매달아 바닷바람에 말려 추운 겨울이면 정성껏 담근 김장김치와 우거지국을 끓여 맛있게 배불리 먹던 시절을 생각하면 참 행복하다.

　아궁이에 건불이나 장작불을 피워놓고 뜨끈뜨끈한 방바닥에 둘러

앉아서 감자밥에 김장김치, 깍두기, 돼지고기 숭숭 썰어 넣어 보글보글 끓인 얼큰한 김치찌개 맛은 아무리 세월이 삶을 힘들게 해도 우리의 행복마저 빼앗아갈 수 없는 것이었다.

아궁이에서 장작불이 시뻘겋게 탈 때 고구마는 잿불 밑에 넣고 밤은 화력이 좋은 장작불에 넣으면 밤익는 소리가 탕! 탕! 총소리 같았지만 신나고 재미있었다.

고구마, 감자, 밤을 먹다보면 시꺼멓게 되어버린 입가에는 장난스럽고 재미난 꼴이 거지도 상거지 같았다. 이것이 나의 어린시절의 멋과 낭만이었다.

어머니는 밥을 담을 때 밥그릇보다 더 높게 밥을 담았고 그 위에 큰 감자 한 개 얹어놓으면 보기만 해도 배가 불렀다. 어머니의 밥 퍼 담는 실력은 요즘말로 하면 완전 달인이었다. 그 밥을 먹을 때 김장김치와 된장찌개, 양미리, 꽁치구이를 구워 놓고 배불리 먹으면 나라 임금님도 부럽지 않았다.

학교에서 집에 돌아왔을 때 어머니가 집에 안 계시면 깍두기 국물로 찬밥 비벼 먹던 추억은 누구나 갖고 있는 정겨운 기억이다. 그때나 지금이나 무와 배추를 재배하던 농부의 땀과 정성은 변하지 않았지만 김장 담그며 떠들썩한 그 모습은 쉽게 찾아보기 어려운 시절이 되었다.

김치는 우리의 식탁에서 빼놓을 수 없는 대표적인 발효식품으로 섬유질, 비타민, 무기질이 풍부할 뿐만 아니라 소화가 잘되는 장점을 두루 갖춘 건강식품 중 최고의 식품이다. 김치에다 돼지고기가 들어가면 김치찌개, 김치에다 소시지가 들어가면 부대고기찌개, 김치에다 라면이 들어가면 김치라면이다.

김치의 주재료인 배추는 동의보감에 "맛이 달고 독이 없다"고 기록되어 있으며 중국에서 배추는 채소 중에 최고로 여긴다. 옛 문헌인 향약구급방에도 배추가 채소가 아닌 약초로 이용되었다는 기록이 있다.

밥맛이 없거나 감기에 걸렸다 하면 배춧국이 특효약이다. 맛도 최고이고 영양가 만점인 김치이지만 요즘 젊은 사람들의 식생활이 서구화됨에 따라 소비가 줄어들고 있다. 핵가족화로 인해 김치를 직접 담그는 가정이 사라져가는 현실을 볼 때 우리의 정겨운 일이 담긴 김장담그는 아름다운 미풍이 언제까지 이어질 수 있을지 안타깝기도 하다.

김치의 맛은 우리나라뿐만 아니라 중국, 일본, 미국 유럽까지 최고의 맛이라고 하는데 김치를 만든 최초의 나라, 원조는 일본이라고 하니 우리 조상님들이 그 꼴을 보면 웃기다 못해 가소롭기까지 할 것이다.

올해는 배추와 무의 생산량이 크게 증가하면서 농민들의 시름은 더욱 깊어져만 가고 있다. 해마다 농민들은 한철 장사를 위해 농산물 생산에 최선을 다하고 있지만 농산물 값 때문에 시름을 앓는 모습을 볼 때 시골출신인 사람으로서 가슴이 아프다.

김치가 우리 몸에 좋다는 것은 다 알고 있는 사실인데 정부는 김치소비대책을 세워 온 국민과 함께 배추와 무 등 농산물의 소비촉진을 이끌어 나가야 할 때이다. 농협도 남은 배추를 직접 구입해 김장 김치를 담궈 우리나라 기업체에 납품하고 세계에 수출하는 방법을 세워 실천하는 것도 좋을 듯싶다.

정부는 종교단체, 기관, 자원봉사자 등과 연계하여 사회복지시설,

결손가정, 불우이웃에 대해 사랑의 김치나누기 운동을 펼칠 필요가 있다. 온 국민의 참여로 따뜻한 대한민국의 저력을 다시 한 번 보여주었으면 하는 바람이다. 특히 외국인 근로자에게 무상김치를 제공하여 김치 맛을 입맛에 익혀 그네들의 입으로 대한민국 김치가 최고! 라는 칭송이 나오도록 해야 한다.

100세의 행복

영·유아의 건강한 신체적·정신적 발달은 일생을 살아가는데 중요한 초석(礎石)이 된다. 어린 시절의 건강한 생활습관과 태도형성을 어떻게 하느냐에 따라 삶이 풍요로울 수도 있고 빈곤할 수도 있다.

인간은 누구나 건강하게 장수(長壽)하고 싶어한다. 장수하려면 신체적 발육을 촉진하는 영양공급은 물론 질병, 안전한 생활과 정신건강 등 양질의 환경조성이 필요하다. '까치 까치 설날은 어저께고요 우리 우리 설날은 오늘이래요…. 우리 언니 저고리 노란 저고리 우리 동생 저고리 색동저고리 아버지와 어머니 호사하시고 우리들의 절 받기 좋아하세요…. 이 집 저 집 윷놀이 널뛰는 소리 나는 나는 설날이 참말 좋아요.' 철없던 시절, '설날 노래'를 부르며 나이 먹는 즐거움과 떡국 먹는 즐거움에 나이 한 살 더 먹는 것을 대수롭지 않게 생각했지만 나이 들어서 한 살 먹는 묘한 기분은 어쩔 수 없는가 보다.

　오늘날 세계적인 고령화 사회의 환경은 나이의 벽을 허물고 있다. 주민등록번호는 단지 보험 가입의 물리적인 도구일 뿐 노화의 기준은 될 수 없다. 노화 정도는 신체적, 심리적, 사회적으로 개인차가 크고 복잡하기 때문이다. 우리 사회는 아직 장유유서(長幼有序)가 있고 선후배(先後輩)가 분명한 사회다. 군인도 '짬밥'을 따진다.

　오늘날 인간의 평균 수명이 120세까지 살 수 있는 새로운 패러다임의 사회를 살고 있다. 고령자 통계의 기대수명(期待壽命)에 따르면 2009년 현재 우리나라 65세 남자는 앞으로 17년, 여자는 22년 정도를 더 살 수 있을 것으로 추정하고 있다. 그렇지만 준비 없는 장수의 시대는 축복이 아니라 재앙이 닥쳐올 수 있다. 노년은 인생에서 주어진 '소풍'의 시기다. 과거를 회상하며 후회 없이 시간을 활용하기 위해선 젊었을 때부터 육체적, 정신적, 사회적 건강을 지키고 저축생활로 작은 일부터 행복을 찾는 습관이 있어야 한다.

　전통적으로 장수는 인간의 오복(五福) 중 하나였다. 오래 살고 싶은 욕망은 인간의 본능과도 같다. '젊음의 샘'을 찾아 나선 스페인 탐험가 폰세 데 레온은 회춘을 꿈꿨다. 지난해 개봉한 〈캐리비안의 해적 – 낯선 조류〉는 불로불사(不老不死)를 가능하게 하는 성경의 전설 '젊음의 샘'을 영화의 소재로 다뤘다. 대부분 인간의 장수에 대한 욕망은 '전설, 신화' 등에 살아 숨쉬고 있을 뿐이다.

　인간은 죽음을 잊고 살아갈 뿐이지 누구나 죽음을 위해 한 발자국, 한 발자국 다가간다. 그것이 삶의 순리이다. 오래 살고 싶으면 우선 식사량을 줄여야 하고 적절한 자극과 긍정적 삶의 태도가 오래 살 수 있는 비결이다. 또 사회적 성공에 따른 소득 수준도 발병률을 낮추며 배우자가 있는 사람의 사망률이 미혼자보다 6배나 낮았다고 한다. 주거환경도 장수하는데 중요하며, 대기오염과 같은 환경요소의 개선도 매우 중요하다.

100세 시대의 노후는 바쁜 일상에서 탈피해 자기 자신만이 할 수 있는 취미와 속마음을 털어 놓을 수 있는 친구가 필요하다. 또한 스트레스를 받지 않는 방법을 터득해야 한다. 스트레스는 만병의 근원이기 때문이다.

그동안 바빠서 소홀했던 가족, 친구, 부부와의 소통을 회복해야 하며 행복한 하루를 실천하기 위해선 새로운 교육 프로그램에 적극 참여해야 한다. 노년에도 성장 발달하는 인간의 속성을 유지하는 학습능력은 삶의 경쟁력이기 때문이다.

경제적으로 풍족한 인생살이었다해도 자기 자신의 행복을 위해 아낌없이 투자해야 한다. 인생 100세를 향한 노년의 모습은 절망감을 떨치고 행복하다는 느낌으로 삶의 종점에 이르는 일이다. 발달이론가 에릭슨은 이것을 노년기에 성취해야할 '자아통합' 이라 정의했다. 자아통합은 중년기의 '생산성' 을 전제한다. 생산성은 바로 타인에 대한 배려, 사랑의 정신에서 비롯되는 것이다. 나이를 먹는다는 의미는 이런 이치를 채워가는 일이 아닌가.

늙어갈수록 소중한 신앙생활을 하여 늘 기도하며 찬배하는 삶이 필요하다. 죽음이란? 인간은 누구나 다 죽는다. 언제 죽는지 모른다. 죽음을 누가 대신 할 수 없다. 죽음은 무섭다. 죽음의 두려움을 잊고 살려면 신앙생활을 열심히 하여 하나님으로부터 위로 받고 살 때 100세의 행복을 맛볼 수 있다.

권력과 간신뱅이

세상을 살다 보면 박쥐같이 잇속이 있는 곳만 붙어서 사는 사람이 있는가하면 거북이처럼 천천히 남이 한 것을 본 후 결정하는 기회주의자가 있다. 또한 묵묵히 자기 할 일만 하며 꿀벌같이 남을 돕고 사는 사람도 있다.

힘센 장사가 황소 한 마리를 상금으로 받아 기분 좋게 폼잡고 걸어오는데 자그마한 사내가 황소를 붙잡고 사람이 다니는 길에 소는 못 간다며 가지 못하게 하자 힘센 장사가 번쩍 들어서 집어 던지려고 하자 "던지더라도 담배 한 대 피우거든 던지라"며 맨손으로 불씨를 쥐고 담배에 불을 붙이며 "당신도 담배 한 대 피우시오"라며 불씨를 얼굴에 들이대자 놀랜다. "지나가고 싶거든 막걸리 한 되 사 주고 가시요"하자 장사는 얼른 막걸리 한 되와 안주까지 사주고 간다. 그러자 옆에서 구경하던 사람은 엄지손가락을 치켜들고 "당신이 최고!"라고 칭찬하자 깡 좋은 젊은이는 기분이 좋자 허허 웃으며 막걸리 한 잔 공짜로 얻어먹게 된다.

이 세상 사는데 힘센 사람보다는 깡 좋은 사람한테 지고, 깡 좋은 사람보다는 꾀가 많은 사람이 승리하는 사회다.

공자는 간신의 유형을 다섯 가지로 분류했다. 마음을 반대로 먹는 응큼한 자, 사기성이 농후한 자, 고집만 센 자, 머리는 든 것은 없으면서 모든 것을 아는 척하는 자, 비리를 저지르며 즐거워하는 자라고 했다. 이들 다섯 유형의 간신들은 모두 말을 잘하고, 지식이 있고, 영리하며, 아는 것은 많은데 그 안을 들여다보면 진실이 없다는 게 공통점이라고 말한다. 배고파 도둑질하는 놈을 살려줘도, 군자들로 하여금 의심을 품게 하고, 어리석은 자들을 잘못된 길로 빠뜨려 나라를 망칠 간신들은 반드시 제거해야 한다고 공자는 말했다.

춘추시대 제나라의 역아는 노예 기술자로 태어났지만 요리 솜씨가 뛰어나 권력의 핵심에 끼어든 인물이다. 그는 춘추시대 초기 패자로 군림했던 제나라 환공(桓公)이 농담 삼아 "내가 평생에 안 먹어 본 것이 없는데 사람고기는 못 먹어 봤다"고 말하자 세 살짜리 자기 아들을 요리해 바쳐 환심을 얻은 뒤 나중에 궁중 쿠테타를 일으켜 환공을 죽음으로 몰아넣었다.

보잘 것 없는 신분으로 태어난 환관이었던 조고(趙高)는 진시황의 유서를 조작해 권력을 훔쳤다가 중국 최초 통일제국 진나라가 멸망하는데 앞장서게 된다.

술과 도박을 즐기던 양국충(楊國忠)은 사촌 누이 양귀비의 치맛자락을 붙잡고 권력 핵심에 들어가 대당 제국을 혼절시켰던 간신뱅이다. 간신들은 한 시대를 풍미하고 즐겼지만 말로는 대개 비극으로 마무리됐고, 역사의 무서운 심판을 받게 된다.

명장 악비(岳飛)를 모함하여 죽이고 나라를 팔아먹은 송나라의 매국노진회는 악비의 무덤 앞에 무릎을 꿇은 동상으로 남아 사람들이 뱉은 침을 얼굴에 가득 묻힌 채 역사의 심판을 받았다. 간신의 수법이 옛날이나 오늘날이나 다르지 않는데도 통용되는 것은 인간의 허약한 점, 간교한 인간성, 경각심의 부족, 통찰력이 부족해서 비롯된다. 공자가 말한 간신의 유형은 우리나라 역사에서도 존재했다.

대통령중심제인 우리나라는 옛날도 그랬고 오늘날에도 그렇다. 간신들의 꾀에 넘어 간 자들은 수도 없이 많고 비참한 마지막 죽음을 맞이하게 된다.

초대 이승만 대통령은 간신뱅이 때문에 미국 하와이로 유배당했고, 박정희 대통령은 심복인 김재규 총에 맞아 죽었으며 전두환 대통령은 자기가 권력을 물려준 노태우에게 백담사로 귀향살이를 하게 되었다. 노태우 대통령은 목숨을 건지기 위해 국민 앞에 무릎 꿇고 굴복하여 직선제를 선택했고 김영삼 대통령은 아들 김현철이 감옥을 갔다. 김대중 대통령은 세 아들이 감옥에 갔고 노무현대통령은 부엉이 바위에서 스스로 생을 마감했다. 문제는 권력자가 간신을 구분하지 못한다는 사실이다.

과거의 역사를 교훈 삼아 지금 우리 주변에서 벌어지는 온갖 형태의 간신들을 우리 국민이 색출해서 튼튼한 나라를 후손에게 물려주어야 하겠다.

인천상륙작전

맥아더장군은 2차대전을 승리로 이끈 위대한 장군이다. 2차대전의 전쟁 경험을 살려 6·25전쟁 초기부터 서해안 상륙을 염두에 두었다. 인천은 서울에서 인접해 있어 북한군 중심을 흔들 수 있고 조수간만의 차가 크고 갯벌이 발달해 비어수로(飛魚水路)가 좁아 접근하기 어려운 점을 역이용했다. 드디어 1950년 9월 15일 오전 6시 인천 월미도에 상륙하여 천지를 흔드는 포성과 함께 불기둥이 하늘로 치솟았다.

미 해병사단과 육군7사단, 국군해병 4개 대대병력은 함포사격 2시간 만에 인천을 되찾았고 이튿날 김포지역 작전과 함께 허술하게 방어하고 있던 2,000여 명의 북한군을 격퇴시키고 이 지역 주민들이 해방되었다.

이 작전에 이어 서울 탈환작전이 이어져 9월 28일에 서울이 수복되었고 중앙청에 태극기가 걸리고 북한군 병참로가 끊기면서 6·25 전세는 역전이 되어 낙동강 전투로 성공할 수 있었다. 인천상륙작전은 세계 전사(戰史)에 최고 상륙작전으로 기록됐다.

상륙작전 지휘함에는 700세의 노병(老兵) 더글러스 맥아더 원수가 서 있었다. 유엔군사령관 자격으로 압록강까지 올라가 만주를 폭격시켜 통일 대한민국을 만들자고 강력하게 주장해 해리 트루먼 대통령과 의견 충돌로 결국 이듬해 4월 해임되고 말았다.

미국 상하원 합동회의에서 행한 고별 연설은 지금 씹어보아도 감동적이다. 한국어 번역문이 무려 1만 자에 이른다. "노병은 죽지 않는다. 다만 사라질 뿐이다." 그는 웨스트포인트 사관생도 시절 불렀던 군가의 후렴을 인용하면서 52년간의 군 생활을 마감했다.

인천 자유공원에서 우뚝 선 맥아더장군 동상은 오늘도 월미도 앞바다를 지켜보고 있다. 상륙작전 61주년을 앞둔 13일 우리 해병 참전용사 5명이 이곳을 찾아 맥아더 동상과 '자유수호의 탑'에 거수경례를 올리며 숭고한 정신에 고개를 숙였다.

백발이 성성한 70대 노병들의 눈매는 꽃다운 20대 그대로였다. 기념일인 15일에는 재향군인회 초청으로 한국에 온 미 해병 참전용사 200여 명이 이곳을 찾는다. 맥아더의 상륙작전이 없었다면 통일됐을 것이라는 반미(反美)단체들의 논리는 이 땅에 공산화됐어야 한다는 논리다.

헨리아이드 미 한국 국제관계위원장이 "철거하려면 미국으로 보내라"고 했다. 그는 지난 달 휠체어를 타고 맥아더동상을 직접 찾았다. "새 친구가 은(銀)이라면 옛 친구는 금(金)이다. 맥아더장군의 업적은 순금이다"는 그의 말에 부끄러움을 느끼게 된다. 맥아더 덕분에 공산화를 막고 번영을 이룬 처지에 얼굴을 들 수 없다.

지금 북한을 보라. 자유도 없고 먹을 양식도 없다. 세계에서 제일 못사는 나라이면서 권력 세습을 3대까지 이어가고 있다. 맥아더장군 말처럼 만주에다 원자폭탄을 터뜨렸다면 우리는 통일이 되었고 옛 우리의 땅 만주를 되찾을 수 있을 것이다.

우리 국민 모두 맥아더 장군께 경배하며 머리 숙여 감사드리자.

절약생활이 부자의 지름길

　지금부터 40년전만 해도 배불리 먹는 게 소원이었다. 식당에 가서 식사를 하다보면 반찬이 20가지 이상 나오는 식당이 있는가 하면 식사 후 반찬이 2/3는 남는 것을 종종 본다. 정부에서 일식 3찬이나 4찬으로 제한해야지 아까운 음식을 남기지 않을 것이다.

　세계 여러 나라를 가 봐도 우리나라처럼 잘 먹고 음식물을 남기는 나라가 없다. 이웃 일본도 닥깡(단무지)을 더 달라고 하면 돈을 더 내야하고 그 흔한 김치를 더 달라고 해도 돈을 더 지불해야 한다.

　일본 사람들은 생선이나 고기는 비싸서 배불리 먹을 수 없다고 한다. 음식을 남기면 환경오염에도 주범이 된다. 우리가 어렸을 때 독일 사람들은 7명 이상 모였을 때 성냥개비 한 개를 사용하여 담배를 태운다고 했다.

근검 절약하면 스위스, 독일, 네덜란드를 생각하지만 "절약" 하면 스코틀랜드 사람들을 따를 민족이 없다. 스칸디나비아 나라 사람도 근검 절약 정신이 생활화되어 있다. 독일 유아원에서 첫날 배우는 것은 먹을 만큼만 자기 식기에 음식을 담고, 자기가 담은 음식은 반드시 먹도록 하는 것이다.

1950년대와 1960년대 독일 유학생들은 하숙집이나 대학 기숙사 현관이 어두컴컴해서 손으로 더듬거리며 열쇠구멍을 찾았다고 한다. 가정집이나 공공건물의 현관이나 복도, 계단 등이 아무도 없는 저녁 시간에 훤하게 불이 들어와 있는 경우는 보기 힘들었다는 것이다.

오늘날 독일이 선진국이지만 자기가 사용하는 방이나 사무실을 잠시라도 비울 때면 반드시 전등을 끄고 나가는 걸 당연하게 여긴다. 그런데 우리의 사정은 너무나 다르다. 우리 주변에선 밝은 낮 시간에도 불필요하게 켜져 있는 전등을 쉽사리 볼 수 있다.

몇 시간씩 아무도 없는 빈 방에 전등이 훤하게 켜져 있는 것은 말할 것도 없고, 크고 작은 공공기관이 마치 무슨 권위의 상징인 양 모든 전등을 켜 놓은 걸 보면 한심스럽기 그지없다. 이를 사회적 낭비로 인식하지 못하는 무관심 속에서 국가재정이 어려워지고, 이것이 개인의 부담으로 고스란히 돌아오는 사실을 모르고 있으니 말이다.

몇 해 전 어느 시민단체가 조사한 바에 따르면, 우리가 먹지 않고 버리는 음식물 쓰레기가 1년에 약 10조원에 육박한다고 한다. 아마도 우리가 매일 쓰는 전력 중에서 낭비되는 금액도 그에 못지 않을 것이며, 수돗물 낭비도 예외가 아닐 것이다.

이처럼 우리가 일상생활에서 알게 모르게 "그저 버리는" 국가적 낭비 총액은 수십조 원에 달할 것이다. 이를 짧게는 지난 10년간 또는 좀 길게는 과거 50년간의 총액으로 계산해 보면 실로 어마어마한 금액이 될 것이다.

우리가 낭비해 온 재정적 손실을 막고 그것을 자원화할 수 있다면 국가 재정에 또는 개인 자산 형성에 얼마나 많은 기여를 하겠는가. 이를 위해서는 절약이 생활화되어야 하는데, 그걸 실천하기 위해 우리에겐 치워 버려야 할 커다란 걸림돌이 있다.

요즘 젊은 사람들은 머릿속에 절약에 대한 오만스러운 편견이다. 절약이라는 용어쓰기 자체를 부담스럽게 여기는 사회풍조가 문제의 핵심이다. 젊은 사람들이 아끼는 것을 부끄럽게 생각하는 것은 아닌지 모르겠다.

근래 이런저런 이유로 국제유가가 매일 사상 최고치를 갱신하고 있다. 이에 따라 우리보다 훨씬 부유한 나라에서는 이미 오래전부터 여러 형태의 절약조치가 광범위하게 취해지고 있다. 그런데도 우리 사회에서는 절약이라는 단어를 폄하하고 낭비를 하는데 '의연하기' 이를 데 없다.

지금이라도 늦지 않았다. 개인적 차원의 절약을 생활화하는 것만이 어려운 경제 상황을 돌파해 나가는 최선의 방법이라는 것을 잊지 말자. 초등학생부터 매주 저축하는 날을 부활시켜 저축하는 습관을 어렸을 때부터 하도록 지도해야 하겠다.

웃어른께 고하는 論語의 話法

논어는 중국 최초의 어록이며 '공자의 말을 모아 순서대로 기록한 책'이라는 뜻이다. 불우한 어린시절을 보냈던 공자는 15세가 되어서야 뒤늦게 공부를 시작했지만 20대 이후로는 높은 학식과 덕망을 인정받아 공자에게 학문을 배우고자 하는 젊은이들이 전국 각지에서 모여들기 시작했다고 한다.

당시 공자의 조국 노나라에서는 귀족들의 세력 다툼으로 공자의 높은 학문을 제대로 인정받지 못했고 정치적으로 어둡고 시끄러운 시기였다.

정치에 회의를 느낀 공자는 55세 이후 14년에 걸쳐 제자들과 함께 중국 전역을 돌아다니면서 자신의 정치적 이상을 펼치려고 했던 주유천시기가 있었다. 공자의 말에 의하면 "군자란 義理에 밝고, 소인은 利益에 밝다" 하여 군자는 공적인 인물로 평가되며, 소인은 이기적이고 자기 중심적인 사람을 말한다.

공자는 나라의 장래를 생각하고 정치가보다는 교육자로서 많은 제자들을 가르치고 키우는데 힘썼다. 어느 날 공자의 제자 자공(子貢)이 공자에게 따졌다.

"제나라 임금이 정치에 대하여 묻자, 정치를 잘하려거든 재물을 절약하라 하시고, 노나라 임금에게는 신하를 잘 지도하고 눈을 크게 뜨게 하라고 하셨습니다. 또 초나라 섭공(葉公)에게는 가까운 사람을 즐겁게 하고 먼 사람을 오게 하라고 하셨지요. 어째서 같은 물음에 대답은 각각 다르십니까?"

공자께서 대답하셨다. "그 나라 그 사람에 맞게 대답해 준 것뿐이다. 제나라 임금은 너무 사치스럽고, 노나라는 못된 신하가 임금을 에워싸고 있다. 초나라는 땅덩어리만 넓지 수도가 좁다. 각자의 문제를 해결하려면 급선무가 같을 수 없는 법이지."

공자는 제자의 얘기를 한참 듣다가 아무리 충직하고 옳은 얘기라도 아랫사람이 웃사람에게 말하는 태도와 예의르 가르치기로 한다. 공자가어(孔子家語) 변정(辨政) 편에 나오는 얘기다. 공자 왈 충성스러운 신하가 임금에게 간(諫)하는 다섯 가지 방법을 설파한다.

첫째가 휼간(譎諫)이다. 직설적으로 말하지 않고 넌지시 돌려서 간(諫)하는 것을 말한다. 말하는 사람이 뒤탈이 없고, 듣는 사람도 기분 좋게 받아들일 수 있다.

둘째는 당간(戇諫)이다. 융통성 없이 고지식하게 곧이곧대로 말하는 것이다. 꾸밈없이 대놓고 간하는 것이지만, 잘못 들으면 후환이 있을 수 있다.

셋째는 강간(降諫)이다. 자신을 낮추고 상대를 치켜세워 주며 좋은 얼굴로 알아듣게 간하는 것이다.

네째는 직간(直諫)이다. 앞뒤 가리지 않고 곧장 직언을 하는 것이다. 우유부단한 임금에게는 필요한 처방이다.

다섯째는 풍간(諷諫)이다. 딴 일에 견주어 풍자해서 말하는 방식이다. 비꼬아 말하는 것인데 잘못하면 후환이 크게 올 수 있다.

사람이 살아가는데 가장 먼저 지켜야 할 도리는 人事이다. 인사만 먼저 웃으면서 잘 해도 대인관계에서 90점이 따고 들어간다. 간(諫)은 윗사람을 설득하는 일인데 설득에도 전략이 필요하다.

간언도 상대를 보아가며 가려서 해야 한다. 시도 때도 없이 입바른 말을 해대면, 아무리 충정에서 나왔다 해도 윗사람의 역정을 불러 마침내 미움을 사 해를 입는다. 자기 자신을 너무 낮추는 강간은 천하고 비굴해 보인다.

재벌 가운데 가장 성공한 삼성그룹 고 이병철 회장과, 현대그룹 고 정주영 회장께서 논어를 읽은 후 기업경영에 성공했고 지금도 많은 젊은 엘리트들이 미래개척을 위해 논어를 읽는 모습을 볼 수 있다.

미래개척과 초일류 국가로의 도약이란 관점에서 군자의 솔선수범과 덕(德)을 강조한 논어만큼 훌륭한 교본이 없어 보인다.

에덴동산이 있는 이라크에서 매일 血鬪를 보며

20년 전 멕시코를 방문했을 때 많은 멕시코 사람들이 돌로 쌓은 2개의 큰 무덤 위에서 낮에는 해를 보고 기도와 절을 하고, 밤에는 달을 보고 기도하고 절을 하는 것을 보았다.

소위 왈, 해신과 달신을 믿고 있었다. 인간은 누구나 마음의 나약함 때문에 무엇이든 믿고 의지하려고 할 것이다. 긴 역사 속에 인간으로부터 가장 많은 경배를 받은 것은 태양과 달일지도 모른다.

성경 여러 곳에 태양숭배에 대하여 하나님께서 진노하신 사건들이 기록되어 있다. 창세기 때 하나님이 하늘과 땅을 만드시고, 이라크 땅 에덴에 동산을 세우셨다. 아담을 깊이 잠들게 한 후 그 갈빗대로 여자를 만드시고 그 이름을 하와라고 부르게 되며, 아담과 하와는 부부로서 가인과 아벨을 낳는다.

이것이 우리 인류 역사의 시작이다. 세계 여러 나라의 신화는 黃金時代에 살았던 자기네 조상들이 장수를 누렸다고 자랑한다.

예컨대, 아담과 하와가 하나님의 명령에 불복종하였지만 그 자손들은 모두 수백 년을 살았고, 그 가운데에서도 에녹의 아들이며 노아의 할아버지인 므두셀라는 969세를 살았다고 한다. 영생불사를 찾아 헤매던 길가메시는 결국 그 꿈을 이루지 못하고 120세의 수명(壽命)을 누리다가 죽었다.

아담과 하와가 태어난 나라는 이라크이다. 이라크의 역사는 티그리스강과 유프라테스강이 이루어낸 메소포타미아 문명으로 BC 4,000년까지 거슬러 올라가는 세계 최고의 문명국이다.

지금도 이라크는 선사시대를 비롯한 수십억 년의 보물과 수많은 유적이 가장 많이 남아 있는 나라이다. 46억 년이란 긴 역사를 보면 이라크는 페르시아 등과 같은 주변 나라들로부터 많은 침입과 정복을 받았다. 심지어 1534년부터 제1차 세계대전에 이르기까지 약 400년간 터키의 속주국이 되기도 한다. 이라크인처럼 역사를 예민하게 받아들이는 민족도 흔치 않다. 이라크는 통일신라시대 때부터 우리나라에 와서 많은 교육을 시켜 주었으며 무역도 했다.

우리나라 삽살개는 그때쯤 이라크에서 도입되지 않았는지 필자는 생각한다. 1937년 티그리스에서 가난한 농부의 자식으로 태어난 사담 후세인을 보면 어린 시절 계부의 구박 속에서 자라면서 아랍 민족주의에 깊이 빠지게 된다.

대통령이 된 후세인은 이란의 팔레비 왕조가 붕괴되자 혼란을 틈타 1980년 9월 17일 이란 국경을 침입한다. 후세인은 1990년 8월 2일 쿠웨이트를 전격 침공하여 점령하였다가 그 후 미국을 비롯한 서방진영의 공습으로 쿠웨이트에서 철수하면서 최후의 불행을 맞게 된다.

하나님은 에덴동산을 만들고 인류 역사를 시작하며 아담과 하와를 통해 후손들을 오늘날까지 대를 잇게 한다. 누가 뭐라고 해도 이라크는 세계의 역사 속에 우뚝 서 있다. 자신의 자랑스러운 전통과 명예가 남에게 아픔과 고통을 주는 테러로 가해진다는 것은 인류 역사상 비극이요, 야만적인 국가이다.

이 세상에서 가장 잘생기고 멋진 남자가 누구냐고 묻는다면 나는 서슴없이 이라크인이라고 말하겠다. 강인한 체격에 이목구비가 뚜렷하고 남자다운 기풍을 풍기며 참 멋있게 생긴 이라크인이여!

'천국에서 가장 위대한 속성은 자비'라며 적국의 포로까지 사랑으로 감싸던 살라딘 정신으로 살아가라. 티그리스강과 유프라테스강의 기적을 만든 세계 최고의 문명국답게 사람을 존귀하고 이웃을 사랑하는 이라크인이길 간절히 소망한다.

오늘도 이라크인들이 순교한다는 미명 아래 자살 폭탄으로 죄없는 수많은 이라크 국민들의 피와 눈물을 보며, 무한정 가슴이 아프고 아담과 하와가 준 죄값을 생각하게 된다.

카리스마 리더십과 어느 학교장의 인생고백

카리스마 (charisma)란 많은 사람을 휘어잡는 능력이나 자질을 가진 사람을 말한다. 실제로는 능력, 실력, 덕망 같은 것으로 지도력을 발휘하는 사람이기도 하다.

넘치는 카리스마의 눈매이지만 넘치는 정분으로 늘 다정다감하고 부드러운 대화기법에 많은 사람들이 따르는 분이라면 멋있는 게 아닌가? 카리스마는 하루아침에 만들어지는 게 아니다.

오랜 삶의 속에서 각고의 고생도 해보고, 굶어도 보고 눈칫밥을 먹으며 친구들한테 얻어맞아도 보고 때려도 보면서 따뜻한 사랑을 배우고 의리를 생각하며 남에게 신세진 것을 몸으로 갚아주면서 독불장군이 될 때 카리스마가 생기고 리더십이 생긴다.

의리와 덕망을 가졌을 때 남이 인정해 주고 따르는 법이다. 자기

이익만 챙기고 남의 어려움을 보고도 못 본 척할 때는 주변 사람들은 거들떠보지도 않고 그 사람 곁을 떠나는 게 세상 인심이다.

히틀러는 자신의 직위를 이용한 독재형 카리스마 리더십은 부정적 측면으로 발전한 경우다. 막무가내식으로 통솔하는 리더가 유능한 카리스마리더라고 착각하면 곤란하다.

내가 잘 아는 초등학교 교장 선생님과 대화를 나눈 적이 있다. 늘 열정적으로 활동하고 있는 그는 직원들이 잘못을 하면 소리도 버럭 지르고 성격도 급하고 괄괄하지만 정이 많으신 분이다. 항상 매사에 여성미가 넘치는 사모님 덕분에 기독교인이 된 것으로 알고 있었는데 사실은 사모님을 하나님께 전도하셨다는 것이다.

하나님을 믿고 섬기지 않았더라면 지금쯤 어떻게 되었을까? 생각만해도 끔찍하다고 했다. 조그만 어촌에서 태어나 폭력적인 아버지 밑에서 자란 교장 선생님은 어머니의 기독교정신으로 오늘날 이 세상을 인간답게 살 수 있었노라고 고백하고 있었다.

그동안 수많은 죄를 지으면서 살았던 과거를 생각하면 부끄럽고 창피하여 고개를 들 수 없다고 했다. 하나님을 믿고 살 때는 죄를 짓지 않으려고 노력하다가 하나님을 떠난 삶은 방탕한 불량자의 삶임을 고백했다.

요즘 작은 교회에 나가면서 하나님께 좀 더 가까이 갈려고 노력을 하지만 잘 안된다며 괴로워하는 표정을 지으셨다. 내일부터 하나님과 자신이 "매일 출퇴근을 같이 하는 사이"가 되었으면 좋겠다고도 고백했다.

아침에 집에서 학교로 출근할 때 "하나님! 함께 출근하시지요"하고 모시고 나갔다가 저녁에는 "하나님! 들어가시지요."하며 귀가하고 싶다는 것이다.

하나님과 늘 함께 한다고 생각하니 화를 적게 내고 행동도 조심하게 된다고 했다. 그 분은 중 3학년 때부터 가정교사를 하면서 온갖 잘못을 저지르며 어렵게 살았지만 부부교사가 된 후 늘 행복이 넘치는 하루하루를 살고 있다며 행복해 했다. 교직은 천직이며 하나님께서 주신 축복이었음을 실토했다.

작은 교회에서 하나님을 섬기지만 십일조 헌금을 제일 많이 내게 해달라는 기도를 한다고 했다. 하나님한테 축복을 받기 위해서는 하나님과 교회를 위해 자신이 가진 것을 바쳐야 한다고 말했다. 모든 것은 주고받는 정신으로 살아야 한다는 것이다.

그는 돈, 명예, 권력, 건강 모두 좋고 중요하지만 제일 중요한 것은 하나님을 잘 섬기며 죽어서 하나님 앞에 부끄럽지 않은 존재가 되고 싶다고 했다. 이 세상 끝날 때까지 자신을 돌봐 줄 분은 오직 하나님뿐이라 생각하고 오직 하나님만 믿고 의지하며 살고 싶다고 했다.

그동안 장난기가 많아 많은 사람들을 괴롭혔던 것을 회개하고 싶다고 했다. 내 주변의 사람들 한 사람이라도 더 하나님께 인도하여 참 잘했다고 칭찬 받고 싶은 심정임을 고백한다고 했다.

하나님은 초월적 존재이므로 자신이 무엇을 생각하고 있는지, 어떻게 될 것인지를 다 알고 계시기 때문에 하나님을 믿고 산다는 것 그자체가 행복하다고 했다.

아내와 자식, 손자들까지 하나님의 존재를 알고 하나님과 자기와의 끈을 놓지 않고 끝까지 하나님만 의지하며 살아가는 가족이 되고 또한 그 전통이 오래오래 가족들 가슴에 스며들어 남을 위해 작은 일이라도 돕고 사는 사람이기를 간절히 바란다고 했다.

교장 선생님의 솔직담백한 인생의 삶에서 선생님의 고백이 오래
도록 가슴을 뭉클하게 한다.

죽음을 준비하는 사람

　우리 인간은 오직 하나밖에 없는 목숨을 가지고 오직 한번밖에 없는 인생을 사는 것이다. 남이 내 인생을 살아줄 수 없고, 내가 남의 인생을 살아줄 수 없다.

　그리스의 위대한 수학자요 뛰어난 철학자 피타고라스는 "이 세상에서 제일 중요한 일이 무엇이냐, 인생을 어떻게 살아야 하느냐, 그것을 가르쳐 주는 일이다"라고 말했다.

　인간(人間)으로 태어나기란? 얼마나 힘드냐, 맹구부목(盲龜浮木)에 나오는 얘기처럼 백년 만에 한 번씩 바다 위에 떠오르는 애꾸눈의 거북이가 해상에 떠올라 바다에 떠도는 토막나무의 조그만 구멍을 뚫고 나오는 것만큼이나 어렵다고 하였다.

　하루살이, 사자, 구더기, 개미 등으로 태어날 수도 있었지만 만물의 영장인 사람으로 이 세상에 태어났다는 것은 얼마나 고맙고 행복한 일이냐, 우리가 인간으로 탄생했다는 것은 하나님의 무한한 은총이요, 가장 큰 선물이다.

참으로 의로운 목숨을 갖고 이 지구촌에서 어떻게 살 것인가. 하나님이 주신 큰 뜻을 알고 하나님께 영광을 돌리는 삶을 살아야 가장 값진 삶이라고 할 수 있다.

인간은 어느 누구나 한정된 시간표 속에서 살다가 이 세상을 하직하게 된다. 고귀한 죽음을 어떻게 준비할 것인가. 조병화 시인은 어머님 심부름으로 이 세상에 나왔다가 이제 어머님 심부름을 다 마치고 어머님께 돌아 왔습니다.라고 말하겠다고 했다.

처칠은 '나는 창조주께 돌아갈 준비가 됐다. 창조주께서 날 만나는 고역을 치를 준비가 됐는지는 내가 알 바 아니다'라고 했고, 헤밍웨이는 '일어나지 못해서 미안하네'란 묘비를 남기고 떠났다.

사육신 중에 한 분인 성삼문은 죽음을 맞이한 마지막 노래에서 영혼의 고향을 잃어버린 사람들의 심정(心情)을 대변하고 있다. 그는 온몸이 쇠사슬로 묶인 채 형장의 이슬로 끌려가면서 사라지기 직전 깨어진 기왓장 위에 한 수의 시조를 남기고 유유히 마지막 죽음을 맞게 된다.

격고최인명 (擊鼓催人命) 회두일욕사 (回頭日欲斜)

황천무일점 (黃泉無一店) 금야숙수가 (今夜宿誰家)

'북소리는 목숨을 재촉하는데 돌아보니 지는 해 서산을 넘어 저물어가는구나, 아! 황천길에는 여관도 없다는데 오늘밤은 뉘 집에서 쉬어야 하나'.

죽음을 목전에 두고 그의 애절한 절규는 오랜 세월이 지난 지금도 모든 사람들의 가슴을 아프고 쓰리게 한다.

효봉스님이라는 불교의 고승이 있었다. 일제 때 판사를 하셨던 분인데, 자신의 오판으로 무죄한 사람을 사형시킨 후 양심의 가책을 느낀 나머지 금강산에 들어가 수도승이 된 분이다.

이 유명한 고승이 입적하면서 하신 말씀은 "인생은 모든 것이 무(無)다"라고 했다. 인생이란 지나간 후에는 아무것도 아니란 것이다. 이 얼마나 허망한 이야기인가, 영혼(靈魂)의 고향을 잃어버린 사람에게 인생은 허무할 수밖에 없다. 인생(人生)은 영원한 아버지의 품속을 찾아가는 나그네 길이다.

이 세상을 살아가는데 하나님을 구세주로 믿고 사는 사람의 목표는 분명하지만 하나님을 구세주로 영접하지 않는 사람은 세상 밖을 향할 수밖에 없다. 자신이 거룩한 나그네임을 아는 그리스도인들은 이 세상을 살아가는 삶이 자세가 남다르다.

사람이 태어날 때와 죽을 때를 보면 많은 교훈을 얻게 된다. 태어날 때는 주먹을 꽉 쥐고 태어나서 세상을 사는 동안 열심히 일하여 힘써 돈도 벌고 지식을 얻어 권세를 얻어 보겠다는 것일까.

하지만, 지구촌을 떠날 때는 손을 쭉 편다. 인간은 모든 것을 다 버리고 이 지구촌을 떠나간다는 의미일까. 하나님을 믿는 사람은 평소 선한 일에 힘쓰고 이웃을 위해 좋은 일을 할려고 노력하는 모습을 많이 봐왔다. 그들은 어려운 사람을 위해 물질과 시간도 바치고 세상 사람들이 보기에 기뻐하는 일을 행하려고 한다.

인간이 살면서 돈, 자식, 명예, 권력, 육체, 조상 등 세상 자랑에 너무 심취되어 살고 있는데 이 모든 것은 아무 쓸모 없는 것들이라고 생각한다. 성경책을 읽고 인간의 삶에 가치를 올바르게 알았으면 한다.

"성경은 인간 나그네의 안내서요, 순례자의 지침판이며, 조종사의 나침반이요, 십자가 군병의 무기이고, 크리스찬의 생활현장 이기" 때문이다.

인생의 거룩한 나그네는 주(主)의 말씀을 꼭 붙들고 살아간다는 사실을 명심하자. 예술은 길고 인생은 짧다고 했다. 인생은 안개와 같이 잠깐 보이다가 없어지는 것이다. 각박한 세상을 살아가는 우리 모두는 죽음을 준비하는 거룩한 사람이 되어 후회없는 인생이 되자.

고스톱의 득과 실

각박한 세상을 살면서 돈 때문에 상처 받은 사람이 많을 것이다. 명절 때나 집안 행사 때 젊은 사람이나 어른들이 모이면 고스톱을 치게 된다. 고스톱 게임이 재미있어 하는 것보다는 상대방의 돈을 따먹는 재미로 치게 된다.

돈은 시간과 땀이 어우러진 노력의 댓가이다. 그렇기에 돈은 소중한 가치가 있다. 이 세상에 돈이 아깝지 않은 사람은 빨리 병원에 가서 정신과 치료를 받아봐야 한다. 돈 때문에 자살하는 사람이 있는가 하면, 형제간의 의도 끊고 친구의 우정을 끊을 수 있는 것이 돈이다.

고스톱의 유래는 일본에서 고도리(새 다섯 마리)란 이름 아래 우리나라에 들어와 놀이문화로 발전했는데 일본인들이 형제나 친구간에 연(緣)을 끊게 하기 위해 만든 애물단지란 말이 있다.

육방예경(六方禮經)은 불경에서 도박에 빠지면 6가지 손해를 본다
는 것이다. 돈을 따면 상대가 앙심을 품고, 지면 자신의 마음에 멍이
들며 또 재수 없으면 경찰서에 붙들려가 도박 전과자가 된다. 자식들
시집장가 보낼 때면 주위 사람들로부터 노름꾼 자식이라는 소리를
듣게 되며 남에게 손가락질 받게 된다.

도박이 얼마큼 망물인가는 팔도 난장판을 떠도는 도박꾼의 지침
서 팔법심요(八法心要)를 보면 잘 알 수 있다. ①심(心) = 상대의 마음
을 읽어라 ②본(本) = 밑천을 많이 갖고 잃을수록 크게 걸어라 ③수
(手) = 들키지 않게 수를 써라 ④세(勢) = 있는 척 허세를 부려라 ⑤역
(力) = 침착한 힘과 완력을 가져라 ⑥논(論) = 입심으로 상대기 (氣)를
꺾어라 ⑦모(謀) = 불리하면 삼자와 모략하라 ⑧해(害) = 공갈과 협박
을 해서라도 돈을 따라.

인간 말종들이 사는 방법을 말하고 있다. 흔히들 사람들은 고스톱
을 심심풀이로 치고 시간 보내기 위해 친다는 얘기는 "입 맞추었다고
애 배느냐"는 식으로 항변하는 논리와 같다.

고스톱은 운(運)이 7이요, 기술이 3이란 말이다. 그날 운이 있어야
되고 자리운도 있어야 돈을 딴다. 또 내가 잘 쳐서 나의 점수를 유리
하게 전개해 나간다기보다 상대가 삑해 놓거나 내가 삑해 놓을 때 점
수가 크게 난다. 또 피박이나 광박을 씌워야 기분이 좋고 "친한 처지
에 꼭 피박이나 광박을 씌워야 되냐"며 상대를 미워하게 만드는
고약한 심술을 조장하는 노름이다.

독 속에 든 게들처럼 서로 기어오르지 못하게 끌어내리고서 유리
해지려는 물귀신작전의 독성이 가중된 게임이다. 더욱이 고스톱에는
정상 룰보다 싹쓸이 따위의 변칙 룰이 더 많아 노력 없는 횡재나 우

발적인 행운으로 놀고 덕보려는 애물단지요, 남이 안 되어야 내가 좋고 내가 안 좋아야 남이 좋은 심술단지 게임이요, 사악한 마귀의 장난이다.

고스톱에 재미를 붙이면 남이 보지 않는 은폐된 장소나 조용한 곳에서 노는 것이 아니고 선수(?) 3명~4명이 모이면 가로수 밑이건 개울가건 고스톱판이 벌어져 돈이 왔다 갔다 한다. 심지어 외국 호텔로비에서 까지 고스톱을 치다가 쫓겨난 일도 있었다고 한다. 고스톱병이 어린아이들의 인식과 생각을 오염시키는 것도 겁나거니와 외국사람이 어떻게 볼 것인가 하는 염려도 걱정된다.

로마제국이 멸망한 3가지 이유가 있다. 과소비와 목욕 그리고 도박 때문이라고 한다. 고스톱은 절친한 사람끼리 하지 말고, 모르는 사람과 놀지 말아야 한다. 음식먹기 내기라면 돈을 딴 사람이 음식값을 내고, 돈 딴 사람이 잃은 사람에게 얼마라도 주면서 잘 놀았다며 허허 웃을 수 있어야 한다.

고스톱은 치매 예방에 좋고 시간 보내기에 좋다고 하지만 될 수 있는 한 하지 않는 것이 장땡이다. 담배 피우는 사람과 같이 놀면 폐암에 걸릴 수 있고 승부욕이 강한 사람은 너그러운 마음이 없어지는 흉물단지다. 고스톱과 담배는 백해무익하다.

박태원 에세이

성공을 꿈꾸는 사람들

발행일 · 2012년 6월 25일

글쓴이 · **박 태 원**
편집장 · **박 옥 주**
펴낸이 · **박 종 현**
펴낸곳 · **세계문예**
등록일 · 1998년 5월 27일 (제7-180호)

대 표 · 995-0071 편집부 · 995-1177
영업부 · 995-0072 팩 스 · 904-0071
주간실 · 995-0073

E-mail · adongmun@naver.com
         · adongmun@hanmail.net
Homepage · www.adongmun.co.kr

(132-033) 서울시 도봉구 도봉로 109길 78

ISBN 978-89-6739-000-6